INGA PERSSON

DER AMMERSEE-CLAN

Oberbayern Krimi

AF217947

emons:

Bibliografische Information der Deutschen Nationalbibliothek
Die Deutsche Nationalbibliothek verzeichnet diese Publikation
in der Deutschen Nationalbibliografie; detaillierte bibliografische
Daten sind im Internet über http://dnb.d-nb.de abrufbar.

© Emons Verlag GmbH
Alle Rechte vorbehalten
Umschlagmotiv: photocase.de/Sanjarok
Umschlaggestaltung: Nina Schäfer, nach einem Konzept
von Leonardo Magrelli und Nina Schäfer
Umsetzung: Tobias Doetsch
Gestaltung Innenteil: DÜDE Satz und Grafik, Odenthal
Lektorat: Christiane Geldmacher, Textsyndikat Bremberg
Druck und Bindung: CPI – Clausen & Bosse, Leck
Printed in Germany 2023
ISBN 978-3-7408-1670-4
Oberbayern Krimi
Originalausgabe

Unser Newsletter informiert Sie
regelmäßig über Neues von emons:
Kostenlos bestellen unter
www.emons-verlag.de

Für Sylvia

1

Die Tasche!

Vor ihr senkten sich ebenso unerbittlich wie konsequent alle Türen des ICE gleichzeitig mit einem sattdunklen »Wo-opp« in die ovalen Öffnungen des weiß-roten Zuges. Es pfiff in ihren Ohren, ihr Herz tat einen Satz, und mit ihm sprang sie einen Schritt nach vorn. Doch der stählerne Lindwurm fuhr wie an einer Schnur gezogen, erst leise, dann immer lauter surrend an ihr vorbei aus dem Halbdunkel des Kopfbahnhofs hinaus in die helle Mittagssonne am Ende der Halle. Hilflos riss sie die Hände empor. Der Zug hatte nur noch eine Lücke hinterlassen, graubraun, nach Abrieb und Exkrementen stinkend.

Wo war die Tasche? Eben hatte sie sie doch noch gehabt. Sie rang mit sich und der plötzlichen Gewissheit: dass sie noch im Zug stand. Aus dem sie gerade ausgestiegen war. Von dem sie nur noch seine Umrisse im Gegenlicht erkennen konnte.

Hektisch sah sie sich um. Inmitten der anderen Reisenden auf dem Bahnsteig stand ihr kleiner Rollkoffer und glotzte sie an. Aber die Tasche, diese eine wichtige Tasche, auf die sie aufpassen musste, die stand nicht daneben. Das konnte doch nicht wahr sein. Eine Panikwelle brach über ihr. Aus der Ferne erklang ein Geräusch. Neu. Irgendwie bekannt. Pulsierend, rhythmisch. Wahnsinnig nervend.

Ihr war schlecht. Wo hatte sie die Tasche das letzte Mal gesehen? Sie hatte sie mit in den Zug genommen. Da war sie sich sicher. In den Zug, der sie von München nach Berlin bringen sollte. Sie neben ihren Füßen abgestellt. Einem sicheren Ort. Hatte sie zumindest gedacht. Was brummte bloß so laut?

Die gesichtslose Menge aus Fahrgästen, die eben noch mit ihr in dem Zug gesessen war, von dem sie inzwischen nicht einmal mehr die Rücklichter sah, setzte sich wie auf einen geheimen Befehl hin in Bewegung. Ging in die gegensätzliche Richtung, die der Zug genommen hatte, den Bahnsteig hinunter. Das Geräusch wurde lauter und lauter.

Was hatte sie bloß getan? Die Tasche stehen gelassen? Wirklich? Wie konnte sie nur so vergesslich sein? Diesen Job, diesen einen Job, den sie hatte, komplett vor die Wand fahren? Ein Wimmern formte sich in ihrer Kehle. Lautlos rang sie nach Luft. Eine Katastrophe, sie hatte versprochen, auf die Tasche aufzupassen, sie nach Berlin zu bringen. Das war doch so wichtig! Sie hatte sie im Zug gelassen. Was für eine Versagerin sie doch war.

Und wie erschöpft. Jede Zelle ihres Körpers fühlte sich leer an. Vollkommen ausgelaugt. Aber es half nichts. Sie musste jetzt gehen, sich bewegen, dorthin, wo sie jemanden nach der Tasche fragen konnte. Aufgesogen von der Gruppe ließ sie sich mitziehen, setzte einen Schritt vor den anderen, schloss sich Menschen an, mit denen sie nichts gemeinsam hatte, außer aus demselben Zug ausgestiegen zu sein. Sie waren überall, dicht an dicht schoben sie über den Bahnsteig. Und dann dieses Geräusch. Was war das bloß? So ausdauernd und so penetrant?

Ein Gedanke flog auf sie zu. Irgendwie … kannte sie das alles doch schon. Urplötzlich wie das Umlegen eines Lichtschalters in einem dunklen Raum war ihr sonnenklar: Sie hatte den Zug, den Bahnsteig und die Leute schon einmal gesehen. Sie hatte schon mal getan, was sie gerade tat. Ganz bestimmt sogar. Und nicht nur einmal. Aber wieso? Das Brummen wurde ohrenbetäubend.

Moment.

Klang so nicht ihr Telefon? Wenn es auf Vibration gestellt war? Ja, klar, das war es. Sie hatte es vor dem Schlafengehen auf ihren Nachttisch gelegt. Jemand rief sie an. Mit einem Ruck trat sie vom Bahnsteig in ihr Zimmer, öffnete die Augen, tastete nach dem umherrobbenden Gerät und drückte auf den grünen Hörer.

»Ja«, ächzte sie und stützte sich mit dem Ellenbogen auf.

»Caro, ich bin's, der Seppi. Weck ich dich etwa?«

Mühsam kniff sie die Augen zusammen und fokussierte ihren Blick. Ihr Digitalwecker zeigte vier rote Ziffern und einen Doppelpunkt. »02:46«. »Klar weckst du mich. Aber passt schon, hab eh ganz grausam geträumt.« Sie fuhr sich durch die Haare. »Was ist denn los? Warum rufst du an?« Ermattet ließ sie sich wieder in ihr Kissen fallen. Mannomann. Schon wieder dieser ätzende Traum. Wie oft hatte sie ihn nun schon geträumt? Sie konnte sich nicht erinnern.

»Du, ich bräucht dich, bitte. Kannst du mich abholen? Ja?« Seppis Stimme klang flehentlich.

Sie riss die Augen auf. »Sag einmal, spinnst du? Abholen? Wieso? Wo steckst du überhaupt?« Auf was für Ideen kam ihr Kollege denn noch? Mitten in der Nacht anzurufen war eine Sache. Sie um drei Uhr in der Früh aus ihrem warmen Bett zu holen aber eine ganz andere. Vor allem, wenn man bedachte, dass er sie gestern im Büro noch ordentlich von der Seite angeredet hatte. Jetzt mal ehrlich. Gab es nicht genug Schwererziehbare in seinem Freundeskreis, die diese Dienste für ihn erledigen konnten?

»In Dießen auf der Wache. Meine Kumpels trauen sich nicht her. Wär super, wenn du mich holen könntest. Würd mir eine Menge Ärger ersparen.«

Seppi? Bei der Polizei? Carola atmete aus und verschluckte eine Oberlehrerinnen-Bemerkung, die ihr auf der Zunge lag. Das half jetzt auch nicht weiter. »Ist schon recht. Ich bin in fünfzehn Minuten bei dir.«

Aus Seppis Stimme war das Strahlen zu hören, das sich auf seinem Gesicht ausgebreitet haben musste. »Merci! Bist einfach die Beste. Hast was gut bei mir.«

Aber so was von. Sie drückte auf den roten Hörer, schwang die Beine aus dem Bett und angelte nach ihrer Jeans.

Auf Zehenspitzen, ihre Schuhe in der Hand, tappte sie ein paar Minuten später die breite Stiege nach unten. Vorsichtig öffnete sie die schwere Haustür des Secklerhofs, der seit vier Jahren ihre bayerische Heimat war, und trat ins Freie. Die

Kühle der Nacht umfing sie. Es war stockdunkel und still. So still. Sie horchte für einen Moment. Nichts. Nur Ruhe. Es faszinierte sie immer wieder.

Schnell schlüpfte sie in ihre Schuhe und zog die Tür vorsichtig ins Schloss. Dass sie keinen Schlüssel eingesteckt hatte, empfand sie als kleines Bekenntnis, in Bayern angekommen zu sein. Hier schloss niemand hinter sich ab. Leise knirschte der Kies unter ihren Füßen. Die Oktobernacht roch nach feuchter Erde, Laub und Gras.

Sie ließ ihr Auto den Berg herunterrollen. Was in drei Teufels Namen hatte ihr Kollege nur schon wieder angestellt? Sie hatte Josef Hinterstraßer, seines Zeichens Sportstudent und langjähriger Mitarbeiter des Bundestagsabgeordneten Johannes Ludwig, quasi geerbt, als sie vor vier Jahren den Dienst im Wahlkreisbüro in Weilheim angetreten hatte. Seppi hatte ihr den Weg geebnet, ihr als waschechter Schleswig-Holsteinerin und Berliner Reichstagspflanze die Bayern erklärt und die bajuwarische Lebensart schmackhaft gemacht. Inzwischen waren sie ein verdammt gutes Team. Und irgendwie auch Freunde.

Dass Seppi aber nicht nur ein loyaler Abgeordnetenmitarbeiter und Student, sondern auch ein echter Schlawiner war, merkte sie immer dann, wenn er montags mit einem blauen Auge oder der einen oder anderen Schramme am Kopf wieder im Büro auftauchte. Sie war sich sicher, dass er sich diese Blessuren nicht beim Eishakeln oder Fußballspielen holte. Die blutigen Riefen auf seinen Fingerknöcheln sprachen eine andere Sprache.

Aber Fragen hatte sie ihm nie gestellt. *Mind your own business*, hatte sie sich gedacht. Schließlich kommentierte Seppi ja auch nicht ihr Privatleben, das sich überwiegend um Laurentius Meisinger drehte, den ältesten Sohn ihrer Vermieterin Resi Meisinger. Laurentius oder Lenz, wie ihn alle nannten, war Kommissar in Weilheim und der Mann an ihrer Seite. Aber eben auch nur überwiegend. Wo kam sie denn hin, wenn alle immer alles wussten? Da, wo sie herkam, sagte man:

Wer viel fragt, kriegt viel Antwort. Und sie fragte nicht und wollte keine Antwort geben.

Aber Seppi und die Polizei? Davon hatte sie in all den Jahren noch nichts gehört. Was um Himmels willen hat er bloß verbockt, dachte sie, als sie die Stufen zur Dießener Polizeiwache hinaufstieg und den Klingelknopf drückte.

Aus dem Lautsprecher neben der Tür kam unverständliches Kauderwelsch. »Grüß Gott, Carola Witt. Ich komme wegen Josef Hinterstraßer«, sagte sie und drückte die Tür auf.

In einem kleinen Vorraum saß ihr Kollege auf einer schmalen Bank. Auf seinem T-Shirt prangte eine Spielkarte. Er hob grüßend das Kinn und schaute anschließend wieder sparsam geradeaus.

Ui, dachte Carola, wie sieht der denn aus? Sie murmelte ein »Grüß Gott«.

»Servus«, sagte die erstaunlich junge und ebenso blonde Polizistin hinter dem Tresen. »Wie war der Name?«

»Witt«, antwortete Carola und deutete mit dem Daumen auf Seppi. »Herr Hinterstraßer hat mich angerufen. Kann ich ihn jetzt mitnehmen?«

»Ja«, beschied die Blondine streng, »das dürfen Sie. Ihr Freund sollte sich in Zukunft aber überlegen, wo und mit wem er sich nachts trifft.«

Seppi hatte seinen Mund für eine Antwort schon geöffnet, klappte ihn aber wieder zu, als er Carolas Blick auffing.

»Das wird er«, sagte sie. »Seppi, kommst du bitte.« Grußlos schob sie ihren Kollegen vor sich zur Tür hinaus.

»Caro –«

»Sag jetzt nichts«, unterbrach sie ihn. »Ich brauch einen Kaffee.« Sie sah auf die Uhr. Drei Uhr dreißig. *Jesus.* »Sag mal, was ist das denn für ein bescheuertes T-Shirt?«

»Schafkopf.« Er strich sich über den Bauch. »Gras-Ass.«

»*What?*« Sie zuckte mit den Schultern. »Ist jetzt eh schon alles wurscht. Wir fahren heim. Dann erzählst du mir die Story. Von Anfang an.«

Schweigend fuhren sie erst durch die menschenleeren Straßen Dießens, dann durch die Felder zum Secklerhof hinaus. Behutsam öffnete Carola die Haustür, nahm Seppi am Ärmel und zog ihn mit sich in die große Küche.

»Hock dich hin«, befahl sie und wies auf die lange Eckbank unter der Fensterreihe. »Du auch einen Kaffee?«

»Gerne«, antwortete Seppi und setzte sich gehorsam.

Carola füllte Wasser in die Maschine und schaltete sie an. Mit zwei Handgriffen nahm sie getöpferte Becher aus dem Vitrinenschrank, stellte Milch und Zucker auf den schweren gescheuerten Eichentisch. Minuten später erfüllte Kaffeeduft den Raum.

»So«, sagte sie und setzte sich auf den Platz übereck. »Jetzt schieß mal los. Was verschafft mir die Ehre, dich um diese Uhrzeit von der Wache abholen zu dürfen?«

»Danke noch mal. Das war echt voll nett …« Seppi lächelte schief.

Carola schüttelte abwehrend den Kopf. »Lass gut sein, ich weiß, ich bin ein echter Menschenfreund. Obwohl du gestern noch etwas anderes behauptet hast. Also. Spuck's aus. Was ist los?«

Seppi strich mit den Händen eine imaginäre Tischdecke vor sich glatt. »Also, das war so, ich –«

»Sag mal, wurdest du eigentlich erkennungsdienstlich behandelt?«, unterbrach Carola ihn erneut.

Seppi schlug die Augen nieder. Seine Wangen färbten sich rosa. »Ja«, antwortete er leise.

Carola beugte sich vor. »Alkoholtest?«

Nicken.

Sie kniff die Augen zusammen. »Jetzt sag bloß auch noch Drogentest.«

»Caro, es ist nicht so, wie du denkst.« Wie von einem Stromschlag getroffen, zuckte er zusammen, als sie neben ihm ihre flache Hand auf den Tisch schlug.

»Wie denn sonst? Sag mal, wie blöd bist du eigentlich? Was du privat in deinen vier Wänden nimmst, ist mir vollkommen egal. Aber dass du mit dem Dreck in die Öffentlichkeit gehst und unsere Arbeit gefährdest, finde ich echt nicht mehr witzig.«

Seppi starrte in die Tasse vor sich. »Darf ich …«

»Nein, darfst du nicht«, fuhr Carola ihn an. »Dass du deinen Job verlierst, wenn du verknackt wirst, ist dir schon bewusst, oder? Ist mir eigentlich auch wurscht. Aber dass der Scheiß auf unseren Chef zurückfallen wird, wenn rauskommt, dass du Drogen nimmst, finde ich unter aller Sau.«

Seppi sah auf. »Bist du jetzt fertig?«

Carola verschränkte die Arme vor der Brust. »Ja, bin ich«, schnappte sie.

»Okay.« Seppi stand auf. »Es tut mir ja wirklich leid, dass ich dich und uns in diesen Mist mit reinziehe. Aber ich hab mit Drogen nichts zu tun.« Er schlenkerte mit seinen langen Armen durch die Luft. »Wirklich! Das musst du mir glauben!«

Carola verzog skeptisch die Stirn. »Okay. Ich sag mal: In dubio pro reo. Auch wenn's mir schwerfällt. Aber wenn sie dich nicht wegen Drogen hopsgenommen haben, warum denn sonst?«

»Lass mich bitte erklären.« Seppi ging mit drei Schritten Richtung Waschbecken und drehte um. »Ja, ich war gestern Nacht in Utting. Am See. Im Summerpark am Dampfersteg. Da bin ich in letzter Zeit öfter.«

»Aha. Und? Was ist so spannend da? Anders gefragt: Wieso waren die Bullen auch da?«

»Na ja, eine Menge Leute gehen halt zum Chillen da runter. Wo sollen sie sonst auch hin? Man kann sich ja sonst nirgendwo treffen.«

»Mir kommen gleich die Tränen.« Spott troff aus Carolas Stimme. »Das kannst du echt deiner Großmutter erzählen, dass die nur zum Chillen da hingehen.«

»Mein Gott, da wird halt geraucht und auch ein bisserl gedealt. Aber nur Gras und so.« Seppi machte eine Kehrtwende vor der Küchentür.

»Na großartig.« Carola hatte ihren Kopf in die Hände gestützt. Erst ein mieser Traum und jetzt auch noch das. Was hatte sie bloß verbrochen? »Und was machst du dann so da, nachts in Utting am See? Wenn du nicht rauchst und nicht dealst?«

»Was die anderen auch machen. Chillen halt.« Seppi stiefelte Richtung Waschbecken.

Carola lachte auf. »Nicht dein Ernst. Und das soll dir jemand abkaufen? Kein Wunder, dass dich die Bullen mitgenommen haben. Wieso eigentlich? Wenn du nichts geraucht hast?«

Seppi warf die Arme in die Luft. »Der Typ neben mir aber schon.«

Sie warf ihm einen langen Blick zu.

»Caro, du kannst mir glauben! Ich saß da nur so rum. Und dann kamen halt die Bullen und haben alle Leute eingesammelt. Den Typ neben mir und mich eben auch.«

»Wie jetzt? Und das war alles? Was hast du sonst gemacht?« Sie unterdrückte den Impuls, sich an die Stirn zu tippen.

»Nix. Ich hab blöd beim Fenster, nein, auf den See rausgeschaut. Es war eh ein Scheißabend.« Wieder drehte er sich vor der Tür um.

»Wieso?«

»Weil's nicht so entspannt war wie sonst. Es waren neue Leute da. Die haben totalen Stress gemacht.«

Carola schüttelte den Kopf. Gleich würde ihr der Geduldsfaden reißen. »Wie ›Stress‹?«

»Die sind mit fetten Autos vorgefahren. Mit so goldenen BMWs und haben voll aggressiv gedealt. Haben ihr Zeug den Leuten regelrecht aufgedrängt. Aber keiner wollte was von ihnen kaufen.«

Sie verdrehte die Augen. Was sollten diese Kifferstorys? »Das war's? Mehr war nicht?«

Seppi stiefelte an ihr vorbei. »Sag ich doch. Als die Bullen angerückt sind, waren die schneller weg, als du gucken kannst.«

Carola beugte sich über den Tisch. »Josef Hinterstraßer.

Das glaubt dir doch kein Mensch. Ich nicht und die Polizei erst recht nicht. Und du dir doch selbst auch nicht!«

»Mein Gott, lass mich doch einfach!« Seppi hatte noch einen Zahn zwischen Tür und Waschbecken zugelegt.

Carola rieb sich über das Gesicht. »Seppi, ich bin hier, um dir zu helfen, also ...«

Abrupt blieb er stehen. »Wos geht di des o?«, schnauzte er.

Zum zweiten Mal krachte Carolas Hand auf die Tischplatte. »Seppi!«

»Okay, okay!« Er ließ sich auf die Bank sinken und vergrub das Gesicht in den Händen. »Sie heißt Sophie.«

Sie schloss für einen Moment die Augen. Ihr Kollege war hinter einem Mädchen her? Darauf hätte sie ja auch gleich kommen können. »Und wie weiter?«

Jetzt verschränkte Seppi die Arme vor der Brust. »Sophie Weiß. Sie hängt immer im Summerpark ab.«

»Seppi, jetzt lass dir doch nicht jeden Wurm einzeln aus der Nase ziehen. Sie ist da unten, weil ...?«

Störrisch schob er die Unterlippe vor. »Weil ihrer Mutter, der Mitzi Weiß, die Segelschule in Utting gehört. Und ein Segelschulschiff. Die Amazone.«

Seit wann interessierten sich junge Mädels für Schiffe? »Verkauf mich nicht für blöd. Das ist nicht der Grund, weshalb die Sophie in der Nacht am Dampfersteg ist. Also noch mal. Sie ist da unten, weil ...?«

»Weil sie mit einem Typen zusammen ist. Dem Goferl.«

Gleich hau ich ihm eine runter, dachte Carola. »Der ...?«

»Der hauptamtlich Sohn ist, von der Senta Engels, der die andere Hälfte des Ammersee-Westufers gehört. Eigentlich sind die Fischer. Aber die haben eben auch den Ruderbootverleih in Dießen. Und die Segelschule da. Aber chillen tut er in Utting, der Goferl. Der, wo halt Sohn ist. Und wo der Goferl ist, da ist die Sophie.«

Wow, dachte Carola, das waren jetzt aber mal wirklich viele Worte auf einmal. »Und wo die Sophie ist, da ist auch der Seppi. Ich verstehe.« Sie gähnte herzhaft.

Seppi starrte sie an. »Was will die bloß von dem? Der Typ ist doch voll scheiße.«

Da fragst du mich was. Was Frauen von Männern wollen, ist eines der großen Mysterien der Menschheit. »Ist mir jetzt ehrlich gesagt wurscht.« Sie warf einen Blick auf die Uhr über dem Vitrinenschrank. »Es ist gleich halb fünf. Zu allem zu spät und auf jeden Fall zu früh für irgendwas. Ich kutschiere dich jedenfalls nicht mehr durch die Gegend. Du kommst jetzt mit und legst dich auf meine Couch.«

Mit hängenden Armen stand Seppi vor ihr. »Und dann?«

»Nix ›und dann‹. Dann frühstücken wir zusammen, und ich fahr dich heim. Da kannst du dann über deine Sünden nachdenken.«

2

»Servus!« Lenz hob freundlich die Hand. Das Paar, das ihre Bank auf dem Sträßlein neben ihnen zügig nach Süden passierte, winkte zurück.

Carola, die sich eng an ihn gekuschelt hatte, fädelte ihren linken Arm unter Lenz' rechtem ein, ergriff seine Hand und legte ihren Kopf auf seine Schulter. »Sag mal, wen kennst du hier eigentlich nicht?« Sie gähnte. Das an zwei Ketten über ihnen aufgehängte hölzerne Deko-Krönchen schwankte leise.

»Die kenn ich doch gar nicht. Ich bin einfach nur nett, damit die beiden nicht allzu frustriert sind, weil sie nicht auf dem Bankerl hocken können, sondern wir. Und ich will jede Sekunde genießen. Schließlich muss ich gleich zum Dienst. Und du fährst ja morgen schon.« Er streichelte ihre Hand. »Ist es nicht schön hier?«

»Ja, sehr schön«, antwortete Carola und schloss die Augen. Sie rückte noch etwas enger an ihn heran. Wie angenehm warm er doch war. Sie gähnte erneut. Viel Schlaf hatte sie nicht mehr gekriegt heute Morgen. Da war es ihr jetzt ehrlich gesagt ziemlich schnuppe, wie es um sie herum aussah. Aber sie konnte ja früh ins Bett gehen, wenn Lenz zur Arbeit gegangen war.

»Spatzerl, nun schau doch, die Zugspitze!« Lenz ließ nicht locker.

»Okay.« Carola richtete sich auf, öffnete die Augen und ihr Herz für den Anblick. In sanften Wellen fiel das Land vor ihnen ab. Geruhsam reihte sich Wiese an Feld und Feld an Wald und Wald an Berg. Zum Horizont hin erhob sich die erste Kette der Voralpen. Spitz ragte der Sendemast auf dem Hohen Peißenberg in die Höhe. Dahinter baute sich kantig und wuchtig die Zugspitze auf, schon weiß angezuckert. Von einem unfassbar blauen, komplett wolkenlosen Himmel gleißte die Sonne auf sie herab.

Eine Gänsehaut rieselte ihren Rücken hinunter. Und das alles sollte sie gegen die grauen Straßen Berlins eintauschen?

»Caro«, hatte die Stimme ihres Chefs, des Bundestagsabgeordneten Johannes Ludwig, vorgestern aus dem Lautsprecher der Telefonanlage im Weilheimer Abgeordnetenbüro gescheppert, »pack dein Glump und komm nach Berlin. Luise geht nächste Woche mit dieser Völkerverständigungstruppe nach Washington.«

Ludwig hatte eine Kunstpause gemacht, die Carola die Gelegenheit gegeben hatte, den Hintergrundgeräuschen des Reichstags zuzuhören – halblaute Stimmen, hallende Schrittgeräusche, Abstimmungsklingeln – und die Informationen, die er ihr vor die Füße geschmissen hatte, zu verarbeiten.

Sie wusste, dass sich ihre ehrgeizige junge Kollegin im Berliner Abgeordnetenbüro für das Austauschprogramm des Bundestages mit dem US-amerikanischen Kongress beworben hatte. Letztes Jahr war sie mit der Idee um die Ecke gekommen und hatte Ludwig offiziell um Erlaubnis gebeten. Der ihr leichtsinnigerweise eine Empfehlung geschrieben hatte. Wohl in der Hoffnung, dass sie abgelehnt werden würde. Was dann auch zu niemandes Verwunderung geschehen war. Nur Luise war tagelang geknickt gewesen. Carola hatte sich gefragt, wer ihr beibringen sollte, dass sie mit ihrer Vita wirklich niemanden hinter dem Ofen hervorlocken konnte. Dreiundzwanzig Jahre jung, Studentin des internationalen Rechts, Mitarbeiterin eines Bundestagsabgeordneten. Von ihrer Sorte gab es Hunderte in Berlin. Um nicht zu sagen Tausende. Geradezu zum Säufuadern, wie man es in ihrer neuen bayerischen Heimat ausdrücken würde. Aber jetzt war sie doch dabei.

»Wieso?«, grätschte sie in Ludwigs Redefluss. »Ich dachte, sie wurde –«

»Abgelehnt. Jaja, ich weiß, ich weiß«, unterbrach sie Ludwig ungeduldig. »Sie rückt nach. Ich wusste gar nicht, dass man da überhaupt nachrücken kann. Wie auf einer Landesliste. *Anyhow*, kannst du dir das vorstellen? Luise rückt allen

Ernstes nach. Kurzfristig. Weil nämlich eine von den Schnepfen, die ursprünglich angenommen worden waren, schwanger
geworden ist. Die will nicht mehr mitfahren, um ihr Mutter-
glück nicht zu gefährden. Schwanger! Jesus Maria!«

Carola sah vor ihrem inneren Auge, wie Ludwig sich auf
den Fluren des Reichstags an die Stirn schlug. Sie grinste.

»Kapierst du so was? Schwanger!«, ereiferte sich Ludwig
weiter. »Wie kann man schwanger werden, wenn man nach
Washington gehen will? Und die anderen, die vor ihr auf der
Nachrückerliste gestanden sind, haben inzwischen andere
Jobs. Nur Luise hat Zeit. War ja irgendwie klar. Wie konnte
dieses andere Weibsbild bloß schwanger werden?«

Soll ich's dir erklären, wie das geht? Carola verschluckte
ihre Antwort und sagte stattdessen: »Okay. Verstanden. Luise
ist bald weg. Wann brauchst du mich in Berlin?«

»Was heißt hier ›bald‹? Sie *ist* weg. Ich brauch dich am
Montag. Du kommst erst mal interimsmäßig. Für ein paar
Wochen. Wir suchen gemeinsam nach einem Ersatz. So lange
kann Seppi in Weilheim die Stellung halten. Wir treffen uns
um neun Uhr im Büro.«

Carola starrte auf ihre Schreibtischunterlage. Beredte Stille
breitete sich aus. Ihr gegenüber saß Seppi mit gigantischen
Micky-Maus-Ohren ähnelnden Kopfhörern, machte irgendwas und hatte von alldem nichts mitgekriegt. Johannes hatte
einfach aufgelegt. Sie kannte das. Es war noch nicht mal böse
gemeint. Was wichtig war, hatte er ihr gesagt. Für soziale
Gesten wie ein »Grüß Gott« oder ein »Pfiat di« blieb in der
Hektik einer Sitzungswoche einfach keine Zeit. Oder er nahm
sie sich nicht.

Während das Telefonat in ihr nachhallte, war die Information langsam nach unten gesackt. Berlin? Berlin! Nicht
nur für drei Tage mit einer depperten Besuchergruppe in die
Hauptstadt tingeln, gemeinsam Termine abklappern, nur um
ihre Schäflein ja wieder alle vollzählig einzusammeln und sicher zurück nach Bayern zu bringen. Sondern für – ja, für wie
lange eigentlich? Ein paar Wochen, hatte Johannes gesagt. Sie

19

hatte ihr Gehirn durchsucht. Aber das Austauschprogramm mit dem amerikanischen Kongress dauerte – ein Jahr!

»Hurra!« Sie war aufgesprungen und hatte die Arme Richtung Decke gerissen. Seppi hatte irritiert hinter seinem Bildschirm hervorgesehen und den Kopfhörer runtergezogen. »Sag einmal, spinnst du jetzt komplett?«

Die Erinnerung an ihre freudige Endorphindosis, die vorgestern durch ihre Adern gerauscht war, klang in ihr nach und ließ sie lächeln. Ihr Grinsen verschwand, als sie an Seppis pikierten Gesichtsausdruck zurückdachte.

»Danke, Frau Kollegin«, hatte er gesagt, als er den Grund ihrer Freude realisierte, »ich verstehe. So arg ist die Zusammenarbeit mit mir also, dass du hier rumspringst wie der Osterhas, wenn man dir sagt, dass du nach Berlin abzischen darfst. Na«, hatte er abgewehrt, als sie ihn begütigend unterbrechen wollte, »hab schon kapiert. Danke! Reicht. Reisende soll man nicht aufhalten.«

Bei der Erinnerung zog Carola immer noch die Augenbrauen nach oben. Er war auch mit viel Überredungskunst und dem Angebot, ihn einzuladen, nicht zu bewegen gewesen, mit ihr Mittag essen zu gehen. Eine Jobübergabe hatte er auch nicht machen wollen. »Für wie blöd hältst du mich eigentlich? Ich komm schon klar. Ansonsten frage ich halt Johannes.«

Unwillkürlich entfuhr ihr ein »Pah«.

»Was schnaufst denn so?«, fragte Lenz.

»Ach nichts. Ich musste nur gerade an Seppi denken und wie der sich am Freitag aufgeführt hat. Nur weil Johannes mich nach Berlin ruft. Was kann ich denn dafür? Gar nichts.« Sie setzte sich auf, löste ihre Hand aus seiner und verschränkte die Arme vor der Brust.

»Musst dich vielleicht nicht ganz so arg freuen, dass du von uns wegkommst«, antwortete Lenz und gab ihr einen Knuff in die Schulter.

»Was heißt hier ›freuen‹? Ich hab nie ein Hehl daraus gemacht, dass ich gerne in Berlin gelebt habe. Natürlich bin ich auch gerne hier. Bei dir«, beeilte sie sich zu ergänzen, als sie

Lenz' Blick auf ihrer linken Wange spürte. Sie gähnte. »So sehr kann Seppi der Abschied von mir dann auch nicht schmerzen, ansonsten hätte er mich gestern Nacht ja nicht angerufen. Und du bist dir sicher, dass da nicht noch was kommt?«

»Vielleicht muss Seppi noch mal als Zeuge aussagen. Bei dem Einsatz am Freitag wurden bei einigen Personen illegale Substanzen festgestellt. Bei Seppi wurde nichts gefunden, aber er hat vielleicht etwas beobachtet. Da unten im Summerpark wurde gedealt. Aber da der Drogentest bei ihm negativ war, hat er nichts zu befürchten.«

Carola ließ ihren Kopf wieder auf seine Schulter sinken. »Da bin ich erleichtert. Ich hoffe nur, dass er auf keine blöden Ideen mehr kommt, solange ich weg bin. Wer soll ihn denn in Zukunft von der Wache abholen?«

Lenz angelte nach ihrer Hand. »Apropos weg sein. Lass uns doch mal darüber sprechen, was wir machen, wenn du wieder da bist.« Er rückte näher an sie heran.

»Ja? Was geht dir durch den Kopf?« Carola sah ihren Lebensgefährten von der Seite an. Was kam denn jetzt? Hoffentlich nicht schon wieder das Thema Kinder. Das hatten sie doch schon letztes Jahr abgehakt. Aus ihrer Sicht zumindest.

Lenz drückte ihre Hand. »Ich hab darüber nachgedacht, wie wir wohnen.«

»Gefällt es dir nicht mehr bei deiner Mutter?« Sie setzte sich auf. »Also ich finde den Secklerhof toll. Und meine Wohnung ist eigentlich auch sehr schön. Nein«, korrigierte sie sich. »Meine Wohnung bei deiner Mutter finde ich super.« Innerlich rollte sie mit den Augen. Denn das war der Teil, der sie an ihrem Berlin-Trip wirklich nervte. Ihre eigene Berliner Wohnung in Charlottenburg hatte sie seit Jahren untervermietet. Da kam sie kurzfristig nicht mehr ran. Sodass nach einer kurzen Onlinesuche für sie nur eine winzige Wohnung am Kottbusser Tor drin gewesen war. Fünfundzwanzig Quadratmeter, Seitenhaus, fünfter Stock, ohne Aufzug und ohne Heizung. Sie könne den Backofen aufmachen, hatte ihr das Mädel, das ihr die Wohnung untervermietet hatte, am Telefon gesagt. Das würde schon gehen. Sie war sich sicher, sie würde ihre lichtdurchflutete Drei-Zimmer-Wohnung auf dem Secklerhof mit dem alten Parkett, den rohen Deckenbalken und dem zerknautschten Ledersofa ab dem ersten Tag vermissen.

»Ja, natürlich ist die schön. Aber es ist eben *deine* Wohnung. Und ich hab halt *meine* Wohnung.« Lenz drückte erneut ihre Hand.

Carola schwante, was als Nächstes kommen würde. Wie kam sie aus dieser Nummer bloß wieder raus? »Also ich finde es völlig okay, dass wir mal bei dir und mal bei mir sind. Mehr Platz hat deine Mutter einfach nicht im Haus.« Sie streichelte seinen Handrücken.

Lenz rückte zur Seite und strahlte ihr ins Gesicht. »Ich meine ja auch nicht das Haus meiner Mutter. Ich frage mich, ob wir uns ein gemeinsames Nest suchen? In Weilheim vielleicht? Was meinst du?«

Ein »gemeinsames Nest«. Eine Doppelgarage, ein Walmdach und Sprossenfenster tauchten vor ihrem inneren Auge auf. Mit Gardinen. So wie in den Neubaugebieten ihrer schleswig-holsteinischen Jugend. Da wurde samstags der Rasen gemäht. Jeden Samstag.

Sie stöhnte innerlich. Da hatte dieser Mann diese unfassbar schönen, warmen braunen Augen. Und ein riesengroßes mitfühlendes Herz. *On top* ein großartiges Gehirn, das er für einen verantwortungsvollen, spannenden Job einsetzte. Warum war er gleichzeitig so wahnsinnig spießig und bieder? Sie atmete aus. Was genau war es eigentlich, weshalb Männer mit Frauen unbedingt zusammenziehen wollten? Obwohl, wie in ihrem Fall, keinerlei Notwendigkeit dafür bestand?

»Ach, Lenz«, sagte sie. Sie wohnten doch faktisch zusammen, unter einem Dach, in demselben Haus. Es gab mit den wenigen Ausnahmen, wenn Lenz Dienst hatte, praktisch keine Nacht, die sie nicht zusammen verbrachten. Entweder ging sie zu ihm, oder er kam zu ihr. Was sollte da fehlen? Sie fand es entspannend, ab und zu eine Tür hinter sich zumachen zu können. Eine gesunde Distanz. Ihr taugte das sehr. Aber ihm schien es nicht zu reichen. Warum bloß?

Sein Strahlen war um kein Lux dunkler geworden. »Und? Was meinst du? Wär das nicht schön?«

»Ach, weißt du, Lenz, findest du nicht, wir sollten mit dieser Entscheidung warten, bis ich wieder aus Berlin zurück bin? Noch ist ja nicht ganz klar, wie lange ich weg bin. In Berlin ziehe ich erst mal in eine winzige Wohnung in Kreuzberg. Das ist ein echter Notnagel. So wie ich das sehe, wird die Bude auf gar keinen Fall mein Zuhause werden. Und da fände ich es schon gut, wenn in meiner bayerischen Wohnung alles beim Alten bliebe.«

»Hm.« Lenz verzog den Mund. »Du in Kreuzberg? Das hört sich nicht gut an. Muss ich mir da Sorgen um dich machen?«

Carola lachte auf. »Ich glaube, die Kreuzberger arbeiten aktiv an ihrem miesen Ruf. Damit ja keine bayerischen Landeier auf die Idee kommen, zu ihnen zu ziehen.« Sie tätschelte seine Hand. »Glaub mir. Alles halb so wild.«

»Bist du dir da sicher?« Er klang ernst. »Also die Statistik spricht eine andere Sprache.«

»Das mag schon sein«, antwortete Carola sanft. »Aber du musst auch zugeben, dass in den zentralen Stadtteilen Berlins einfach sehr viele Menschen auf sehr engem Raum leben. Und da ist es doch ganz logisch, dass die Kriminalitätsrate nach oben geht.«

»Hm«, wiederholte Lenz. »Und wie muss ich mir das vorstellen? Ich meine, du und Kreuzberg?«

Irgendwie war es ja ganz süß. Dass er sich um sie sorgte. Sie drückte seine Hand. »Das Kottbusser Tor ist ein Verkehrsknotenpunkt. Oder inzwischen ist es das wieder. Während der Mauer war dieser Teil der Stadt das Ende der Welt. Heute kreuzen sich mehrere Straßen und U-Bahn-Linien dort.«

»Hört sich ja toll an«, gab Lenz trocken zurück. »Da lob ich mir doch die klare bayerische Luft und die Aussicht auf die Zugspitze.«

»Lenz, das ist nicht fair. Das ist Äpfel mit Birnen verglichen.« Sie knuffte ihn in die Seite. »Rund um den Platz sind Geschäfte und Imbissbuden. Da tobt den ganzen Tag das Leben.«

»Okay, weiter.«

»Ich hab in einer Seitenstraße eine ganz kleine Wohnung. Nur fünfundzwanzig Quadratmeter. Unten im Haus ist ein großes Programmkino, das ist ziemlich berühmt. Und daneben sind Restaurants und Bars. Meine Bude ist im fünften Stock im Seitenhaus. Aus meinem Fenster schau ich über die Dächer Berlins.« Den Hinweis auf den fehlenden Aufzug und die nicht vorhandene Heizung verkniff sie sich. Er musste ja nicht alles wissen.

»Das hört sich sehr städtisch an, findest du nicht?« Er schenkte ihr einen schrägen Blick.

»Schon. Aber ehrlich gesagt freue ich mich auch drauf. Dann kann ich nach der Arbeit noch ausgehen oder ins Kino. Finde ich schon toll.«

Lenz setzte sich auf wie ein Schulkind, das ein Gedicht aufsagen sollte. »Ich wollte dir einen ganz anderen Vorschlag machen. Keine Verkehrskreuzung und auch kein fünfter Stock. Meinst du nicht, ein schönes Haus für uns zwei wäre toll? Im Grünen? Ohne den Rest meiner Familie, nur du und ich? Und ein großer Garten?« Er strahlte sie an.

Carola spürte, wie ihr die Brust eng wurde. Ein *Haus*? Im *Grünen*? Hatte sie nicht gerade gesagt, dass sie mitten in die Großstadt ziehen würde? Und dass sie sich darauf freute? Hörte er ihr überhaupt einmal zu? Sie lachte auf. »Lenz, nichts für ungut, aber das ist so ziemlich das Gegenteil von dem, was ich mir derzeit vorstellen kann. Und vorstellen mag.«

Lenz krauste die Stirn. »Aber Spatzerl, meinst nicht, es wär langsam mal an der Zeit, zur Ruhe zu kommen? Dein Nomadenleben endlich aufzugeben und sesshaft zu werden?«

Carola spürte einen Stock in ihrem Rücken. »Wie meinst du das denn bitte? Gefällt dir irgendetwas an meinem Leben nicht?«

Lenz sah an die Decke. »Ja, weißt du, du kommst nicht zur Ruhe. Hier in Bayern, am Ammersee, bei mir, hast du endlich deinen Platz gefunden. Aber was machst du? Du stehst einfach auf und ziehst weiter. Du bist nicht geerdet. Aber wir in Bayern, wir sind bodenständig.«

What? Nicht geerdet? Sie, die mit beiden Beinen so was von fest im Leben stand? Was bildete sich dieser Typ bloß ein, solche Urteile über sie zu fällen? In Carolas Eingeweiden bollerte der Jähzorn von unten an ihr Zwerchfell und wollte, dass sie schrie. Sie holte Luft und atmete ganz, ganz langsam aus. »Weißt du, Lenz, Berlin, Verkehrskreuzung, fünfter Stock, das ist genau das Leben, das ich führen will. Weswegen ich ehrlich gesagt weggegangen bin. Von Schleswig-Holstein nach Berlin. Genau das wollte ich. Und ich hab mich dabei sehr wohlgefühlt.« Sie quälte sich ein Lächeln ab.

Seines erlosch. Er wandte sich ab und sagte mit fester Stimme: »Weißt, aber jetzt bist in Bayern. Bei mir. Wo du hingehörst. Irgendwann musst dich halt dreinschicken.«

Das war's. Sie stand auf. »Dreinschicken? Ich?« Sie tippte sich an die Stirn. »Ich hab zwar keine Ahnung, was das ist, dreinschicken. Aber ich kann dir versichern, dass ich das auf gar keinen Fall tun werde. Dieses Dreinschicken.« Sie hatte ihm das Wort vor die Füße gespuckt, drehte sich um und stürmte davon, weg von ihm, zurück zum Secklerhof.

Ihre Augen brannten. So wie ihr Herz. Vor Wut. Vor Enttäuschung. *Das* war ihr letzter gemeinsamer Nachmittag vor ihrer Abreise? Ein Streit? Wegen ihrer Wohnung? Sie wischte sich über das Gesicht und stapfte weiter. Sollte er doch gleich zum Dienst gehen. Machte auch nichts. War eh schon wurscht. Sie würden sich vor ihrer Abreise sowieso nicht mehr sehen. Später würde sie den Zug nach Berlin nehmen. Und da würde sie bleiben. Und er konnte ihretwegen in Bayern verschimmeln. Seinen Blick konnte sie bei jedem Schritt in ihrem Rücken spüren. Aber sie sah sich nicht mehr um.

3

»Caro, hörst du mich?«

»Moment.« Das Telefon zwischen ihr rechtes Ohr und ihre Schulter geklemmt, stand sie im Eingangsbereich des ICE-Waggons, den Griff ihres Rollkoffers in der linken Hand. Schnaufend schlossen sich neben ihr die beiden Türhälften zum nächsten Abteil. Schnell sah sich noch einmal um. Die Frau, die eben beim Einsteigen hinter ihr gedrängelt hatte, wandte ihr den Rücken zu und wuchtete vornübergebeugt einen riesigen Metallkoffer über die steilen Stufen des ICE nach oben.

»In welchem Wagen sind wir hier eigentlich?«, rief die Metallkoffer-Dame durch die geöffnete Tür auf den Bahnsteig hinaus, auf dem eine Gruppe Jugendlicher ihr ungerührt dabei zusah, wie sie sich abplagte.

War die Frage ernst gemeint? Die Nummer stand neben der Tür, die sie Sekunden vorher passiert hatte. Carola schloss kurz die Augen und entschied sich, die Frau zu ignorieren. »Klar und deutlich, Lenz.« Sie umfasste den Griff ihres kleinen Rollkoffers etwas fester. Wieso rief er sie jetzt an? Er wusste doch, dass sie zum Zug musste. Wollte er ihr etwa wieder etwas von Häusern im Grünen erzählen? Ihre Aktentasche, die sie auf den Koffer gestapelt hatte, schwankte gefährlich. »Was kann ich für dich tun?«, fragte sie, um einen geschäftsmäßigen Ton bemüht. Sie wandte sich nach rechts und ging den Gang an den Sechserabteilen entlang Richtung Großraum.

»Ich wollte dir nur noch mal sagen, dass es mir leidtut wegen vorhin.«

Sie blieb stehen und sah auf ihre Füße. »Ach, Lenz.«

»Und von Resi soll ich dir auch was sagen.« Er unterbrach sich. »Es ist schöner, wenn du da bist.«

Unwillkürlich prustete sie los. Eine Glastür fuhr leise zischend zur Seite und gab ihr den Weg frei. Sie trat in den Großraum und ließ ihre Augen an der Leiste mit den Sitznummern entlanggleiten. »Meinst du nicht, dass du es jetzt ein bisserl übertreibst?«

»Spatzerl, wir, nein, ich vermiss dich jetzt schon.«

»Lenz, es ist doch nur für ein paar Wochen.« Was redete sie denn da für einen Blödsinn? Womöglich blieb sie Monate in Berlin.

»Ich freue mich jetzt schon darauf, wenn du wieder da bist.«

Der Mann zog wirklich alle Register. »Ich hab's mir doch nicht ausgesucht. Aber du weißt doch, wenn Not am Mann beziehungsweise hier an der Frau ist, hab ich keine Wahl. Johannes braucht mich in Berlin.« Da, Platz 55. Gott sei Dank konnte Lenz jetzt nicht sehen, dass ihre Wangen sich rosa färbten. »Entschuldigung, den Platz am Fenster habe ich reserviert«, sagte sie zu dem mittelalten Hipster mit Beanie und Hornbrille, der auf ihrem Platz am Fenster hockte.

»*Sure?*«, knurrte er zurück, ohne einen Blick vom Display seines iPhone zu nehmen.

»*Yup, sure*«, antwortete sie ungerührt und senkte ihr Telefon. »*Would you please be so kind and –*«

»Jaja, passt schon«, unterbrach sie Mr. Beanie brüsk, griff im Aufstehen nach seinem Rucksack und stürmte grußlos an ihr vorbei Richtung Speisewagen.

Carola stellte ihre Aktentasche auf den Boden, hängte ihre Jacke auf, ließ sich in ihren Sitz fallen und zog ihren Koffer zu sich heran. »Lenz, entschuldige bitte, wir fahren gleich los, und hier geht es gerade noch drunter und drüber.« Sie angelte nach der Fußstütze und klappte sie aus.

»Ich will dich auch gar nicht stören. Ich versteh dich ja. Ich wollte dir nur sagen, dass ich gerade auf dem Bankerl vor dem Haus sitze, und die Sonne scheint so schön, und ich lieb dich und …«

Erst sanft, dann immer schneller werdend fuhr der Zug aus dem Dunkel des Sackbahnhofs ins Freie. »Liebe Fahrgäste, herzlich willkommen im ICE der Deutschen Bahn auf unserer Fahrt von München nach Berlin …«, übertönte die Ansage Lenz' Stimme.

Carola presste das Telefon an ihr Ohr. »Lenz, ich hör dich nicht. Ich melde mich, sobald ich in Berlin bin.« Sie drückte auf den roten Hörer und ließ das Telefon sinken.

Der Zug passierte den Bahnhof Donnersbergerbrücke. Im Dunkel des Fensterglases spiegelte sich ihr Gesicht. Blass, aber dafür mit deutlichen Ringen unter den Augen. Der ICE wurde schneller und schneller, bald rasten Lärmschutzwände an ihr vorbei. Sie lehnte ihren Kopf an die Stütze und schloss die Augen.

Was hatte er gesagt? »Ich versteh dich ja. Ich lieb dich.« Sie biss sich auf die Unterlippe. War es nicht das, was jede Frau hören wollte? Warum nur fühlte es sich dann so gut an, von dem Mann wegzufahren, der ihr das sagte? Der ihr seit Jahr und Tag die Treue hielt und sie trotz seines stressigen Jobs als Kriminalhauptkommissar spüren ließ, wie viel sie ihm bedeutete? Der mit ihr leben wollte? Kinder mit ihr wollte?

Donnernd raste der Zug in einen Tunnel. Sie setzte sich auf und schüttelte sich. Ein Haus! Im Grünen! Kinder! Als ob eine Beziehung nur eine gute Beziehung sein konnte, wenn man ein Haus und Kinder hatte! Himmelherrgott, sie wollte kein Haus und keine Kinder, sie wollte tun und lassen, was sie wollte, wann sie es wollte und wo. Wie zum Beispiel, in der Sekunde in Bayern alles stehen und liegen zu lassen, in der ihr Chef sie in die Hauptstadt rief.

Und genau das tat sie gerade. Carola zuckte mit den Schultern und lächelte ihrem Spiegelbild im Zugfenster zu. Draußen zog die liebliche Landschaft der Holledau vorbei.

Berlin, Berlin, endlich wieder Berlin! Vorfreude perlte wie Champagner in einem schlanken Kelch in ihr empor. Reichstag, Sitzungswochen voller Hektik, den ganzen Tag klingelte das Telefon. Ein vollgestopfter Terminkalender, ihr Chef rief ihr zwischen Tür und Angel Anweisungen zu und rannte weiter. Dazwischen sie, die die nächste Pressemitteilung schon schrieb, während ihr Chef gerade in einer Anhörung die Sachverständigen grillte. Und abends noch eine Buchvorstellung in einer Landesvertretung samt Empfang. Wie sie dieses Leben liebte! Mit einem lauten »Wuusch« rasten sie in den nächsten Tunnel. Vor den Fenstern wurde es nachtschwarz.

Sie warf einen Blick auf ihre Aktentasche zu ihren Füßen und gähnte. Dieses Ding verfolgte sie, bei Tag und bei Nacht. Sollte sie pflichtbewusst ihre E-Mails checken? Oder eine Mütze Schlaf nehmen? Sie knüllte ihren Schal zusammen und stopfte ihn sich ins Genick. Dass Zugfahren immer so müde machte. »Weißt, irgendwann muss sich jeder mal dreinschicken«, hallte Lenz' Stimme durch ihren Kopf.

Sie schloss die Augen und gähnte erneut. Unter ihr vibrierte der Zug. Was hatte sie eben noch gewollt? Ach ja, die Mails. Sie zog ihre Jacke vom Haken und legte sie sich über die Schulter. Noch knappe drei Stunden bis zum Hauptbahnhof. Sekunden später spürte sie nicht mehr, dass ihr Kopf zur Seite fiel.

Aber sie wusste, sie hatte einen Auftrag. Die Tasche. Die war wichtig. Und die musste nach Berlin. Genauso wie sie. Sie musste auch nach Berlin. Wenn sie bloß nicht so müde wäre. Dann würde sie es schaffen.

»Liebe Fahrgäste, unser Zug hält heute außerplanmäßig in Leipzig. In Leipzig bitte alle aussteigen. Der Zug wird getauscht. Unser nächster Halt ist Leipzig.«

Leipzig? Wieso Leipzig? Sie musste doch nach Berlin. Sie hatte keine Zeit, jetzt in Leipzig auszusteigen und auf den nächsten Zug zu warten. Außerdem war sie müde, so müde, sie würde so gerne schlafen, einfach nur schlafen. Und nicht träumen.

Der Zug hielt. Um sie herum standen alle Fahrgäste auf und gingen schweigend Richtung Ausgang. Wieso war es so ruhig? Sie nahm alle Kraft zusammen, stand auf und trottete hinter den anderen her, durch die Tür, auf den Bahnsteig. Die Leute standen dicht an dicht. »Wo-opp.« Die Türen schlossen sich, der ICE setzte sich in Bewegung und fuhr langsam aus dem Kopfbahnhof heraus.

Kühl zog die Zugluft des ausfahrenden Zuges an ihr vorbei. Carola sah ihm hinterher, folgte den roten Lichtern, die im Halbdunkel der Bahnhofshalle glühten. Hatte sie alles? Oh mein Gott, die Tasche! Sie hatte schon wieder die Tasche im Zug vergessen! Aber die war doch so wichtig. Davon hing doch so viel ab. Ein verzweifelter Schrei formte sich in ihrer Kehle, sie öffnete den Mund, aber sie blieb stumm.

»Noch jemand zugestiegen? Die Fahrscheine bitte.«

»Was?« Schlaftrunken setzte sie sich auf.

»Ihren Fahrschein bitte.« Eine junge Frau in blauer Uniform mit wilden rot-schwarz gefärbten Locken, ein riesiges Lesegerät in der Hand, stand freundlich lächelnd vor ihr.

»Sicher.« Mein Gott, die Tasche, da stand sie ja. Genau zu ihren Füßen. Dort, wo sie sie abgestellt hatte. Carola zog ihr Telefon heraus, rief ihr Ticket auf und hielt es in die Höhe.

Gleichbleibend lächelnd scannte die Zugbegleiterin den Code. »Gute Fahrt.«

Sie schloss die Augen. Schon wieder dieser Alptraum. Passierte jetzt immer der gleiche Mist, sobald sie die Augen schloss? Langsam klangen die Wellen aus Adrenalin in ihr ab, wurden von Sekunde zu Sekunde flacher und liefen aus. Mühsam hob sie wieder ihre Lider. Wie kaputt sie war. Hatte sie einfach nur einen Sprung in der Schüssel, oder wollte dieser Traum ihr irgendetwas sagen?

Eine Lautsprecherstimme unterbrach ihre Gedanken. »Werte Fahrgäste, ich muss Sie darauf hinweisen, dass dies ein Nichtraucherzug ist. Rauchen ist weder in den Wagen noch in den Gängen oder den Toiletten erlaubt.« Es knisterte. »Ich wiederhole: Es besteht ein Verbot in den Zügen der Deutschen Bahn für alle Dinge, die man rauchen kann.«

Wo war sie bloß gelandet? Ihr Blick fiel auf den Bildschirm über ihr. Sie donnerten mit zweihundertdreiundachtzig Stundenkilometern durch die Weite Sachsens. Noch eine gute Stunde bis Berlin. Was sollte sie jetzt tun? Noch einmal versuchen zu schlafen? Besser nicht. Sie gähnte und griff nach ihrem Telefon. Dann doch lieber bis Berlin ihre E-Mails checken.

»Willkommen in Berlin Hauptbahnhof. Ihre nächsten Anschlusszüge ...«

Sie umfasste den Griff ihres Rollkoffers, schulterte ihre Aktentasche und kletterte über die steilen Stufen nach unten auf den Bahnsteig. Die lichte Konstruktion des Hauptbahnhofs aus Stahl und Glas wölbte sich über ihr. Endlich. Endlich war sie da, in Berlin, mitten in der Stadt, auf dem wunderbar hellen, großzügigen, ja großstädtischen Hauptbahnhof. Routiniert klemmte sie ihre Aktentasche auf den Koffer, drehte sich um und strebte zügig in Richtung Rolltreppe. Ein wenig Schadenfreude überkam sie, als sie die suchenden Blicke anderer Reisender bemerkte. Tja, sie musste nicht fragen, denn sie kannte sich aus. Der Bahnsteig der S-Bahn war gleich nebenan, sie musste nur einen Stock herunterfahren und gleich am nächsten Bahnsteig wieder hinauf. Und ein Monatsticket hatte sie auch schon.

Gut gelaunt fuhr sie aus der lichten Halle in das Halbdunkel des Zwischengeschosses. Unten angekommen, wandte sie sich nach links – und blieb stehen. Im Dämmerlicht erkannte sie die Umrisse eines Mannes am Fuß der Rolltreppe zum S-Bahn-Gleis. Angeekelt verzog sie das Gesicht. Ihr Gehirn wehrte sich gegen die Anerkennung dessen, was ihre Augen sahen. Aber ja, es bestand kein Zweifel. Der Mann erleichterte sich in aller Seelenruhe in den Fuß der Rolltreppe, fummelte noch etwas an seiner Hose herum und ging weiter.

Willkommen in Berlin, dachte Carola, hob ihren kleinen Koffer hoch und stieg auf die Rolltreppe. So viel zum Thema, sie kannte sich aus. Sie konnte sich ja viel einbilden auf die Jahre, die sie in der Hauptstadt verbracht hatte. Inzwischen war sie aber wieder ein Landei, ein echtes Landei. Das schon nach den ersten zehn Minuten in der Großstadt einen Realitätsschock erlitt. Was kam noch auf sie zu?

Ihre gute Laune war verflogen. Sie stieg in die S-Bahn,

fuhr drei Stationen zum Alexanderplatz, stieg aus und zog mit gesenktem Kopf ihren Koffer durch die Gänge Richtung U-Bahn. Niemand beachtete sie. Jeder hatte ein Telefon in der Hand oder Stöpsel in den Ohren.

Kottbusser Tor. Was würde sie jetzt erwarten? Sie trat auf den Bahnsteig, las die Schilder und ging Richtung Ausgang Reichenberger Straße. Dunkelgraue, ausgetretene, verdreckte Stufen türmten sich vor ihr auf. In den Ecken lag der Müll. Herrgott, sie hatte die Treppe vergessen. Sie packte den Griff ihres Koffers etwas fester.

Heftig atmend erklomm sie die letzte Stufe, wuchtete ihr Gepäck auf das Trottoir und sah sich um. Wann war sie das letzte Mal um diesen Platz gegangen? Es mussten mindestens vier Jahre vergangen sein. Aber es hatte sich nichts verändert. Autos drängten sich im Kreisverkehr um den struppigen Rasen in der Mitte des Platzes. Ein Stockwerk höher fuhr mit lautem Getöse gerade eine Hochbahn ein. In den Bürgersteig vor ihr ragten die Außenzelte der Imbissbuden und Auslagen der Gemüsehändler hinein. Zwischen wild durcheinandergeparkten Autos, Rollern und Fahrrädern bewegten sich die Menschen nach einem unsichtbaren Plan. Darüber wuchsen die Wände und Fenster des NKZ in die Höhe. Der Himmel war einfarbig grau.

Die Zugspitze blitzte vor ihrem inneren Auge auf. Unwillig schob sie das Bild beiseite, zog am Griff ihres Rollkoffers und setzte sich in Bewegung. Es war ja nicht mehr weit.

Auf der Straße stand in zweiter Reihe ein Rettungswagen. Ein kaugummikauender Sanitäter zog eine Liege aus dem Heck, ließ sie auf den Asphalt krachen und schob sie Richtung Bordstein. Scheppernd fuhr das Gestell dagegen und sprang auf den Gehsteig. Carolas Blick folgte seinem Weg. Auf dem Trottoir vor einem Imbiss lag regungslos eine junge Frau mit rotblondem Lockenschopf. Sie sah schmal aus in ihrem himbeerfarbenen Overall. Neben ihr kniete ein zweiter Sanitäter und sah seinem Kollegen ungerührt dabei zu, wie er mit der Bahre kämpfte. Passanten hasteten vorbei.

Keiner glotzt, nicht einer starrt, dachte sie. Niemand sah niemanden an. Sie passierte die Szene. Nicht wie in Bayern, wo jeder jeden kennt und alle alle grüßen. Spätestens nach zehn Minuten hätte das ganze Dorf Bescheid gewusst. Hier nicht. Fand sie das jetzt gut oder schlecht? Sie konnte sich nicht entscheiden.

Noch ein paar Ecken. Sie umrundete einen überquellenden Müllcontainer und trat durch ein Tor in einen Hinterhof. Vor einer zerkratzten Holztür, über und über mit Graffiti beschrieben, blieb sie stehen. Das musste es sein. Sie zog einen Schlüssel aus der Tasche, öffnete und betrat einen dämmrigen Flur. Zerbeulte, aufgebrochene Briefkästen hingen an der Wand. Es roch nach Kohl und feuchtem Keller. Irgendwo im Haus schrie jemand. Ein Kind weinte, dann knallte eine Tür. In die plötzliche Stille klang zart ein Ton in den leeren Flur, wurde zu Musik, sehnend, melancholisch, von irgendwoher. Eine Frauenstimme sang in einer unbekannten Sprache von Verlust und Vergessen.

Carola zog ihren Koffer durch den Flur. Am Ende des Ganges führten ausgetretene Holzstufen nach oben. Sie seufzte. Fünfter Stock, kein Aufzug. Willkommen in Berlin.

4

»*Excuse me.*«

Die Spitze eines Ellenbogens bohrte sich in Lenz' linke Körperhälfte. Er zuckte zusammen. Unwillkürlich tat er einen Schritt zur Seite, um einer geschäftig wirkenden jungen Frau mit blonder Hochsteckfrisur und Businesskostüm Platz zu machen. Sein Herz schlug ihm bis zum Hals. Fast wäre er gesprungen, so angespannt war er.

»*Integrated investigations in the 21st century*«, las er, leise die Lippen bewegend, von der hell erleuchteten Leinwand ab, die an der Kopfseite des Saales hing. Panik stieg in ihm auf. War der Vortrag etwa auf Englisch? Immer ich, dachte er, immer ich! Wieso musste immer er nach München, wenn es etwas Offizielles gab? Konnte man ihn nicht einfach daheim am Ammersee lassen, da, wo Bayerisch geredet wurde? Und wenn nicht das, dann doch zumindest Deutsch?

Aber seine Bitten wurden anscheinend nicht erhört. Er war nicht am Ammersee, sondern in München. Der Stadt, in die er nur fuhr, wenn er unbedingt musste. Und nicht nur in München, sondern auch noch im großen Veranstaltungsraum des Landeskriminalamts. Der Saal lag in einem schummerigen Halbdunkel. Nur die Rückenlehnen der endlosen Reihen aus Konferenzstühlen reflektierten das Licht der hell erleuchteten Bühne. Immer mehr Männer und Frauen in formellen Büro-outfits drängten durch die beiden Türen an den Längsseiten des Raumes herein. Na ja, dachte Lenz, irgendwo mussten sie ja sein, die tausendfünfhundert Mitarbeiter, die hier beschäftigt waren. Viele schienen sich zu kennen, denn Lenz sah Händeschütteln, Schulterklopfen und lachende Gesichter.

Er zupfte am Ärmel seines Trachtenjankers. Er war bestimmt schon auf zwanzig Meter als Landei zu erkennen. Aber er hatte nicht gewusst, was er anziehen sollte. Und fragen hatte er auch niemanden können. Carola war ja nicht da.

Mein Gott, wie er sie vermisste. Nicht nur, weil sie bestimmt gewusst hätte, dass Janker heute fehl am Platz sein würden. Sondern auch, weil sie ihm Mut zugesprochen hätte. Wann sie wohl wieder da wäre? Ob sie wohl wiederkommen würde? Schmarrn, verbot er sich sofort den Gedanken, natürlich würden sie sich wiedersehen. Er fühlte sich so verlassen unter all den Menschen, von denen er niemanden kannte. Oder vielleicht doch. Das Gesicht da kam ihm bekannt vor. War das nicht …? In der Sekunde, als der Groschen fiel, die eine Sekunde zu spät, blieb keine Zeit mehr, in eine Stuhlreihe abzutauchen. Strahlend ging ihm Landrat Dr. Schuster mit ausgestreckter Hand entgegen.

»Mein lieber Herr Lenz«, rief er aus und umfasste Lenz' Rechte mit beiden Händen. »Großartig, dass Sie der Einladung gefolgt sind! Sie werden sehen«, er ließ Lenz' Hand fahren und beschrieb mit seiner einen Bogen Richtung Leinwand, »was für ein phantastisches Tool Ihnen in Kürze zur Verfügung stehen wird. In welchem Bereich soll es denn bei Ihnen zum Einsatz kommen? Wenn Sie mir das verraten dürfen?« Schuster zwinkerte Lenz verschwörerisch mit dem rechten Auge zu.

Tool?, dachte er. Was sollte das denn sein? »Das werde ich gemeinsam mit meinen Kollegen besprechen«, antwortete er ausweichend.

»Teamwork! Meisinger, Sie gefallen mir immer besser.« Schuster klopfte ihm begeistert auf die Schulter. »Haben Sie schon einmal darüber nachgedacht, Ihrer Karriere hier im LKA neuen Schwung zu verleihen?«

Jesses, na, bloß nicht. Lenz musste sich zusammenreißen, nicht vor Schreck die Hand vor den Mund zu schlagen. Ein Geräusch aus Richtung der Bühne ließ ihn aufblicken. Die junge Dame mit Hochsteckfrisur, die ihn ihren Ellenbogen hatte schmecken lassen, stand im hellen Scheinwerferlicht und rückte ihr Headset zurecht. »Herr Dr. Schuster, ich glaub, es geht los«, sagte Lenz entschuldigend und rutschte in die nächste Stuhlreihe.

»Wir sehen uns«, rief ihm der Landrat halblaut zu, drehte sich um und eilte Richtung Bühne.

»*Good morning everybody*«, sprach die Blondine in ihr Mikrofon. »*Thank you for joining us today. And please welcome Mr. Greg Shaw, CEO of Mandis.*« Sie klatschte in die Hände.

Freundlicher Applaus perlte durch den Raum, als ein durchtrainierter braun gebrannter Mann in den Fünfzigern mit offenem weißen Hemd, Jeans, Sneakern und wilden grauen Locken auf die Bühne joggte.

Wo bin ich?, dachte Lenz. In einer bayerischen Behörde? Oder irgendwo im Silicon Valley? Soll das jetzt wirklich auf Englisch weitergehen?

»Grüß Gott«, strahlte Shaw mit starkem amerikanischen Akzent ins Auditorium. »Ich habe einmal ein paar Jahre in der Schweiz verbracht, deshalb mein schlechtes Deutsch. Aber ich glaube, wir verstehen uns besser, wenn ich versuche, Deutsch zu sprechen, als wenn Sie versuchen, Englisch zu lernen.«

Erleichtertes Gelächter brandete auf. Jemand rief »Bravo!«.

»*Well, then*«, Shaw klatschte in die Hände, »*let's go*. Ich bin zu Ihnen gekommen, um Ihnen zu zeigen, woran mein Team und ich die letzten Jahre gearbeitet haben. In meiner Heimat wird es schon eingesetzt. Bei Ihnen haben wir die Software bisher nur in zwei kleinen Projekten getestet. Ein paar von Ihnen kennen sie also schon, unsere Software namens Prevision. Allen anderen erkläre ich sie jetzt. Was genau leistet Prevision?«

Er drückte auf ein Gerät, das er in der Hand hielt. Auf der Leinwand baute sich ein Stadtplan auf, dessen rechteckiges Muster Lenz auf den ersten Blick nicht wiedererkannte. München war es jedenfalls nicht.

»*To make it quick and easy*, es geht darum, zu wissen, was in unseren Straßen passiert. Am besten, bevor es passiert. Es geht darum«, Shaw zog einen Zettel aus der Tasche, von dem er ablas, »vor die Lage zu kommen. *Do you understand?*«, fragte er ins Publikum.

Mehrere Rufer antworteten mit »Ja!«.

Shaw hob übertrieben die Schultern. »Vor die Lage kommen, vor die Lage kommen – ich hab mich gefragt, was das eigentlich heißt. Sie wissen, was damit gemeint ist: Prävention. Verbrechen sollen verhindert werden, bevor sie verübt werden. Aber wie? Die Polizei weiß viel, das wissen Sie am besten. Aber wenn die Polizei wüsste, was sie alles weiß, hätten die Verbrecher keine Chance. Und jetzt kommt es. Prevision zeigt Ihnen, was Sie alles schon wissen. Das glauben Sie nicht? Schauen Sie zu.«

Er drehte sich um, ein roter Punkt erschien und fuhr die Straßen des rasterförmigen Plans entlang.

»Nehmen wir diese x-beliebige Stadt in den USA. Es sind viele Leute unterwegs. Seit 9/11 haben wir überall Kameras. Und mit unserer Gesichtserkennungssoftware wissen wir, wer das ist, der da durch unsere Straßen geht.«

Auf dem Stadtplan tauchten viele kleine schwarze Punkte auf, die entlang der Linien des Stadtplans zu krabbeln schienen.

»›Ja und?‹, werden Sie fragen. ›Was hilft uns das, wenn wir wissen, wer das ist?‹ Richtig, sage ich, das hilft Ihnen nur, wenn Sie mehr Informationen haben. Nämlich das, was Sie bereits wissen. Jetzt«, er drückte auf den Knopf, »beziehe ich die Informationen der Zulassungsbehörde mit ein. Ich weiß also, wer da draußen ein Auto hat. Ich weiß auch seine Adresse. Dann seine Sozialversicherungsnummer. So.«

Die Punkte bewegten sich weiter durch die Straßen. Am oberen Rand des Stadtplans liefen Reihen von Datensätzen ein.

Shaw drehte sich zum Auditorium. »Das ist ja alles noch recht unspektakulär, *right*? Jetzt beziehe ich die Datenbanken aus den einzelnen Deliktbereichen mit ein, *for example* Diebstahl.«

Um fünf Punkte erschien ein schwarzer Kasten. Ein roter Laserpunkt wanderte an ihnen entlang. »Diese fünf Personen hier sind schon einmal in Konflikt mit dem Gesetz gekommen. *Let's see*«, der rote Punkt blieb stehen, »der hier, *for example*, ist wegen versuchten Diebstahls angezeigt worden, die Anklage wurde aber fallen gelassen. Der hier«, der rote Punkt blieb beim nächsten schwarzen Kasten stehen, »hat schon einmal ein Jahr bei uns wegen Autodiebstahls verbracht.« Er drehte sich um und lächelte ins Publikum.

Lenz starrte auf die Leinwand. Was es alles gab! In den Stuhlreihen vor ihm neigten sich Köpfe einander zu, leises Gemurmel schwebte durch den Raum.

»Nettes Spielzeug, werden Sie sagen«, erhob Shaw wieder seine Stimme, »*and yes, it's a toy. A million dollar toy.* Ich habe eine Firma um dieses Spielzeug gebaut.«

Befreiendes Gelächter brandete auf.

Das Lächeln verschwand aus Shaws Gesicht. »*But let's get serious.* Die Stärke von Prevision ist, dass es aus Daten Bilder macht. Unsere Software ist eine Suchmaske, die wir über die einzelnen Datenbestände legen, und die Ergebnisse führen wir dann in einem Bild zusammen. So können Sie sehen, was Sie längst schon wissen. Und das ist ein großer Fortschritt.«

Lenz sah, dass die Zuhörer vor ihm nickten und begeistert in die Hände klatschten.

»Aber seien wir ehrlich. Prevision zeigt Ihnen nur, was Sie eigentlich schon wussten. Und als gute Polizisten brauchen Sie das nicht. Das können Sie nämlich selbst. Zumindest hören wir das immer wieder.«

Shaw winkte ab, als erneut Gelächter und »*Yeah*«-Rufe laut wurden. »*But*«, er machte eine Kunstpause, »was ist, wenn Prevision Ihnen zeigt, was Sie noch nicht wissen? Geht nicht, sagen Sie? Doch, sage ich. *I show you how.*«

Er drückte auf einen Knopf. Von den fünf schwarzen Kästen wurden zwei rot. Lilafarbene Informationen liefen ein.

»Das sind die zwei Personen, die sich gerade über Social Media verabreden, gemeinsam später einen Diebstahl zu begehen.«

Er drückte weitere Knöpfe. Fünf neue Kästen tauchten auf, lila eingefärbt.

»Und das sind die Personen, die kein Auto haben, zu Fuß unterwegs sind und mit denen sich unsere zwei ersten Zielpersonen auf Social Media gerade unterhalten. Diese sieben Personen haben noch keine Straftat begangen, zumindest nicht aktuell, aber sie sprechen darüber, dass sie es tun wollen. Das nenne *ich* ›vor die Lage kommen‹. Und nun auch bei Ihnen in Bayern. Ich freue mich sehr darüber, dass wir mit Prevision bei Ihnen in die nächste Phase gehen. Mein Team und ich danken Ihnen für Ihr Vertrauen. *Thank you very much.*« Shaw deutete eine Verbeugung an.

Frenetischer Applaus schallte durch den Saal. Aus dem Dunkel des Bühnenrandes trat ein konservativ aussehender Mittfünfziger auf die Bühne. Lenz erkannte ihn sofort als amtierenden LKA-Präsidenten.

»Guten Morgen, liebe Kolleginnen und Kollegen. Auch ich begrüße Sie an diesem wunderbaren Morgen. Bitte noch einmal Applaus für Greg Shaw, CEO von Mandis.« Er nickte in das Geklatsche seiner Kollegen.

»Wie Sie wissen, haben wir in den letzten zwei Jahren Prevision bereits in zwei Pilotprojekten eingesetzt, hier in München und in Nürnberg. Die Ergebnisse sind ermutigend.«

Erneut wurden Köpfe zusammengesteckt, der Geräuschpegel stieg merklich.

»Im nächsten Schritt rollen wir Prevision in der Fläche aus. Und dafür brauchen wir Sie, liebe Kolleginnen und Kollegen.« Er machte einen Schritt nach vorn. »Das Projekt, unter dem in den nächsten Tagen bei Ihnen Prevision in Ihrer Polizeiinspektion starten wird, trägt den Titel ZIELKOP. Das ist die Abkürzung von ›Zielorientierte Ermittlungsarbeit C-Gebiet Kriminalpolizei‹.«

Er sah sich um. »Sie wissen genauso gut wie ich, dass Sie in Ihrer PI auf Unmengen von Informationen zugreifen können. Sie haben das Vorgangsbearbeitungssystem, das Fallbearbeitungssystem, die einzelnen Datenbanken für die Deliktbereiche, Meldedienste, um nur einige zu nennen. Womöglich haben Sie Daten aus der Telefonüberwachung. Sie haben das

Asservatenverwaltungssystem bis hin zu Details wie Narben. All diese Datentöpfe sind nicht kompatibel. Im Gegenteil. Sie stehen unverbunden nebeneinander, Datensilos, die einzeln von Ihnen durchforstet werden müssen. Sehr mühsam und sehr zeitaufwendig. Nicht wahr? Sie wissen, wovon ich spreche.«

Zustimmender Applaus brandete auf. Der LKA-Präsident winkte ab. »Aber mit ZIELKOP können sie jetzt durchsucht und sortiert werden, unabhängig von Format und Struktur der Daten. Ganz neu ist, dass Sie diese Informationen mit der Einsicht in die Facebook-Profile von Verdächtigen vernetzen können. Wir werden wissen, worüber Verdächtige kommunizieren. Und das in Echtzeit.«

Er wartete, bis der Applaus verklang, und breitete die Arme aus. »ZIELKOP macht es uns möglich, Tat-Tat- und Tat-Täter-Zusammenhang auf Knopfdruck zu erkennen. Das hebt das oft bemühte Schlagwort von Predictive Policing in eine ganz neue Dimension. Ich danke Ihnen.«

Lenz sah sich um. Predictive Policing? Die Kollegen um ihn herum schienen begeistert zu sein. Er hatte den Hype um vorhersagende Polizeiarbeit nie verstanden. War das nicht nur alter Wein in neuen Schläuchen? Machte er das nicht schon sein ganzes Leben als Polizist? Aus Informationen und Indizien, die er über einen Verdächtigen gesammelt hatte, zu schließen, was er vorhatte? Machte nicht genau das ihn zu einem guten Ermittler? Oder waren alle anderen um ihn herum schlauer als er? Auf Deutsch, war er einfach nur ahnungslos und kapierte nicht, was ihm da gerade Bahnbrechendes präsentiert wurde? Und was würde ihm demnächst bevorstehen, wenn dieses Zeug bei ihm in der PI auf seinem Rechner sein würde und er damit arbeiten sollte?

Er fühlte sich elend. Was hätte er dafür gegeben, jetzt bei Carola sein zu können. In ihre intelligenten blauen Augen zu sehen und sie zu fragen: »Du, Spatzerl, magst du mir das bitte noch einmal erklären?« Er zog sein Telefon hervor, suchte ihren Kontakt und tippte gerade auf das Herzsymbol, als das

Display umschaltete. Sein junger Kollege Beni aus der KPI in Weilheim. Dass er aber auch immer, wirklich immer den unpassendsten Moment abpasste, ihn anzurufen. Er stand auf und ging Richtung Seitentür.

»Servus, Beni«, flüsterte er in das Gerät, trat durch die Tür in den strahlend hell erleuchteten Vorraum. »Das muss jetzt fei wirklich ein guter Grund sein, weshalb du mich anrufst, obwohl du weißt, dass ich beschäftigt bin.« Vorsichtig schloss er die Tür hinter sich. Beni musste ja nicht erfahren, wie froh er war, den Raum verlassen zu dürfen.

»Lenz?«, kam es aufgeregt von der anderen Seite. »Lenz, es gibt einen Toten. In Utting. Womöglich Tötungsdelikt.«

»Weiter?« Wieso rief Beni ihn an? Mit seinem Kollegen Franz Pollinger war doch ein erfahrener Kommissar in der KPI. Wozu brauchte man ihn?

»Die Lage ist sehr unübersichtlich. Der Geschädigte befindet sich auf einem Schiff. Und das liegt auf dem Grund des Ammersees.«

Lenz, das Telefon am Ohr, drehte sich um und betrachtete die verschlossene Tür des Konferenzsaales an. Womöglich Tötungsdelikt. Schiff. Ammersee.

Er konnte weg. Ohne das Ende der Konferenz abwarten zu müssen. In der Menschen Englisch sprachen und von Tools und Software faselten. Er atmete aus. »Bin unterwegs«, sagte er und beendete das Gespräch.

Er wollte sein Telefon schon einstecken, als er sich besann. So viel Zeit musste sein. Leise lächelnd suchte er Carolas Kontakt, klickte auf das Herzchen und drückte auf Senden.

5

»Guten Morgen! Ihren Ausweis bitte.« Gedämpft tönte die Stimme des Pförtners aus dem Lautsprecher in der Sicherheitsschleuse des Jakob-Kaiser-Hauses.

»Guten Morgen«, antwortete Carola freundlich und hielt die Plastikkarte in die Höhe.

»Danke.« Sie nickte dem Pförtner zu, der sie seit Jahren kannte und ihren Ausweis bereits unzählige Male kontrolliert hatte. Die Glastür fuhr leise schnurrend auf. Wir hätten Konversation machen können, dachte Carola. Uns sagen können, dass wir uns freuen, uns wiederzusehen. Nach so langer Zeit. Ich jedenfalls freue mich. »Schön, Sie zu sehen.«

Der Pförtner hatte sich bereits abgewandt und sprach mit seiner Kollegin. Was, konnte sie durch das Sicherheitsglas nicht hören.

Dann halt nicht. Sie reckte das Kinn und trat aus der Schleuse. So war das in Berlin. Das ganze emotionale Gesumse hatte da zu bleiben, wo es herkam. In der Provinz. Hier war Hauptstadt. Da war man nicht freundlich zueinander. Sondern cool.

Zwei Stufen auf einmal nehmend, eilte sie in den ersten Stock. Schon von Weitem hörte sie die bekannte Stimme, klopfte an die angelehnte Tür und trat ein.

Ihr Kollege Matthias Schibowski, Tierarzt und seit gefühlten Ewigkeiten Mitarbeiter im Nachbarbüro, ließ die Lehne seines Bürostuhls schwingen, während er, die Füße auf den Papierkorb gestützt, mit einem Bleistift in der Rechten Pirouetten drehend, ein Headset auf dem Kopf, lauthals telefonierte. Er warf ihr einen kurzen Blick zu, sagte »Ich melde mich«, schmiss das Headset auf den Schreibtisch und sprang auf. »Caro!« Mit zwei Schritten war er bei ihr und fiel ihr um den Hals.

Von wegen Hauptstadt-Coolness. »Hallo«, sagte sie in seine Schulter.

Ihr Kollege löste seine Umarmung. »Du! Hier? Es ist doch noch gar nicht Besuchergruppensaison!« Er nahm einen Stapel Papier von einem Besucherstuhl und zog ihn heran. »Da! Setz dich! Was führt dich her? Oder hattest du einfach Sehnsucht nach mir?« Er lachte wiehernd.

Hinter ihm, am Schreibtisch dem seinen gegenüber, gab eine junge Frau sich den Anschein, konzentriert den Bildschirm vor ihrer Nase anzustarren und die Tastatur zu bedienen.

»Matthias«, sagte Carola und deutete mit dem Daumen auf sie, »wo sind deine Manieren? Willst du mich nicht deiner Kollegin vorstellen?«

»Mensch, klar!« Matthias wandte sich um. »Carola, das ist Ayshe Yilmaz. Ayshe, das ist Carola Witt, ehedem meine Nachbarin hier, heute wohnhaft im oberbayerischen Nichts.«

»Hallo, schön, dich kennenzulernen. Bist du länger in Berlin?«, fragte Ayshe, stand auf und streckte ihre Hand aus.

Wow, dachte Carola, wieso versteckst du dich in einem Abgeordnetenbüro und eroberst nicht die Catwalks dieser Welt? Du bist ja eine Schönheit. Verstohlen beäugte sie Ayshes Mähne aus schwarzen Haaren, die ihr weit über den Rücken fiel. »Das beruht ganz auf Gegenseitigkeit, Ayshe. Und ja, ich bleibe eine Weile. Aber sag mir: Was hast du gemacht, bevor Matthias dich für seine Galeere gekapert hat?«

Ayshe lachte auf. »Mich musste man nicht überreden. Weißt du, ich bin eine von denen, die es in Berlin zu Tausenden gibt. Ich hab internationales Recht studiert …«

»*London School of Economics!*«, fiel ihr Matthias ins Wort.

Ayshe lächelte. »Dann war ich ein Jahr in den USA …«

»*MIT!*« Matthias hatte beide Daumen in die Höhe gestreckt.

Ayshe machte eine wegwerfende Handbewegung. »Aber ich hatte Heimweh nach Berlin. Kaum vorstellbar, nicht wahr? Ich bin hier aufgewachsen und hab meine ganze Familie hier. Deshalb schreibe ich meine Dissertation jetzt an der HU. Den Job hab ich, weil Matthias mich nach einem Vortrag im Humboldt-Forum angesprochen hat. Und das tut mir richtig gut hier. Mal raus aus der Bibliothek, rein ins echte Leben.«

Seit wann findet im Deutschen Bundestag das echte Leben statt? Aber mit Matthias ist es auf jeden Fall ein gutes. Er wird dich nach Strich und Faden verwöhnen. »Dann auf gute Nachbarschaft. Und um an deine Eingangsfrage anzuknüpfen: Ich bleibe länger, weil ich als Ersatz für Luise komme.«

Matthias klatschte in die Hände. »Großartig! Dann können wir ja heute Mittag essen gehen.«

Carola drehte sich um und ging zur Tür. »Das wäre schön, aber sorry, nein, heute nicht. Mein Chef hat mich schon verplant.« Sie winkte zum Abschied, ging eine Tür weiter und schloss mit zwei Handgriffen das Nachbarbüro auf.

Offensichtlich hatte Luise ein verdammt schlechtes Gewissen gehabt. Denn so ordentlich hatte dieser Raum noch nicht einmal ausgesehen, als er neu erbaut worden war. Alle Aktenordner in Reih und Glied. Auf dem Schreibtisch sauber drapiert die Unterlagen für die Woche. Der Papierkorb leer.

Sie setzte sich an ihren alten Platz, schaltete den Rechner an und gab ihr Passwort ein. Wie lange war es jetzt her, dass sie das das letzte Mal gemacht hatte?

»Caro, grüß dich.« Ihr Chef Johannes Ludwig hetzte an ihr vorbei, eine riesige Aktentasche unter dem Arm, und verschwand in seinem Büro. *Some things will never change.* Sie stand auf, griff nach einem Schreibblock und folgte ihm.

Ludwig hatte seine Tasche mitten auf den Berg Unterlagen gesetzt, der seinen Schreibtisch bedeckte. Carola wusste, dass er einfach nicht an ein papierloses Büro glaubte, für seine Arbeit alles und jedes in ausgedruckter Form brauchte. Sämtliche Schränke waren bis an den Rand mit Mappen gefüllt, auf dem Fußboden stapelte sich Papier, und selbst das Besuchersofa war mit Büchern und Zeitungen belegt. Auf jedem zweiten Haufen thronten grüne Briefbeschwerer-Frösche, die eine Selbsthilfegruppe aus dem Wahlkreis ihm geschenkt hatte.

»Willkommen in Berlin.« Ludwig ließ sich in seinen Stuhl fallen. »Wenn du nichts dagegen hast, kommen wir gleich zur Sache. Es ist viel liegen geblieben.«

Carola schüttelte den Kopf. »Keineswegs. Ich bin Ende letzter Woche gemeinsam mit Luise die einzelnen Tagesordnungen für die Arbeitsgruppen, die Fraktion und die Ausschüsse durchgegangen. *Business as usual.* Alles vorbereitet. Es gibt nichts, was uns diese Woche ärgern könnte.«

Ludwig legte den Kopf schief. »Wenn du dich da mal nicht täuschst.«

Carola hob fragend die Augenbrauen. »Was meinst du damit?«

»Da gibt es eine Sache, gleich heute Mittag, die stinkt, glaube ich, ganz gewaltig.«

»Die politische Brotzeit mit der Landesgruppe? Was soll denn daran nicht in Ordnung sein?« In Carolas Augen gab es nichts Harmloseres als genau diese Arbeitsgruppe. Alles Parteifreunde. Ruhig und bedächtig geleitet vom parlamentarischen Urgestein Barbara Niederegger aus Oberbayern. Keine Wahlen in Sicht, also auch kein Stress. Es waren Weißwürste und Brezen geplant.

»Weil die Niedereggerin der Meinung ist, das Rad neu erfinden zu müssen. Jetzt ist nicht mehr langjährige Parteiarbeit das Ticket für den Bundestag. Sondern das genaue Gegenteil. Hast du schon mal was von der Initiative Fresh Parliament gehört?«

»Gehört schon. Das ist inzwischen aber kein neuer Trend mehr. Es geht darum, hoffnungsvolle Politikaspiranten zu finden und ihnen den Weg in die Parlamente zu ebnen. Indem sie gecoacht werden, Medientrainings bekommen und ihre Wahlkämpfe organisiert und finanziert werden. Finde ich eigentlich ganz interessant. Diese Amerikanerin, diese …«

»Alexandria Ocasio-Cortez.«

»AOC! Genau! Die meinte ich. Die ist in der Szene der absolute Shootingstar.«

Ludwig wischte sich müde über die Augen. »Jaja, ganz toll. Hast du dir denn mal genauer angesehen, wie ihre Karriere verlaufen ist?«

»So genau auch wieder nicht«, gab Carola zu.

»Ocasio-Cortez wurde von der Initiative Brand New Congress unterstützt. In den Vorwahlen konkurrieren die Mitglieder einer Partei um die Plätze für die eigentliche Wahl. AOC ist in diesen Primaries gegen ihren eigenen Parteifreund angetreten. Der Mann hatte zu diesem Zeitpunkt seinen Sitz im Kongress schon über zwanzig Jahre lang.«

»Und?«

»Ich denke, dass die Niedereggerin so was in der Art auch bei uns vorhat. Vielleicht gehören wir langjährigen Bundestagsabgeordneten für sie zum alten Eisen. Haben ausgedient. Womöglich setzt sie uns jemanden vor die Nase. Weil sie ihn schicker findet? Vielleicht erfolgversprechender? Wer weiß? Anders kann ich mir nicht erklären, weshalb sie die Initiative Fresh Parliament bei uns befürwortet.«

»Aha«, antwortete Carola lahm. Ihr war spontan flau im Magen geworden. Wie hatte sie nur so naiv sein können? Sie hatte sich keinerlei Gedanken über die Landesgruppe gemacht. Das war ein Pflichttermin, jeden Montag in einer Sitzungswoche. Da ging man hin, ratschte und tratschte, und das war's. Zumindest so lange, bis die Plätze auf der Landesliste für den Bundestagswahlkampf verteilt wurden. Aber das war noch weit weg. Um den heutigen Tagesordnungspunkt Fresh Parliament hatte sie sich nicht gekümmert. Sich nichts dabei gedacht. Hatte sie allen Ernstes geglaubt, einfach aus dem Wahlkreis in den Bundestag hereinschneien zu können und alles wäre in Butter? Sie war eindeutig zu lange weg aus Berlin. Ihre Wangen brannten. Sie war nicht nur ein Landei geworden, sondern auch ein echtes Schaf.

Ludwig griff zum Telefon. »Ich muss noch eine Menge Telefonate führen. Und du hast sicherlich auch noch was zu tun. Um halb zwölf gehen wir rüber.«

Die wenigen Meter vom Reichstagsgebäude zur Parlamentarischen Gesellschaft legten sie schweigend zurück. Carola dachte darüber nach, was sie in den letzten Stunden über Alexandria Ocasio-Cortez recherchiert hatte.

Johannes hatte recht. Bevor sie für die Vorwahlen angetreten war, war die junge Frau aus der Bronx politisch ein mehr oder weniger unbeschriebenes Blatt gewesen. Aber was genau hatte Johannes damit andeuten wollen? Dass mit Fresh Parliament in Deutschland ebenfalls politische No-Names antreten würden? Das konnte sie sich nicht vorstellen. Ohne echte politische Erfahrung gewann man in Deutschland keinen Blumentopf.

Sie trat hinter ihrem Chef in die Parlamentarische Gesellschaft ein. Man konnte sagen, was man wollte, es war immer wieder schön hier. Elegant. Gediegen. Aber nicht zu aufdringlich. Im Speisesaal war eine lange Tafel aufgebaut, ganz in Weiß gedeckt. Schälchen mit Obazdem standen zwischen Körben voller Brezen. Gerade wurden Löwenkopfterrinen mit Weißwürsten hereingetragen. Nur die Wassergläser passten nicht zu dem bayerischen Ambiente. Carola rutschte neben ihren Chef ganz am Ende der Tafel auf eine Bank.

Am Kopf des Tisches steckten sechs Frauen die Köpfe zusammen. Carola erkannte nur die Landesgruppenchefin. Barbara Niederegger, klein, blond, drall und seit dreißig Jahren Berufspolitikerin, hatte ein knallrotes Kostüm für ihren heutigen Auftritt gewählt. Was soll mir das sagen?, dachte Carola. Dass sie auf Krawall gebürstet war? Sie warf ihrem Chef einen Blick zu. Auch der hatte die Augenbrauen zusammengezogen.

Niederegger schlug mit ihrer Gabel an ein Glas. Das Getuschel verebbte. »Liebe Freundinnen und Freunde, herzlich willkommen zu unserer politischen Brotzeit. Nachdem ich in den letzten Tagen viele Fragen beantwortet und vielleicht auch nicht beantwortet habe«, sie schickte ein kühles Lächeln über den Tisch, »will ich euch nicht länger auf die Folter spannen. Ich möchte euch heute fünf junge Frauen vorstellen, von denen die Republik noch hören wird. Der Reihe nach: Gesine Conradi aus Aschaffenburg, Adile Demir aus Nürnberg, Christina Fredenbaum aus Würzburg, Anna Babic aus Augsburg und Beatrice Muggenthaler aus München.«

Nacheinander standen die fünf Frauen auf und nickten

wortlos in die Runde. Als der Name Muggenthaler fiel, erhob sich eine schlanke Frau in den Dreißigern. Ihre roten Locken hatte sie im Genick zu einem Zopf gebändigt. Über einer weißen Bluse trug sie einen dezenten dunkelblauen Walkjanker, dazu Jeans und Sneakers.

Business Casual auf Bayerisch, dachte Carola. Hätte auch Resi anziehen können. Aus dem Augenwinkel nahm sie eine Bewegung wahr. Zwei junge Burschen in grauen Anzügen, die auf einer Bank an der gegenüberliegenden Wand saßen, strahlten bei Muggenthalers Auftritt gemeinschaftlich um die Wette. Die hat ihre Assis mitgebracht, dachte Carola. Und gleich zwei. Respekt.

»Unsere fünf Gäste werden von der Initiative Fresh Parliament unterstützt. ›Was ist das?‹, werdet ihr euch fragen. Nun, die Initiative hat es sich zur Aufgabe gemacht, hoffnungsvolle Nachwuchskräfte auf dem Weg in die Parlamente zu unterstützen. Ja, Gerhard?«

Der Abgeordnete aus Regensburg stand auf. »Barbara, sei mir nicht bös, aber bist du jetzt der Meinung, dass wir das in unserer eigenen Partei nicht mehr können? Nachwuchsförderung, meine ich. Oder wie soll ich das hier verstehen?«

Niederegger nickte. »Danke für die Frage, Gerhard. Die gleiche habe ich mir auch gestellt. Die Initiatoren haben mir gegenüber die Formulierung gewählt, dass sie uns anstupsen wollen, uns Talente präsentieren wollen, die wir sonst nie gefunden hätten.«

»So.« Der Regensburger verschränkte die Arme vor der Brust, entschied sich dann aber doch, klein beizugeben und sich wieder zu setzen.

Gabriele Huber aus Nürnberg hob die Hand. »Und was soll das bringen? Wennst du politischen Nachwuchs brauchst – in meinem Unterbezirk hab ich jede Menge Talente, die wir fördern könnten. Ein Wort, und die sind morgen da.«

Die Landesgruppenchefin lächelte verbindlich. »Das habe ich mich zuerst auch gefragt. Wir müssen aber schonungslos ehrlich mit uns sein. Wenn wir auf die Erststimmen schauen –

wer von uns hat das Zeug, seinen Wahlkreis direkt zu holen? Und wer von deinen sogenannten Talenten im Unterbezirk?« Sie suchte den direkten Blickkontakt mit ihrer Parteifreundin. »Keiner von uns holt ein Direktmandat. Wir ziehen alle über die Landesliste in den Bundestag. Da nehme ich mich nicht aus.«

Schweigen senkte sich über die Tafel. Gabriele Huber sprang auf. »Barbara, jetzt mal Klartext: Das, was wir uns hier alle fragen, ist doch vollkommen logisch. Wie sieht es mit der Landesliste aus? Behalten wir unsere Plätze? Oder sollen deine Talente hier«, sie machte eine entschuldigende Geste, »nichts für ungut, die Damen, auf der Landesliste abgesichert werden? Wie stellst du dir das vor?«

Barbara Niederegger wedelte mit den Händen. »Das ist noch viel zu früh. Da müssen wir jetzt noch nicht drüber sprechen. Darüber wird ein Parteitag …«

»Barbara«, fuhr Gabriele Huber dazwischen, »red dich nicht raus. Wir hier am Tisch vertreten alle unseren Heimatwahlkreis. Kriegen wir da Konkurrenz? In welchen Wahlkreisen treten die jungen Damen an? Und wenn das geklärt ist – führen sie einen Erststimmenwahlkampf, oder kriegen sie auch einen sicheren Platz auf der Landesliste? Also, ich würde es gerne wissen. Ihr nicht auch?«, wandte sie sich an die Runde.

Das zustimmende Brummen, das Johannes Ludwig von sich gab, mischte sich mit dem Gemurmel der anderen.

»Um es klar zu sagen, keine der Damen tritt in den Wahlkreisen an, für die ihr in den Bundestag eingezogen seid. Sondern nur in den Wahlkreisen, die verwaist sind und von unserer Gruppe betreut werden.«

Jetzt tu nicht länger rum, sondern spuck's schon aus, dachte Carola.

Niederegger zog einen Zettel aus der Kleidertasche. »Angedacht ist Folgendes: in den Wahlkreisen 213 Erding-Ebersberg, 224 Starnberg, 240 Kulmbach …«

Carola hörte nicht mehr zu. Wahlkreis 224? Starnberg? Der

Wahlkreis, den Johannes und sie nun schon seit Jahr und Tag mit beackerten? Neben ihrer eigentlichen Arbeit in Weilheim, für die Johannes gewählt war? *Ihr* Betreuungswahlkreis? Was sollte das heißen? Bekam Johannes jetzt eine Gegenkandidatin vor die Nase gesetzt? Schon wieder wurde ihr flau im Magen. Das wurde ja langsam zur Gewohnheit. Ihr Mund war vollkommen trocken. Was gäbe sie jetzt für ein Glas Wasser. Dabei musste sie doch zuhören.

»… Beatrice Muggenthaler wird sich darum bewerben, im Betreuungswahlkreis von Johannes Ludwig aufgestellt zu werden.«

Die junge Frau schüttelte ihre Lockenmähne und strahlte in ihre Richtung. »Ich freue mich schon sehr auf die Zusammenarbeit.«

Von der gegenüberliegenden Bank winkte einer der Assis. Wen meinte der? Doch nicht etwa sie? Hatte der sie aufs Korn genommen? Wusste der, dass sie die wissenschaftliche Mitarbeiterin von Johannes Ludwig, Wahlkreis 226, war? Damit die direkte Konkurrenz zu seiner Chefin?

Was sollte das? Wieso glotzte der so? Jetzt grinste der andere auch noch. Kreisten etwa schon die Geier? Carola spürte den unbändigen Wunsch, dem Anzugträger gegenüber die Zunge herauszustrecken. Aber die Blöße würde sie sich nicht geben.

Noch sitze ich auf dieser Seite des Saals, dachte sie. Wer gegen meinen Chef und mich ankommen will, muss verdammt früh aufstehen. Und ob ihr zwei Spaßvögel in unserer Liga spielt, muss sich erst noch erweisen. Anzug anziehen und Sprüche klopfen allein reicht nun mal nicht. Ihr habt noch nie Wahlkampf gemacht, noch nie um jede Stimme gekämpft, seid noch nie durch die tiefe, weite Ebene der Politik gegangen. Und die ist vor dem Gipfel. Und so einfach, wie ihr glaubt, ist es nicht, da raufzukommen. Sie biss die Zähne zusammen. Wir werden kämpfen.

6

Das war es. Genau so. Deshalb wollten alle nach Bayern. Um sich jeden Tag an dieser Aussicht zu ergötzen.

Lenz fokussierte seinen Blick. Heute gab es Drama pur. Gerahmt von der noch dunkelgrünen Hügelkette des Ostufers leuchtete weiß der Turm des Andechser Klosters von der anderen Seeseite herüber. Im Süden begrenzten die Gipfel der Tölzer Alpen die Sicht, unnatürlich nah im zusammenfallenden Föhnsturm, schon pittoresk mit erstem Schnee angeweißelt. Von Norden fegte eine Böe nach der anderen über den Ammersee und baute das Wasser zu kleinen spitzen Wellen auf. Über den blassblauen Oktoberhimmel huschten zerraufte Wolkenschiffe dahin. Die Luft war frisch und kühl. Fröstelnd stopfte Lenz die Hände in seine Jackentaschen.

Ein Montagnachmittag Ende Oktober am Ammersee. Ein paar Wochen früher hätte es um diese Uhrzeit hier am Uttinger Dampfersteg vor Geschäftigkeit gebrummt. Aber heute war es herbstlich still – die Schifffahrt hatte ihren Dienst bereits eingestellt, die meisten Bojen waren leer, und die Gastwirtschaft hatte ihren Ruhetag.

Es gab weiß Gott schlimmere Orte auf dieser Welt. Beispielsweise München, das LKA und einen dunklen Saal, in dem Menschen englisch sprachen und von digitaler Polizeiarbeit schwafelten. Er kaute auf seiner Unterlippe. Schämen sollte er sich, dass er lieber hier war als bei der Konferenz in München. Seine Augen wanderten auf den See hinaus. Vor ihm, im Bojenfeld neben dem Dampfersteg, ragten zwei Mastspitzen aus dem Wasser.

Franz, der neben ihm stand, klappte den Kragen seiner Lederjacke nach oben. »Frisch heut. Findest du nicht auch?« Als Lenz nicht antwortete, zuckte er mit den Schultern. »Für Oktober ein richtig schöner Tag. Wenn's nicht so traurig wär.«

Er trat von einem Bein aufs andere, sodass der Kies unter seinen Sneakers knirschte.

Lenz sah auf seine Schuhe hinunter. Rahmengenäht. Hundsteuer. Hoffentlich ruinierte er bei diesem Einsatz nicht die Ledersohlen. »Was?«

Franz machte eine weite Geste über den See. »Na, das hier. Du musst zugeben, hier unten ist es heute ganz besonders schön.«

»Könntest du bitte bei der Sache bleiben?«, knurrte Lenz. Er suchte und fand den obersten Knopf seines Jankers und machte ihn zu. Selten hatte er sich schlechter für einen Einsatz angezogen gefühlt als heut in seinem Konferenzoutfit.

»Wie du weißt, übe ich mich in asiatischen Kampfsportarten«, gab Franz unbeeindruckt zurück.

»Ja und?«

Wieder kreiste Franz' Arm über den See. »Ja, da lernst du, deine Sinne zu schärfen und dein Herz für den Augenblick zu öffnen.«

Herz öffnen? Für den Bruchteil einer Sekunde lächelte Carola ihn aus blauen Augen an. Unwirsch schob Lenz den Gedanken beiseite. Was redete sein Kollege schon wieder für ein Schmarrn? »Ich will dir nicht zu nahe treten, Franz, aber mir ist gerade nicht danach, mein Herz zu öffnen, sondern mich zu konzentrieren.«

»Aber siehst du nicht –«

»Doch«, unterbrach ihn Lenz, »sehe ich. Trotzdem. Ich hab beim Hergehen auch die drei da drüben gesehen.« Er wies mit dem Daumen hinter sich. Zwischen den mit langen Stahlseilen zusammengeketteten Stühlen der Gastwirtschaft standen drei Frauen. Eine mittelalte Blondine mit Sonnenbrille und strengem Zopf hatte einen schmalen Teenager im Arm. Die dritte, im Pelzmantel und eine Handtasche wie einen Schutzschild vor sich, starrte angestrengt auf den See. »Einer von denen gehört das Schiff da auf dem Grund des Sees. Ich tippe mal auf die Blondine. Das werden wir noch früh genug feststellen. Das heißt aber auch, dass die andere die Mutter ist, der grad ihr Sohn abgeht. Ich hoffe sehr, dass der irgendwo seinen Rausch ausschläft und deshalb nicht an sein Handy geht. Hörst du mir überhaupt zu?«

»Da tut sich was«, sagte Franz und deutete auf den See. Rund um die Mastspitzen schien das Wasser zu kochen. Aufsteigende Luftblasen färbten das Wasser weiß und zerplatzten an der Oberfläche.

»Die Taucher«, sagte Lenz. »Komm, wir gehen ihnen entgegen. Jakl«, begrüßte er den ersten, der aus dem Wasser stieg und sich die Brille vom Kopf zog, »was hast du?«

Der Taucher wischte sich über das Gesicht. »Dem ersten Anschein nach ist das Schiff nicht beschädigt. Wir konnten zumindest kein Leck ausmachen. Aber es befindet sich eine leblose männliche Person unter Deck.« Er zog eine Kamera aus einem Netz, das er über der Schulter trug, und reichte sie Lenz. »Für den kommt jede Hilfe zu spät.« Der Taucher schüttelte sich. »Er trägt einen ziemlich krächerten Pullover. Das macht die Identifizierung vielleicht etwas leichter.«

»Danke.« Lenz aktivierte die Kamera und atmete durch. Langsam klickte er sich durch die Fotos. Bei einem hielt er inne. Der Taucher hatte recht. Unter Deck trieb ein lebloser Körper im Wasser. Er stutzte. Drehte die Kamera. Krauste die Stirn. Das musste der bewusste Pulli sein. Im milchigen Wasser sah ihn ein Wesen mit langen grünen Ohren an, dessen faltiger Kopf aus einer viel zu großen Kutte herausragte.

Franz schaute ihm über die Schulter. »Ah, Baby Yoda.« Lenz sah ihn verständnislos an. »Wie meinen?«

»›Star Wars‹? ›The Mandalorian‹? Nie gehört?«

Lenz winkte ab. »Du schon wieder.« Er drehte sich um. »Habt ihr die Vorbereitung für die Hebung getroffen?«, fragte er den Taucher. »Ja? Sehr gut. Überwachst du das?«, wandte er sich an Franz. Er spürte die Augen seines Kollegen auf der Wange. Er hatte weder »Bitte« noch »Danke« gesagt. War er jetzt ruppig zu ihm, weil er sich selbst nicht wohl in seiner Haut fühlte?

»Okay«, sagte Franz, bedachte ihn erneut mit einem langen

Blick und ging. Lenz sah ihn Anweisungen geben, während der Taucher zurück ins Wasser watete.

Lenz blickte wieder auf den See hinaus. Ein bisserl Zeit blieb ihm noch, bis er einer der Frauen die Nachricht überbringen musste. Bis dahin konnte er weiter dem Spiel der kleinen spitzen Wellen zuschauen. Wie sie tausendfach über den See zuckten. Versuchten, schneller als die Wolken am Himmel zu sein.

Plötzlich, wie von Zauberhand, wurden die Wellen glatt gezogen. Die Oberfläche wölbte sich nach oben wie ein Pilz, und die Mastspitzen, eben knapp aus dem Wasser ragend, stiegen Richtung Himmel. Deckaufbauten, aus denen das Wasser strömte, tauchten auf, anschließend ein Rumpf, an dem riesige schmutzig weiße Kissen hingen, die das Schiff emporgehoben hatten.

Lenz betrachtete das Schauspiel. Bald würde seine Schonfrist abgelaufen sein. Es war immer das Gleiche. Immer war er der Überbringer der schlechten Nachricht. War ihm da jemand böse, wenn das Unvermeidliche noch etwas hinauszögerte? Wenn er aufs Wasser hinaussah? Er seufzte in sich hinein.

Franz nahm wieder den Platz an seiner Seite ein. »Das erinnert mich an eine Geschichte. Wasser ist nämlich ein ganz wunderbarer Ort, um die Identität eines Menschen zu verflüssigen.«

»Identität?«, fragte Lenz, nur um Zeit zu schinden. »Ich versteh kein Wort.« Was tat man nicht alles, um hier noch ein bisserl länger rumzustehen.

»Kennst du die Guggemoos Maria vom Hartelhof?«

»Mei, wie man sich halt so kennt.«

»Von der ihrem Mann, dem Alois, gibt es kein Grab.«

»Jetzt, wo du es sagst«, antwortete Lenz. Wie ihn dieses Getratsche langweilte.

»Weil«, fuhr Franz unbeirrt fort, »der alte Gugge hat seiner Maria drei Jahre vor seinem Tod gestanden, dass der Keller Anton, der seit dreißig Jahren bei ihnen am Küchentisch saß, und zwar tagein, tagaus, nicht nur sein Spezl, sondern sein Geliebter war.«

»Wie?« Lenz sah seinen Kollegen von der Seite an. »Geliebter? Von wem, sagst du?«

»Richtig gehört«, gab Franz lakonisch zurück, »der Loisl war schwul. Nicht, dass jeder, der einmal genau hingeschaut hätte, das nicht auch von allein hätte sehen können.«

»Aber?«

Franz zuckte mit den Schultern. »Aber geredet worden ist halt nicht. Dreißig Jahre lang nicht. Und dann war's halt raus. Und niemand kam mehr drum herum. Drei Jahre später ist er im Krankenhaus elendig verreckt. Irgendein Krebs. Und nicht die Maria, sondern der Keller Toni hat ihm die Hand gehalten, während seine Eingeweide von der Krankheit oder den Medikamenten oder von beidem zerfressen wurden.«

»Und was hat das jetzt mit Wasser zu tun?«

»Dir kann man auch rein gar nichts in Ruhe erzählen.« Franz stopfte seine Hände in die Taschen seiner Designerjeans. »Die Maria hat den Alois verbrennen lassen.«

»Mei.« Doch eine langweilige Geschichte.

»Und dann hat sie es so hingedreht, dass jemand seine Asche vor Norwegen in die Nordsee gekippt hat.«

»Jesses!«, entfuhr es Lenz.

»Von wem, weiß kein Mensch. Von der Familie war niemand dabei.«

»Herrgottsakra!«

»Wusst ich auch nicht, dass das geht. Kann man aber machen. Kostet übrigens einen Haufen Geld.«

»Und jetzt?«, fragte Lenz konsterniert. Norwegen! Nordsee! Für einen Bayern!

»Genau. Und jetzt? Das ist die Frage. Es gibt jetzt nämlich nichts. Kein Grab, keinen Stein, noch nicht mal die Koordinaten. Keinen Ort, zu dem man gehen kann, um sich zu erinnern. Der alte Loisl hat sich in der Nordsee aufgelöst.«

»Jesus Maria.«

»Exakt«, nickte Franz. »So was nenne ich Rache.«

»Oder sie hat das Ruder wieder an sich gerissen. Um es allen zu zeigen. Wer weiß?« Etwas versöhnt deutete Lenz auf die drei Frauen am Ufer. »Mei, es hilft nicht. Ich muss jetzt. Kommst du bitte mit?«

Wieder ein langer Blick. Das »Bitte« war angekommen. »Klar.«

»Dann lass uns gehen.«

Er trat auf die Gruppe zu. »Grüß Gott, Meisinger, Kripo Weilheim. Das ist mein Kollege Pollinger«, sagte Lenz und streckte seine Hand aus.

Die brünette Endfünfzigerin im Pelzmantel, die Sonnenbrille hoch oben auf dem Kopf, senkte ihre Handtasche, nahm ihren Blick vom See und ergriff sie. »Was ist jetzt mit dem Goferl?«

»Sie sind?«

»Engels, Crescentia.« Sie ließ seine Hand los. »Ich vermisse meinen Sohn.«

»Und Sie?«, fragte Franz, an die Blondine gewandt.

»Weiß, Maria. Alle nennen mich Mitzi.« Sie lächelte und schob ihrerseits ihre Sonnenbrille auf den Kopf. »Mir gehört die Amazone. Das Schiff da, meine ich.« Mit der Linken zog sie ein schmales Mädchen am Arm. »Und das ist meine Tochter Sophie.«

Der Teenager rang mit den Händen. »Nun sagen Sie schon. Was ist mit dem Goferl? Ist er auf der Amazone?«

»Goferl?«, fragte Lenz.

Crescentia Engels schüttelte ungeduldig den Kopf. »Stefan Engels, mein Sohn. Er war heute Morgen nicht in seinem Zimmer. Und an sein Telefon geht er auch nicht.«

Maria Weiß lachte spöttisch. »Du schaust nach, ob dein Sohn daheim ist?« Sie stieß ihrer Tochter in die Seite. »Mein Gott. Und so einem Muttersöhnchen läufst du hinterher? Hab ich dir denn gar nichts beigebracht?«

Der Teenager schob ihre Hand weg. »Mama. Bitte.«

»Frau Engels, hat Ihr Sohn einen Pullover, auf dem …«, Lenz sah sich hilfesuchend nach Franz um.

»Baby Yoda abgebildet ist?«, sprang ihm sein Kollege zur Seite.

Sophie schlug die Hände vors Gesicht und sackte an die Schulter ihrer Mutter. Maria Weiß streckte ihre Hand aus. »Senta. Es tut mir so leid.«

Ohne ein Wort zu sagen, schob Crescentia Engels ihre Brille wieder wie ein Visier vor ihr Gesicht, setzte sich auf den Rand eines angeketteten Stuhles und hob ihre Schildtasche auf den Schoß. Ihre Schultern zuckten.

Lenz nahm Blickkontakt mit seinem Kollegen auf. Franz bewegte verneinend den Kopf. Lenz nickte ihm bestätigend zu. Sie waren sich einig: Für den Augenblick war aus Crescentia Engels nichts mehr herauszuholen.

Ein lautes Knirschen beendete ihren wortlosen Dialog. Die Taucher hatten mit Schwung ein flaches Stahlboot auf den Kies neben dem Dampfersteg gesetzt. Zwei Männer sprangen heraus und zogen es weiter auf das Ufer hinauf. Im Inneren wölbte sich eine Plastikplane empor.

Lenz gab seinem Kollegen ein Zeichen. In großen Schritten ging Franz ans Ufer, sprach mit den Tauchern und kam wieder zurück. Er nickte.

Lenz trat einen Schritt vor. »Frau Engels, ich muss Sie das fragen. Fühlen Sie sich zu einer Identifizierung in der Lage? Ansonsten können wir das auch morgen in der Gerichtsmedizin in München machen.«

Senta Engels hob ihr sonnenbebrilltes Gesicht ein wenig. »Identifizierung? Warum?«

Franz beugte sich an sein Ohr. »Lenz. Sie steht unter Schock.«

Lenz straffte seinen Rücken. »Frau Engels, ich muss Ihnen leider die Mitteilung machen, dass sich in der Kabine der Amazone eine leblose Person befunden hat. Die Kollegen haben sie geborgen. Sie würden uns sehr helfen, wenn Sie uns sagen könnten, ob es sich dabei um Ihren Sohn handelt.«

Ihre Verwunderung war trotz Brille zu erkennen. »Ich verstehe nicht.«

Mit einem freundlichen Lächeln trat Franz neben sie, schob seinen Arm unter den ihren und zog sie in die Höhe. »Kommen

Sie. Lassen Sie die Tasche stehen«, sagte er, als sie danach greifen wollte, »mein Kollege passt darauf auf. Er ist bei der Polizei.«

Er ist so viel besser in diesen Dingen als ich, dachte Lenz, als er dabei zusah, wie Franz sie zum Boot brachte, die Plane vorsichtig zurückschlug und sie festhielt, als sie haltsuchend um sich griff. Vorsichtig führte er sie wieder über den Kies an ihren Platz zurück.

Lenz sah Franz fragend an. Der nickte. Er ging neben dem Stuhl, auf den Franz Senta Engels gesetzt hatte, in die Hocke. »Frau Engels, geht es einigermaßen?«

Sie zog ein Taschentuch hervor und wischte ihre Augen, ohne die Sonnenbrille abzunehmen. Er wartete, bis sie nickte. »Ich weiß, es ist schwer, aber ich würde es nicht tun, wenn es nicht wichtig wäre. Darf ich Ihnen ein paar Fragen stellen?« Sie nickte erneut. »Sie sagen, dass Ihr Sohn gestern Nacht nicht nach Hause gekommen ist. War das ungewöhnlich für ihn?«

Senta Engels schob ihre Sonnenbrille zurück in die Haare, hob ihre Handtasche auf den Schoß und grub darin herum. »Keine Ahnung. Er ist«, ihre Stimme zitterte, »er war deutlich über achtzehn und konnte tun und lassen, was er wollte.« Sie zog einen silbernen Flachmann hervor, öffnete ihn und nahm einen Schluck.

Lenz beugte sich vor. »Wissen Sie, warum er sich auf dem Schiff befunden hat?«

»Pfft«, machte sie, »na, wegen der da.«

Mitzi Weiß fuhr herum. »Senta! Jetzt schlägt's aber gleich dreizehn! Meine Sophie und ich bedauern deinen Verlust. Aber uns hier von dir anreden lassen, das müssen wir nicht!«

»Meine Damen?« Franz klang irritiert. »Worum geht es hier? Wollen Sie uns bitte aufklären?«

Senta Engels ließ erschöpft den Kopf sinken. »Dann sag halt du was, Mitzi.«

»Frau Weiß?« Lenz hob die Augenbrauen. Die Blondine hatte die Hände in die Seiten gestützt, bereit, ihrer Kontrahentin an die Kehle zu springen. »Frau Weiß? Ich hab Sie gefragt, was das hier soll. Wenn Sie nicht antworten, können wir Sie auch gerne nach Weilheim einbestellen. Wollen Sie das?«

Die Blondine warf theatralisch die Arme in die Luft, zog einen Stuhl heran, soweit das Seil es erlaubte, und ließ sich darauf nieder. »Meine Tochter, die Sophie, ist mit dem Goferl gegangen.«

»Sagt man das heutzutage noch?«, fragte Franz.

Lenz winkte unwillig ab. »Und weiter?«

Mitzi Weiß hob nachlässig die Schultern. »Das geht eigentlich nicht. Denn offiziell sind wir …«

»Sag's halt«, fuhr Senta Engels sie an. Ihre Stimme brach. »Verfeindet. Aber das ist jetzt alles vollkommen wurscht. Prost.« Zitternd reckte sie ihren Flachmann in die Höhe.

Mitzi Weiß beugte sich vor. »Warum eigentlich, Senta?«

»Weil dein Großvater Hieronimus Weiß meinem Großvater Bartholomäus Engels die Frau ausgespannt hat. Darum. Albern, nicht wahr?« Sie zog ein Taschentuch hervor und tupfte sich die Augen.

Mitzi Weiß stemmte die Hände auf die Knie. »Die Ludowika? Meinst du etwa die?«

»Ja, genau die«, antwortete Senta Engels. Sie zerknüllte ihr Taschentuch und nahm einen tiefen Schluck.

»Das hätt er fei besser nicht getan. Das war ein rechter Besen.«

»Stimmt. Die war gut weiter.« Ermattet ließ Senta Engels sich zurücksinken. »Seitdem reden wir nicht mehr miteinander.«

Mitzi Weiß hob den Finger. »Theoretisch.«

»Ja, genau, theoretisch. Praktisch ist uns das heutzutage wurscht. Aber das bringt mir meinen Sohn auch nicht wieder her. Auf euer Spezielles.« Senta Engels führte ihren Flachmann zum Mund.

Lenz sah zwischen den beiden Frauen hin und her. »Warum sollten Sie sich denn sehen? Theoretisch zumindest?«

Senta Engels spielte mit der silbernen Flasche. »Weil wir beide Fischrechte haben.«

Mitzi Weiß zeigte nach Süden. »Du da. Und ich hier.«

»Und Segelschulen.« Senta Engels schraubte den Flachmann zu und warf ihn in ihre Handtasche.

»Und den Ruderbootverleih«, nickte Mitzi Weiß. »Genau. In Utting und in Schondorf.«

»Und ich halt in Riederau und in Dießen. Wir sind im gleichen Geschäft. *Comprende?*« Senta Engels setzte sich auf. »Meine Herren, ich kann nicht mehr. Ich würde jetzt gerne gehen.«

Wie praktisch, dachte Lenz. Die beiden Damen haben sich das Revier am westlichen Ammersee untereinander aufgeteilt, die eine den Norden, die andere den Süden. »Haben Sie Informationen, was hier vorgefallen ist? Warum das Schiff gesunken ist? Und sich Stefan Engels auf Ihrem Schiff aufgehalten hat?«

»Erstens: nein. Zweitens: nein. Drittens: wegen der da. Sagte ich bereits.« Senta Engels rappelte sich aus ihrem Stuhl. »Meine Herren, es geht mir nicht gut.«

»Auch das wissen wir bereits«, unterbrach sie Lenz. »Nur noch eine Frage. Was könnte der Grund sein, dass Ihr Sohn das Schiff nicht verlassen hat, als es sank? Warum auch immer. Ich nehme an, als Sohn einer Fischerin konnte er doch schwimmen, oder?«

Senta Engels griff erschöpft nach der Tischkante. »Selbstverständlich. Herr Kommissar, ich möchte jetzt …«

»Senta, ich bitte dich«, fiel ihr Mitzi Weiß ins Wort. »Hör doch auf, die Unwissende zu spielen! Die Polizei findet es doch sowieso heraus.« Sie drehte sich zu den Kommissaren. »Er wird nicht gemerkt haben, dass der Kahn sank, weil er dicht war. So.«

»Dicht? Inwiefern?«, hakte Franz nach.

Mitzi Weiß hob die Schultern. »Bekifft halt.«

Franz trat einen Schritt auf Senta Engels zu. »Moment. Ihr Sohn konsumierte Cannabis? War er auch in die Razzia vom letzten Samstag hier am Dampfersteg involviert?«

Sie ließ den Kopf sinken und zuckte die Schultern. »Razzia? Nicht, dass ich wüsste.«

Mitzi Weiß brach in höhnisches Gelächter aus. »Senta, hör doch auf! Das glaubt dir doch kein Mensch. Die Polizei schon gar nicht. Natürlich war Goferl involviert.« Sie malte Anführungszeichen in die Luft. »Sophie! Du hast mir das doch haarklein erzählt.« Sie rammte ihrer verheulten Tochter einen Ellenbogen in die Rippen.

Lenz zog die Augenbrauen zusammen. »Frau Weiß, waren Sie am Samstagabend auch dabei?«, wandte er sich an Sophie.

Der Teenager wischte sich mit dem Handrücken den Rotz von der Nase. »Wobei?«

Lenz schüttelte den Kopf. »Ich bitte Sie. Sophie. Wir können Sie auch vorladen.«

Trotzig schob sie die Unterlippe vor. »Ja, ich war auch hier. Aber da war nichts.«

»Also, soviel ich weiß, haben die Drogensuchhunde mehrere hundert Gramm Haschisch in den umliegenden Büschen gefunden«, schaltete Franz sich ein.

Der Teenager überkreuzte die Arme vor der Brust. »Ja und! Das war doch gar nicht von uns.«

»Und von wem denn sonst?«, fragte Lenz. Vom Heiligen Geist etwa? Er verkniff sich die Bemerkung.

»Keine Ahnung«, fauchte sie. »Wos geht mi des o?«

Ui. Da war er wieder, Carolas Lieblingssatz. »Sie sind sich schon darüber im Klaren, dass der Besitz illegaler Substanzen eine Straftat darstellt? Womöglich besteht auch ein Zusammenhang mit dem Tod Ihres Freundes. Wollen Sie die Täter schützen, indem Sie unsere Ermittlungen behindern? Was im Übrigen auch strafbar ist. Sophie?«

»Keine Ahnung«, presste Sophie Weiß hervor, schlug die Hände vors Gesicht und wandte sich ab.

Franz trat auf sie zu. »Sophie. Ich kann Ihren Schmerz verstehen. Aber wenn wir herausfinden sollen, was hier passiert ist, müssen Sie uns helfen.«

Der Teenager nickte mit gesenktem Kopf.

»Sie waren also am Samstagabend gemeinsam mit Stefan Engels hier unten im Summerpark?«

Sie zog geräuschvoll die Nase hoch. »Ja, das machen wir öfter.«

Franz lächelte freundlich. »War denn alles so wie immer?«

Sie schenkte ihm einen verheulten Blick. »Ja. Nein. Es waren noch so Typen da. Und wir haben uns gestritten.« Tränen rannen in breiten Strömen über ihre Wangen.

»Was für Typen?«

»Keine Ahnung. Typen halt.« Unwirsch wischte sie sich über das Gesicht.

»Und weswegen haben Sie sich gestritten?«

»Wir waren auf der Amazone. Haben was geraucht. Ich wollte gehen. Er wollte bleiben. Da bin ich halt gegangen. Dass das Schiff irgendwie vollllief, hab ich nicht gemerkt. Und jetzt ist er tot.« Die Tränenbäche strömten über ihr aufgequollenes Gesicht.

Lenz musste sich beherrschen, nicht schon wieder den Kopf zu schütteln. Herrgott, was erzählt ihr mir hier für einen Schmarrn, dachte er. Er sah auf den See hinaus. Gerahmt von Andechs und zerrupften Wolkenschiffen schaukelte die Amazone an ihrer Boje in den kabbeligen Wellen und machte einen mitgenommenen Eindruck. Er schlug die Arme unter. Nach der Zeit im Wasser würde für die KTU nicht viel zu finden sein. Er zog die Augenbrauen zusammen. Was war das hier bloß für eine Geschichte? Dass die drei Weiber ihm nicht alles erzählt hatten, war mit Händen zu greifen. Was sollten diese Märchen von Feindschaften und Fischrechten? Offensichtlich verstanden sie sich doch prächtig und pflegten enge, um nicht zu sagen engste Kontakte über die Grenzen ihrer Familien hinweg. Das passte doch alles nicht zusammen. Irgendetwas war hier faul.

»Nun gut, meine Kollegen werden Ihre Kontaktdaten aufnehmen. Frau Engels«, Lenz wandte sich um und suchte ihren Blick, »um festzustellen, ob Ihr Sohn eines natürlichen oder unnatürlichen Todes gestorben ist, muss eine Obduktion durchgeführt werden. Geben Sie dazu Ihr Einverständnis?«

7

»Na, wenigstens ist der Weg nicht weit.« Carola fröstelte. Was hatte der Mensch doch nur für ein selektives Gedächtnis. Das galt auf jeden Fall für sie. Denn wie hatte sie allen Ernstes vergessen können, wie unfassbar zugig es in Berlin werden konnte? Allemal in Mitte? Berlin bestand in dieser Gegend aus Straßenschluchten, durch die der eiskalte Ostwind pfiff. Nur Hausfassaden und Asphalt. Und nichts, was ihn aufhielt. Sie bogen in die Behrenstraße ein. Hätte sie doch wenigstens eine Mütze mitgenommen! Frierend zog sie die Schultern hoch und warf Matthias einen Blick zu. Der ging, den Kopf gegen den Wind gesenkt, die Hände in die Taschen seines Mantels vergraben, neben ihr her. »Danke, dass du mitkommst.«

Ihr Kollege lachte auf. »Was heißt hier ›mitkommst‹? Toll, dass du mich mitnimmst! Ich finde das Thema superspannend.«

»Echt?« Da vorn musste es sein, diese Stiftung eines Telefonkonzerns. »Künstliche Intelligenz?«

»Auf jeden Fall. Und dieser spezielle Aspekt«, Matthias zog einen Flyer aus der Jackentasche und ließ ihn durch die Luft schnalzen, »umso mehr. ›Brothers in crime. Künstliche Intelligenz und Verbrechen‹«, las er vor. »Und so hochkarätig besetzt. Find ich den Hammer.«

»Okay.« Hammer finde ich das jetzt nicht, dachte Carola, ich geh da nur aus beruflichen Gründen hin. Denn schließlich stand der Schmarrn morgen auf der Tagesordnung im Ausschuss ihres Chefs. Und da war es kein Fehler, inhaltlich gut vorbereitet zu sein. »Wollen wir?«, fragte sie und drückte ihre Schulter gegen die Eingangstür.

»Wow«, gab Matthias von sich, als sie den Konferenzsaal betraten. »Das nenn ich mal eine Show.« Er legte Carola eine Hand auf die Schulter. »Aber die Inszenierung kommt mir irgendwie bekannt vor. Dir auch, nicht wahr?«

Im Halbdunkel eines weiten Saales reihten sich Stühle im

Halbkreis um eine runde Bühne. Ein einzelner Spot war auf einen kreisrunden, knallroten Teppich in der Mitte gerichtet. Drei riesige Videoscreens hingen im Hintergrund von der Decke.

»Wusstest du, dass es ›Auslegeware‹ mal auf die Shortlist für das Wort des Jahres geschafft hat?«, flüsterte Carola.

Matthias neigte seinen Kopf in ihre Richtung. »Das muss das Jahr gewesen sein, in dem ich ›Doppelhaushälfte‹ vorgeschlagen habe.«

Sie kicherte. »Aber jetzt mal ehrlich.« Carola betrachtete die großen roten Buchstaben, die wie gigantische Spielzeuge im Hintergrund der Bühne aufgebaut waren und den Namen des Hausherrn wiedergaben. »Die haben doch ganz eindeutig zu viele TED-Talks gesehen, oder?«

»Ganz bestimmt sogar. Ob aber die hier Anwesenden diesen Vorträgen so regelmäßig lauschen wie du, wage ich zu bezweifeln.« Matthias zog sie in eine Stuhlreihe. »Komm, es geht los.«

Aus dem Dunkel der Seitenbühne trat ein Mann in den Fünfzigern in dunkelblauem Anzug, weißem Hemd und roter Krawatte auf den roten Teppich. »Meine Damen und Herren, herzlich willkommen zu unseren Future Talks. Als ein globales Technologieunternehmen sehen wir es nicht nur als Aufgabe …«

»Bla, bla, bla«, flüsterte Matthias in Carolas Ohr. »Allzu lange kann er sich das nicht leisten. Schau, dahinten in der Kulisse steht schon die Kanzlerin. Und die wartet nicht gerne.«

»Sch«, machte Carola in den aufbrandenden Applaus hinein. »Da kommt sie.«

Freundlich lächelnd, im graublauen Hosenanzug, mit Bernsteinkette um den Hals, betrat sie die Bühne und formte ihre Hände zu einer Raute. »Meine Damen, meine Herren, die Bundesrepublik Deutschland als Teil einer globalisierten Welt steht vor enormen Herausforderungen. Meine Aufgabe als Bundeskanzlerin ist es, dabei für die Sicherheit und das Wohlergehen der Bürgerinnen und Bürger dieses Staates zu sorgen. Der Einsatz künstlicher Intelligenz ist eine Option, die uns bei dieser Aufgabe unterstützen kann. Dabei dürfen wir nicht vergessen, dass der Umgang mit Daten, und in diesem Fall mit großen Mengen von Daten, sowohl Chancen als auch Risiken birgt. Das Wissen um die Gefahren kann aber nicht dazu führen, dass ein Gespräch über die Chancen nicht stattfindet. Deshalb betrachte ich den heutigen Abend als den Anfang eines Gesprächs hin zu einer Diskussion über den Einsatz von künstlicher Intelligenz für die Sicherheit der Bürgerinnen und Bürger unseres Landes. Ich danke Ihnen.«

Carola beugte sich zu Matthias hinüber. »Schau mal, wer da ist«, flüsterte sie. »Zweite Reihe rechts, auf vierzehn Uhr. Die Blondine und die Rothaarige.«

»Muss ich die kennen?«, fragte Matthias.

Carola schüttelte den Kopf. »Erklär ich dir später.«

»… begrüßen Sie mit mir Greg Shaw, *Chief Executive Officer* von Mandis.«

Auf die Bühne joggte ein braun gebrannter, gut aussehender Mann in Jeans und grauem Tweed-Sakko, einen Hipster-Schal mehrfach um den Hals geschlungen. Wilde graue Locken wippten bei jedem Schritt.

»Von dem hab ich schon mal ein Foto im Internet gesehen«, flüsterte Carola. »Eines der *Enfants terribles* des Silicon Valley.«

Matthias unterbrach sein Klatschen. »Deshalb bin ich hier. Ich wollte den immer schon mal live erleben.«

»*Madam Chancellor, thank you for the warm welcome.*« Shaw wartete, bis der Applaus verebbte. »*Ladies and gentlemen*, vor ein paar Jahren hat mich mein *Co-Founder* Peter Biehl angerufen. An einem Sonntagnachmittag.« Er schritt über den Teppich und breitete die Arme aus. »Was ist daran ungewöhnlich, werden Sie fragen. *Well*, Sie müssen wissen, ich habe ein paar strikte Regeln. Keine Krawatten zum Beispiel. Und kein Friseur. Kein Jobtalk am Sonntagnachmittag ist auch eine Regel. ›Ich hab eine tolle Idee‹, hat mein Mitgründer gesagt. ›Peter‹, habe ich gesagt, ›das muss schon eine verdammt gute Idee sein, wenn du mich dafür an einem Sonntagnachmittag anrufst.‹«

Freundliches Gelächter perlte durch den Raum.

Shaw winkte ab. »›Okay‹, hab ich gesagt, ›dann erzähl mir in Gottes Namen, um was es geht.‹« Er drückte auf ein Gerät in seiner Hand. Hinter ihm auf den Bildschirmen erschien ein Stadtplan.

»›Greg‹, hat Peter gesagt, ›ich habe eine tolle Idee zur Visualisierung von Daten.‹« Er wandte sich zum Publikum. »*Long story short*, die Idee mit der Visualisierung war gar nicht so toll, aber das habe ich Peter nicht gesagt.«

Das Gelächter wurde etwas lauter.

Shaw nickte. »Aber was er mit den Daten gemacht hat, das war wirklich großartig. Und wie alle großartigen Ideen ist sie einfach. Es geht darum, große Datenmengen zu aggregieren«, er machte eine Kunstpause, »und sie im nächsten Schritt zu visualisieren. Hört sich langweilig an? Dann sehen Sie selbst.« Erneut drückte er auf das Gerät. »Nehmen wir hier meine Heimatstadt New York. *Downtown* haben wir seit 9/11 Videoüberwachung.« Punkte bewegten sich durch das Gitternetz der Straßen. »Bisher wurde die Videoüberwachung meistens wofür genutzt? Was meinen Sie?« Er neigte sich zum Publikum und hielt die Hand ans Ohr.

»Glaubt der wirklich, dass wir glauben, dass er uns zuhört?«, flüsterte Matthias. »Spinnt der?«

Shaw streckte seinen Arm aus, als ob ihm jemand gerade die Antwort geliefert hatte. »Genau, um *nach* einem Vorfall zu schauen, wer sich in der Nähe befunden hat.« Er senkte den Kopf und ging einmal quer über den kreisrunden Teppich.

»Kunstpause«, nuschelte Matthias.

Shaw hob die Hand. »Was, wenn wir das vorher machen? Wenn wir das, was wir schon wissen, nutzen, *bevor* ein Vorfall überhaupt stattfindet? ›Können Sie hellsehen?‹, werden Sie fragen. Nein, dafür muss man überhaupt kein Hellseher sein. Was wir aber machen müssen, ist, die Daten, die wir haben, zusammenzuführen, zu aggregieren und anschließend

grafisch darzustellen. Zunächst nutzen wir die Gesichts-
erkennung.« Um die Punkte erschienen schwarze Kästen.
»Wir wissen jetzt, wer Ecke Fünfte unterwegs ist.« Er drückte
auf einen Knopf. Daten liefen am Rand des Stadtplans ein.
»Das sind die Daten der Zulassungsbehörde, wir wissen also,
wer Ecke Fünfte einen Führerschein hat und wer ein Auto.
Nun die Sozialversicherungsnummern. Und jetzt die Daten
der Polizei.«

Im Saal wurde es mucksmäuschenstill, als gelbe Hinter-
legungen bei einigen der schwarzen Vierecke auftauchten.

»Wow«, machte Matthias.

Shaw wanderte an den Rand der Bühne. »Die Personen,
die Sie hier in Gelb sehen, sind polizeilich bekannt. Das können ganz unterschiedliche Gründe sein. *Let's see.*« Ein roter
Punkt wanderte über den Stadtplan und blieb bei einem gelben Kasten hängen. »Ah, Diebstahl.« Der rote Punkt glitt
zum nächsten gelben Kasten. »Häusliche Gewalt.« Er ging
ein paar Schritte. »Was bringt uns das, fragen Sie? *Right.* Gar
nichts. Aber schauen Sie, was passiert, wenn ich die Daten aus
den Social Networks über das lege, was wir schon wissen.«

Drei Vierecke färbten sich rot.

Shaw drehte sich um. »Diese drei Personen haben sich in
den letzten zwölf Stunden in den sozialen Netzwerken über
ihre Pläne unterhalten, Straftaten zu begehen. Was, werden
Sie sagen, das gibt es? Ja, *ladies and gentlemen*, es gibt nichts,
was es in den Social Networks nicht gibt. Diese beiden hier
planen einen Autodiebstahl, den sie in Manhattan begehen
wollen, dieser hier will Drogen verkaufen.« Das Gemurmel
im Saal schwoll an.

Shaw ging in die Mitte des roten Teppichs. »Noch sind
diese Taten nicht begangen worden. Es ist nichts passiert.
Also? Was ist die Konsequenz?« Sein Zeigefinger war ins
Publikum gerichtet. »Wollen Sie warten, bis der nächste Diebstahl, der nächste Drogendeal geschieht? Das müssen Sie entscheiden. Alles, was ich Ihnen zur Verfügung stellen kann, ist
ein hocheffizientes Tool, um Daten zusammenzuführen und

zu visualisieren.« Er machte wieder eine Pause. »Sie sehen, was Sie tun müssen, um Verbrechen in Ihrer Stadt zu verhindern.«

Applaus brandete auf. Shaw lächelte.

»Kommt es nur mir so vor, als ob er die Zähne fletscht?«, flüsterte Matthias.

Shaws Stimme klang erneut durch den Saal. »Aus dieser Sonntagnachmittagsidee haben Peter und ich ein Unternehmen gebaut, Mandis, das ich heute leite. International heißt unsere Software Prevision. Bei Ihnen kommt die deutsche Version ZIELKOP zum Einsatz. Fragen Sie uns, ich lade Sie ein, uns besser kennenzulernen. *Thank you.*«

Matthias stand auf und reckte sich. »Weißt du, was Mandis bedeutet?«

Carola griff nach ihrer Tasche. »*Yep.* Griechisch für ›Hellseher‹.«

»Woher weißt du das?«

Carola wandte sich zum Ausgang. »Ich habe halt eine solide humanistische Ausbildung. Komm, lass uns was trinken. Ich könnte was vertragen.«

»Guter Wein«, sagte Matthias, stellte sein Glas bei einem vorbeigehenden Kellner ab, nickte ihm freundlich zu und griff sich ein neues, »danke schön. Willst du auch noch einen?«

»Oh, nicht das auch noch«, antwortete Carola.

»Also, das ist ungerecht. Das ist nämlich ein ganz hervorragender Riesling.«

»Meine ich nicht«, gab Carola zurück. »Schau mal ganz unauffällig.«

Matthias sah von rechts nach links. »Wo denn?«

»Ich sagte unauffällig. Wenn du über deine linke Schulter guckst, siehst du Barbara Niederegger, bayerische Landesgruppenchefin. Sie war vorhin im Publikum.«

»Kenne ich«, antwortete Matthias. »Parlamentarisches Urgestein. Wer sind die anderen?«

Carola betrachtete verstohlen die Gruppe aus sechs Frauen. »Die Niedereggerin und vier von den anderen interessieren mich nicht. Siehst du die rothaarige Schnepfe, die mit den Locken? Die vorhin neben der Niedereggerin im Publikum saß?« Carola wackelte mit dem Zeigefinger.

Matthias warf einen Blick auf die Gruppe. »Ja, sehe ich. Scheint nicht neu auf dem Parkett zu sein. Was ist so Besonderes an der?«

»Das ist Beatrice Muggenthaler.«

Matthias legte ihr eine Hand auf den Unterarm. »*Die* Beatrice Muggenthaler?«

»Was soll das heißen, *die* Beatrice Muggenthaler?«, äffte Carola.

Ihr Kollege sah milde auf sie herab. »Liebe Kollegin, ich muss schon sagen, du darfst nicht nur den politischen Teil und das Feuilleton lesen, sondern musst auch ab und an einen Blick in die Wirtschaftsnachrichten werfen.«

Carola wusste, dass sie rot wurde. »Was meinst du damit?«

Matthias hob sein Glas. »Na, die Schnepfe, wie du deine Geschlechtsgenossin zu titulieren pflegtest, hat eines der erfolgreichsten Fintech-Unternehmen der letzten Jahre gegründet und aufgebaut. Anlagestrategien für Frauen. Man munkelt schon etwas von einem Börsengang.«

Fintech? *What the …* »Aha.«

»Ja, Beatrice Muggenthaler hatte, so geht die Legende, quasi von Kindesbeinen an ein Faible für die Börse. Als Studentin hat sie an der Uni angefangen, ihren Kommilitoninnen Anlagetipps zu geben. Anscheinend sehr erfolgreich. Daraus hat sie dann ein Unternehmen gemacht. Femmevestor. Hauptsitz ist in Frankfurt. Aber es gibt Niederlassungen in Hamburg und München.«

Bei Carola klingelte etwas. Die Story hatte es sogar über die Wirtschaftsnachrichten hinaus geschafft. Letztes Jahr hatte Femmevestor einen bayerischen Innovationspreis gewonnen. »Die ist das?«

Matthias prostete ihr zu. »Ja. Genau die ist das.«

Carola hatte das Gefühl zu glühen. Warum in drei Teufels Namen hatte sie die Muggenthalerin nicht sofort gegoogelt?

Sie war wirklich ein Schaf, ein dummes, naives Schaf! »Die hat doch letztes Jahr in dieser Show im Fernsehen …«

»Genau. Diese Finanzierungsshow im Privatfernsehen für Jungunternehmer und die, die es werden wollen. Da hat sie gewonnen, wenn man das so sagen kann. Sie hat die größte Investitionssumme bekommen, die jemals in dieser Sendung vergeben worden ist. Die haben sich geradezu darum geprügelt, ihr Geld hinterherschmeißen zu dürfen.«

Carola stellte ihr Glas ab. »Soso. Dann hab ich Neuigkeiten für dich. Dein Investoren-Shootingstar will in den Bundestag.«

Matthias stockte in der Bewegung. »Will sie das? Aber warum? Hat sie mit ihrer Firma nicht genug zu tun?«

»Was weiß denn ich? Vielleicht hat sie nicht nur seit dem Windelalter an der Börse gehandelt, sondern auch ein Kindergartenparlament ins Leben gerufen? Für jemand wie sie muss das doch ein Leichtes sein.« Sie verschränkte die Arme vor der Brust.

»Jetzt sei doch nicht gleich beleidigt, Caro. Ich finde das eine superspannende Info. Ich kann mir nämlich nicht vorstellen, wie jemand in ihrer Position, mit ihren Wachstumszielen und den Investoren im Genick, auch noch Zeit für die Politik hat. Und du weißt wirklich nicht, was sie im Bundestag will?«

Carola ließ die Arme sinken. »Nein. Ich kann dir nur sagen, dass nicht nur die Muggenthaler, sondern alle fünf«, sie verschluckte das Wort Schnepfen, »Frauen, die da drüben stehen, von Fresh Parliament unterstützt werden.«

»Fresh Parliament! Der Graswurzelbewegung für politische Talente? Und die wollen sich für unsere Partei engagieren? Aber das ist doch super! Das gibt unserem Wahlkampf doch einen ganz neuen Schub! Und die Muggenthaler ist bestimmt ein prima Aushängeschild.« Matthias klopfte ihr auf die Schulter.

»Das könnte einiges erklären«, antwortete Carola mit säuerlichem Gesicht. »Nicht so großartig finde ich, dass die Muggenthalerin im Betreuungswahlkreis meines Chefs antreten will.«

»Oh.« Matthias machte ein betroffenes Gesicht.

»Du sagst es, ›oh‹. Nichts gegen Graswurzel und politisches Engagement. Ich glaube auch, dass Quereinsteiger in die Politik eine echte Chance haben sollten. Aber die Muggenthalerin hat meines Wissens bisher null Politik gemacht. Und die soll eine reale Chance bekommen, ein Mandat zu erringen? Sorry, meiner Meinung nach läuft das doch andersherum. Erst politisches Engagement, am besten auch ein paar ordentliche Erfolge, und dann ein Mandat. Und auch nicht gleich Bundestag. Landtag lass ich mir noch eingehen. Aber gleich nach Berlin? Oder sehe ich da etwas falsch?«

»Wie soll das überhaupt funktionieren? Kriegt sie einen Platz auf der Landesliste?« Matthias sah auf einmal sehr ernst aus.

»Das ist eine verdammt gute Frage. Angeblich nicht. Sie soll um Erststimmen kämpfen und ihren Wahlkreis direkt holen.« Carola nippte an ihrem Weinglas. Matthias hatte recht. Ein richtig guter Riesling.

»Ich kann mir nicht vorstellen, dass eine Beatrice Muggenthaler, die mit Millionen dealt, vollkommen selbstlos Straßenwahlkampf macht, von Haus zu Haus geht und um Erststimmen kämpft.«

Carola stieß mit ihrem Glas an seines. »Endlich mal ein wahres Wort, Matthias. Was auch immer Fresh Parliament vorhat. Mir fehlt die Phantasie dafür, dass die ihre Kandidatinnen einen von vorneherein aussichtslosen Kampf kämpfen lassen. Die wollen Erfolge. Die brauchen Erfolge! Und das heißt Mandate. Ansonsten können die gleich wieder einpacken.« Sie hob ihr Glas. »Ich halte die Story vom Betreuungswahlkreis und Erststimmen-Wahlkampf für eine Beruhigungspille unserer Landesgruppenchefin. In einem halben Jahr kommt es zum Schwur. Dann wird die Landesliste aufgestellt. Und wenn sie wirklich so berühmt ist, wie du sagst, kann das meinen Chef seinen Listenplatz kosten.« Und mich meinen Job. »Prost.«

8

Irgendetwas war anders. Und zwar vollkommen anders als sonst. Lenz blieb stehen, den Griff der Eingangstür seiner KPI in der Hand. Wenn er daran glauben würde, dass es so etwas gäbe, müsste er sagen: Spannung lag in der Luft.

Er spähte in den Vorraum. Horchte. Sein Gehirn projizierte Carolas Gesicht vor sein inneres Auge. »Obacht«, flüsterte sie, »interstellare Turbulenzen.« Er schüttelte sich, trat ein und stieg in den ersten Stock hinauf.

Doch, etwas war anders. Im Gang vor seinem Büro stapelten sich Kartons und Styropor. Seine Tür stand offen. Ein ihm unbekannter Mann trat aus Benis Büro nebenan, ging, ohne zu grüßen, an ihm vorbei und verschwand in seinem Zimmer. Machte die Tür nicht hinter sich zu. Laute Stimmen hallten über den Gang.

Sauber, dachte Lenz, wollte eintreten, stoppte bei dem Anblick, der sich ihm bot, im Türrahmen. Drei Männer hockten unter den Schreibtischen. Ein anderer montierte einen großen Bildschirm neben dem Whiteboard. Franz saß auf einem Stuhl mitten im Raum und hatte die Arme vor der Brust verschränkt.

Beni lief gestikulierend auf und ab. »Also des kannst du jetzt fei nicht so sagen.«

»Und wie ich das kann!«, fauchte Franz. »Ja, spinnts ihr jetzt alle komplett? Eins sag ich euch. Ich rühr das Zeug nicht an!«

»Hm, hm«, machte Lenz in der Tür.

Niemand schenkte ihm Beachtung. Beni setzte seine Reise durch das Zimmer fort. »Wie kannst du das denn einfach so in den Raum stellen, Franz? Du hast es doch überhaupt noch nicht ausprobiert. Also, ich muss sagen, nach allem, was ich über ZIELKOP weiß, ist es super.«

Großer Gott, ZIELKOP! Das hatte er vollkommen vergessen. »Hm, hm«, machte Lenz etwas lauter.

»Da bist du ja endlich, Chef!« Franz sprang auf, baute sich vor Beni auf und bohrte ihm seinen Zeigefinger in die Brust. »ZIELKOP, was für ein Schmarrn! Was soll das gleich noch mal bedeuten?« Er ging zum Whiteboard, griff sich einen Stift, riss die Kappe herunter und schrieb mit großen Lettern »ZIELKOP« auf die Tafel. »Na, Beni?«

»Zielorientierte Ermittlungsarbeit C-Gebiet Kriminal-polizei«, antwortete Beni schnippisch.

Franz drehte sich um. »Weißt, wie ich das nenne?« Er wischte über einige Buchstaben auf dem Whiteboard. »Zec.« Den Kopf schief gelegt, schrieb er ein K dazu. »So ist's recht. Schauts! Zeck. Weißt, was das ist, ein Zeck?«

Beni schob trotzig die Unterlippe vor und schwieg.

»Ein Zeck ist eine penetrante, aufdringliche, total unan-genehme Person. Zumindest da bei uns in Bayern. Das ist hier also in Zukunft die Soko ZECK!« Franz unterstrich das Wort zweimal, schmiss den Stift in die Ablage, marschierte zu seinem Platz, warf sich in seinen Stuhl und legte die Füße auf seinen Schreibtisch. Unter Lenz' Tisch tauchte ein Kopf auf. »Kollege, kannst du grad einmal schauen?«

Lenz zuckte die Schultern, ging zum Whiteboard, wischte Franz' Geschreibsel weg. Er griff nach dem Stift und schrieb »Amazone« und »Stefan Engels« auf die Tafel.

Dann tippte er eine Nummer in sein Telefon. »Frau Engels? Meisinger, Kripo Weilheim. Wär es Ihnen recht, wenn wir morgen zu Ihnen rauskommen? Sie sind daheim? Ja? Danke schön.« Er beendete das Telefonat und gab eine andere Num-mer ein. »Frau Dr. Otto? Meisinger am Apparat.« Er lächelte und hörte zu. »Ja, es ist wirklich schade, dass wir immer nur miteinander zu tun haben, wenn ein Mensch zu Schaden ge-kommen ist.« Er hörte zu. »Kaffee? Gerne. Das nächste Mal, wenn ich in München bin.« Er straffte seinen Rücken. »Frau Dr. Otto, weshalb ich Sie anrufe: Meinen Sie, ich kann morgen früh mit einem Bericht über Stefan Engels rechnen? Ja? Das ist großartig. Herzlichen Dank und servus.« Er drehte sich um. »So, habts ihr euch endlich eingekriegt, oder muss …«

Beni stand in der Mitte des Zimmers und hatte die Hände in die Seite gestemmt. »Was ist eigentlich dein Problem, Franz?«

Lenz steckte die Kappe auf den Stift und legte ihn in die Ablageschale. Keiner hört mir zu, dachte er.

Franz sprang erneut aus seinem Stuhl und baute sich vor Beni auf. »Was mein Problem ist? Das sag ich dir gerne. Dieses Zeckzeugel, das ist die Büchse der Pandora. Das bringst du nimmer weg.«

»Wieso auch?«, ereiferte sich Beni. »Endlich kann ich die Zusammenhänge erkennen, die ich sonst womöglich nie gefunden hätte!«

»Ha!«, rief Franz. »Wozu? Meine Schweine erkenn ich doch am Gang!« Er tippte sich an die Stirn. »Ich sage dir, was passieren wird. Unbescholtene Bürger, um nicht zu sagen Unschuldige, geraten jetzt ins Visier von Ermittlungen. So schaut's aus!«

»Ha!«, äffte Beni.

»Was heißt hier ›Ha!‹?«, keifte Franz. »Zukünftig kann jetzt jeder zum Ziel von Ermittlungen werden. Deine täglichen Verhaltensroutinen müssen nur zu einem bestimmten Zeitpunkt bestimmten Verdachtsmomenten entsprechen. Stell dir das mal vor! Jeder, sag ich dir! Jeder! Du auch!«

»Ja und?«, antwortete Beni. »Wenn ich mir nichts zuschulden hab kommen lassen, dann geht doch nichts kaputt.«

»Sag mal, tickst du noch ganz sauber in der Birne?«, brüllte Franz, »schon mal was von Bias gehört? Deine tolle Software wird von Menschen programmiert, und diese Menschen haben Vorurteile, auch wenn sie die nicht haben wollen beziehungsweise sich dieser gar nicht bewusst sind. Deine Zeck-Software –«

»ZIELKOP«, unterbrach ihn Beni.

»Zeck-Software«, beharrte Franz, »wird in den USA programmiert. Es ist nun mal erwiesen, dass diese Software dunkelhäutige Menschen und Menschen arabischer Herkunft a priori diskriminiert!«

»A priori, soso. Kaum streiten wir, kannst du auf einmal Latein? Ich sage dir, wenn unsere Kollegen in den siebziger Jahren ZIELKOP ...«

»Zeck.«

»... ZIELKOP hätten nutzen können, wäre Schleyer vielleicht noch am Leben!«

»Was willst du jetzt damit sagen?«, fauchte Franz.

»Es ist doch ganz einfach, Franz. ZIELKOP«, er hob den Zeigefinger, »erhebt doch keine neuen Daten. ZIELKOP durchsucht das, was wir schon haben, und stellt es grafisch dar. Im Fall Schleyer gab es zwei Hinweise auf die konspirative Wohnung, in der er gefangen gehalten wurde. Einer lag im Posteingang der Kölner Polizei, der andere beim Bundeskriminalamt. Keiner hat damals die Punkte zu einer Linie verbunden. Was ich damit sagen will: Heute würden wir Schleyer womöglich finden.«

»Und wo bleibt da die Unschuldsvermutung?«, fragte Franz empört.

Unter dem Tisch tauchte der Kopf auf. »So, Kollegen, fertig.« Der Mann richtete sich auf und klopfte sich die Hosen ab. »Ihr könnt das System jetzt nutzen.«

»Leute, Leute, Leute. Beruhigt euch erst einmal«, schaltete Lenz sich ein. »Vorschlag zur Güte. Wenn das alles wahr ist, Beni, was du sagst, dann liefert uns die Software Einsichten, die wir nicht haben, weil sie Zusammenhänge zwischen fallrelevanten Daten herstellt, die in unterschiedlichen Systemen abgelegt sind. Und das erkennen wir womöglich nicht. Oder übersehen es. Richtig?«

»Richtig.« Beni hockte sich auf eine Tischkante.

Lenz setzte sich hinter seinen Schreibtisch. »Dann zeig uns doch mal mit deinem neuen Spielzeug, was in den letzten drei Tagen vorgefallen ist. Und ob wir etwas übersehen haben. Beni?«

Sein Kollege stand auf, stellte sich neben ihn und tippte auf der Tastatur. Der neue Bildschirm erwachte zum Leben und baute eine verzweigte Grafik auf.

Beni stellte sich daneben. »So, Kollegen, hier könnt ihr sehen, was seit vorgestern reingekommen ist. Seht ihr?«

»Ja, Beni. Bin ja nicht blind.« Franz klang genervt.

Beni räusperte sich. »Ein Rentner hat Walnüsse mit einem Föhn trocknen wollen, den heißen Föhn einfach auf ein Regal gelegt und sein halbes Haus abgefackelt. Das hier ist ein Foto vom Einsatzort.« Auf dem neuen Bildschirm tauchte ein weißes Einfamilienhaus mit Rußspuren oberhalb der Fenster auf. »Die Kollegen gehen von Selbstverschulden aus.« Er trat an die Tastatur. »Was haben wir noch?« Er scrollte und murmelte. »Zwei Verkehrsunfälle, nur Sachschaden. Noch ein Unfall. Nein, eher Unfälle.« Er kicherte. »Entschuldigung, ich sollte nicht lachen. Hört euch das an.« Er hob den Finger: »Ein Dreiundsiebzigjähriger hat beim Ausparken ein Auto und einen Baum angefahren. Nachdem er sich mit der Unfallgegnerin geeinigt hatte, hat er auf dem Nachhauseweg noch zwei Autos gestreift. Dann hat er das Auto gewechselt und noch einen Baum und ein Auto touchiert. Ist das zu fassen? Die Kollegen haben festgestellt, dass er überhaupt keine Fahrerlaubnis hatte. Meiomei.« Er tippte. »Ah, kommt gerade rein, noch ein Brand. Diesmal Fahrzeugbrand.« Er las und pfiff durch die Zähne. »In Utting ist auf einem Minigolfplatz ein Maserati abgebrannt. Ui. Davon ist nicht mehr viel übrig.« Eine vollkommen verkohlte Autokarosserie erschien auf der digitalen Anzeigentafel. »Der Besitzer, ein gewisser Zacharias Dragic, meint, es könnte ein Kabelbrand gewesen sein. Es hätte morgens schon verschmort gerochen. Er will den Schaden seiner Versicherung melden.« Er sah auf. »Das war's.«

»Sag ich doch«, maulte Franz. »Wozu brauchen wir überhaupt den Schmarrn? Bei uns ist doch generell nix los.«

»Trotzdem.« Beni sprang auf. »Ich versichere euch. ZIEL-KOP wird uns ganz neue Erkenntnisse liefern, auf die wir im Leben nicht gekommen wären. Ihr werdet schon noch sehen.«

Lenz kratzte sich am Kopf. »Weißt du, Beni, ich bin ja eher so alte Schule. Klassische Ermittlungsarbeit. Fakten sammeln, Zeugen befragen, meinetwegen noch Telefonüberwachung.«

Er berührte seine Stirn. »Meine Software, die ist hier drin«, er tippte sich auf die Brust, »und da die Ermittlungsergebnisse, die ich kenne, und die Erfahrung als Ermittler, die ich mir in jahrelanger Arbeit erworben habe. So leid es mir tut, Beni, eigentlich muss ich Franz recht geben: Dieses neumodische ZIELKOP-Zeugs, das braucht's eigentlich nicht.«

Franz grinste.

»Aber«, Lenz strich über seinen Schreibtisch, »ich will mal nicht so sein. Wir geben deiner Software noch eine Chance. Kann ja sein, dass ich einfach etwas nicht kapiere. Und wer will schon dumm sterben.« Er sah seine Kollegen an. »Ich jedenfalls nicht. Zeig mal her, Beni. Wie geht das? So?«

Auf dem Bildschirm erschien eine Suchmaske.

»Richtig«, sagte Beni, »jetzt gibst du einfach ein, wonach du suchst.«

»Zum Beispiel meine Mutter.«

Im Suchfeld erschien der Name Therese Meisinger.

»Jetzt schauen wir mal, was die Software weiß, was wir nicht wissen.« Lenz strahlte und tippte auf Enter.

Wie die Linien eines Spinnennetzes baute sich eine Grafik auf dem Screen auf.

»Erinnert mich irgendwie an diese Gedankenbäume, die man mit dieser anderen Software machen kann«, sagte Lenz versonnen.

»Genau«, gab Beni eifrig zurück. »Nur, dass du in deinem Fall die Informationen selber eingeben muss, während sich ZIELKOP Informationen aus schon bestehenden Datenbanken selbstständig holt und grafisch darstellt.« Er tippte auf seiner Tastatur. »So, da ist sie. Deine Mutter, Therese Meisinger.«

Lenz' Blick war auf die digitale Tafel geheftet. »Alles klar, ihr Geburtsdatum stimmt, die Adresse auch, ja, richtig, das ist ihr Auto, das auf sie zugelassen ist.«

»Also mich begeistert das. Ist doch super, oder? Schaut doch nur, alles auf einen Klick.« Beni nickte in die Runde.

»Großartig«, sagte Franz trocken. »Was soll der Schmarrn

den Steuerzahler noch gleich kosten? Irgendwie war mir, dass da von Millionen die Rede war. Und was leistet sie? Mir das hübsch aufbereiten, was ich eh schon weiß.« Er stutzte. »Hat deine Mutter noch ein zweites Auto? Das wusste ich gar nicht.«

»Ich auch nicht.« Lenz starrte den Bildschirm an.

»Ui«, Beni gab ihm einen Knuff in den Oberarm, »ein Audi e-tron. In Schwarz. Schick. Vor drei Jahren zugelassen. Wie fährt der sich so? Der hat ja richtig Reichweite. Hast gar nichts erzählt.«

Was sollte er antworten? »Keine Ahnung«, sagte Lenz wahrheitsgemäß. »Das wusste ich nicht.« Ich wiederhole mich, dachte Lenz. Ihm wurde plötzlich warm. Was passiert hier gerade? Er konnte Benis Blick auf seiner Wange fühlen.

»Und eine Ferienwohnung in Utting hat deine Mutter auch?«, fragte sein junger Kollege erstaunt. »Seestraße. Noble Adresse. Die hat sie aber schon ganz schön lange. Fünf Jahre.«

»Kann das ein Fehler sein?« Lenz erkannte in dem Moment, in dem er die Frage stellte, wie entlarvend sie war. Was wusste er eigentlich über seine Mutter? Anscheinend nicht viel.

»Nein«, antwortete Beni trocken. »Das sind die Daten vom Einwohnermeldeamt und von der Zulassungsstelle. Deutsche Bürokratie. Die irrt sich nicht.« Er stutzte erneut. »Moment. Siehst du das, was ich da sehe?«

Lenz schwieg. Was sollte er dazu sagen? Der Name des zweiten Fahrers und der Person, die in der Seestraße in Utting mit Zweitwohnsitz gemeldet war, lautete Reza Khatami, von Beruf Augenarzt, wohnhaft in München. Vor etwas mehr als fünfundsechzig Jahren war er in Teheran auf die Welt gekommen. Seit 1987 lebte er in München, Görresstraße 120. Seit 1995 hatte er die deutsche Staatsbürgerschaft. Es klingelte in seinen Ohren.

»Sag mal, Lenz«, brach Franz das Schweigen, »kann es sein, dass deine Mutter ein Doppelleben führt?«

9

»Hi.«

Unwillig löste Carola ihren Blick vom Bildschirm ihres Telefons. Lenz hatte ihr, während sie schlief, ein Foto geschickt. Aussicht aus dem ersten Stock des Secklerhofs ins Tal. Wie die Sonne über den Höhenrücken spitzte und der Nebel sich über der Ammer bauschte. Am oberen Displayrand konnte sie die Konturen der Tölzer Alpen ausmachen, unten, ganz zart in milchigem Silber, den See. Sie meinte, den Wald riechen, den Nebel sehen zu können, wie er über der Ammer zerfloss, hörte den Specht, wie er auf einen alten Baum einhämmerte. Der Anblick war so vertraut, ihr so nah und doch in diesem Augenblick so unendlich fern, dass es wehtat.

Heute Nacht hatte sie wieder schwer geträumt. Hatte ausfahrenden Zügen nachgesehen, war Taschen hinterhergelaufen, war verzweifelt gewesen und ausgelaugt. Und heute Morgen vollkommen gerädert in ihrer eiskalten Bude im fünften Stock viel zu früh aufgewacht, weil sich unten im Hof irgendwer mit irgendwem lauthals und ausdauernd gestritten hatte. Ganz allein, das Federbett bis an die Nasenspitze hochgezogen, hatte sie die Decke angestarrt.

Es war gar nicht so lange her, da war sie auch allein im Bett gewesen und hatte eine andere Decke angeglotzt. Letztes Jahr, als sie Hals über Kopf abgehauen war, weg vom Secklerhof. Ein paar Wochen hatte sie bei ihrer Freundin Barbara in der Dießener Fischerei gewohnt. Genau wie damals hatte sie heute Kummer mit Lenz. Letztes Jahr war es der Druck gewesen, den er und seine Mutter auf sie ausgeübt hatten. Dieses Jahr, ja, was war es jetzt? Sie verdrehte die Augen. Sie wusste, es lag an ihr. Sie musste sich entscheiden. Berlin oder Bayern.

Aber nicht heute. Mühsam hatte sie sich aus dem Bett gequält und war mit dem Fahrrad zum Bundeshaus gefahren.

Um den Kopf frei zu kriegen. Nur damit Lenz sie wieder in seine Welt holte. Sie mit einem Foto wissen ließ, dass er an sie dachte. Dass sie ihm wichtig war. Was sie sehr genoss. Dieser Moment gehörte ihr, nur ihr. Wer störte sie dabei?

Auf dem Stuhl neben dem ihren hockte ein relativ junger Berliner Anzugträger und streckte ihr seine Hand entgegen. Eine durchaus markante Hand, wie sie feststellen musste. Mit ebensolchem Händedruck, den er nicht löste. Was sollte das? Bestimmt zog sie ihre Hand aus der seinen.

»Hi«, erwiderte sie und wandte sich wieder dem Foto zu. Ein paar Minuten dauerte es noch, bis die Ausschusssitzung begann. Und diese geschenkte Zeit wollte sie mit dem verbringen, wozu sie Lust hatte. Und das war nicht Mr. Anzug. Hoffentlich kapierte er die Nachricht.

Ein Ellenbogen landete auf ihrer Armlehne und durchbrach ihre Komfortzone. Sie sah erneut auf. Ihre knappe Antwort hatte ihr Sitznachbar offensichtlich als Einladung zum Gespräch interpretiert. »Philipp Krüger, Büro Bartholomäus Mortler.« Zwei Reihen perfekt weißer Zähne strahlten sie an. Dazu Bradley-Cooper-blaue Augen. »Dich kenne ich noch nicht. Bist du neu hier?«

»Carola Witt, Büro Johannes Ludwig«, erwiderte sie. Das musste reichen.

»Büro Ludwig?« Er überlegte zwei Sekunden. »Ah, du bist der Ersatz für Luise.«

Na ja, dachte Carola, eigentlich ist Luise Ersatz für mich gewesen, aber okay, wurscht. Ich will mal nicht so sein. »Was kann ich für dich tun?«

»Nichts.« Sein rechter Unterarm lag weiterhin auf ihrer Stuhllehne. »Aber ich vielleicht für dich. Ist das deine erste Ausschusssitzung?« Mit der Linken beschrieb er einen Halbkreis durch den Sitzungssaal des Paul-Löbe-Hauses. Als ob sie nicht im Deutschen Bundestag, sondern auf dem Deck eines Nildampfers stünden und er ihr die Pyramiden von Gizeh präsentierte.

Sie lächelte mild. So was schaffte nur ein Mann. Ihr einen

nüchternen Raum, in den trübes Licht eines grauen Berliner Oktobertags durch raumhohe Fensterfronten fiel, als Weltwunder verkaufen zu wollen. Dabei war nichts, aber auch gar nichts hier spektakulär. Am schlichten kreisrunden Tisch saßen bereits die Abgeordneten auf ihren Plätzen hinter ihren Namensschildern. Von der Decke hing ein gigantischer Bildschirm, auf dem der einzige Tagesordnungspunkt der heutigen Sitzung geschrieben stand: »Bericht der Bundesregierung zu IT-gestütztem Predictive Policing«.

That don't impress me much, dachte Carola. Ich war schon hier, als du auf dem Gymnasium noch von deinem Nachbarn abgeschrieben hast. Sie drückte kurz seinen Arm. »Danke für das Angebot. Ich komm schon klar.«

Durch das Blau seiner Augen schwammen erste Eisschollen. »Wie du meinst. Sag mal, dein Chef war ja bisher äußerst zurückhaltend, was Predictive Policing anbelangt. Ich hab ihn eigentlich immer als sehr technikaffin erlebt.«

Sollte das Kritik an ihrem Chef sein? »Dafür wird er seine Gründe haben«, antwortete sie kühl.

Eine Glocke erklang. Die Ausschussvorsitzende Marietta Schmidt aus Wuppertal-Oberbarmen warf einen Blick in die Runde. »Meine Damen, meine Herren, guten Morgen. Wie ich sehe, sind wir vollzählig versammelt. Ich eröffne hiermit die siebenundzwanzigste Sitzung des Ausschusses für Inneres. Unser einziger Tagesordnungspunkt heute ist der Bericht der Bundesregierung zur Pilotphase Predictive Policing. Kollege Mortler«, sie sah sich um, »Sie haben das Wort.«

Ihr Nachbar beugte sich zu ihr herüber. »Mein Chef«, flüsterte er und strahlte.

Was du nicht sagst, dachte Carola. Gleich machst du noch Männchen. Sie musste sich zusammenreißen, nicht laut loszulachen. Was für ein Trottel, dachte sie. Wo bin ich hier nur gelandet? Das Foto vom Ammertal, das Lenz ihr geschickt hatte, tauchte vor ihrem inneren Auge auf, und sie verspürte brennendes Heimweh. Oder war es Sehnsucht nach Lenz?

Auf der gegenüberliegenden Saalseite wuchteten sich zwei

Zentner Lebendgewicht im Trachtenanzug in die Höhe. Carola kramte in ihrem Gedächtnis. Bartholomäus Mortler, Mitte fünfzig, katholisch, Vater von fünf Kindern, Wahlkreis irgendwo östlich von München. Ab und zu war er ihr in den letzten Jahren in der Presse über den Weg gelaufen. Immer stockkonservativ. Sie runzelte die Stirn. Im ersten Moment war er kein Sympathieträger für sie. *Come on*, Carola, schalt sie sich selbst, gib ihm eine Chance.

»Herzlichen Dank, Frau Vorsitzende. Kolleginnen und Kollegen, zunächst einmal möchte ich mich bei Ihnen für die zahlreichen Wortmeldungen während der Anhörung letzte Woche bedanken, bei der wir eine Reihe von Fragen zu Prepol des Start-ups Digital Monsters, Polview aus dem Hause Data District und Prevision des einzigen nicht europäischen Bewerbers Mandis gemeinsam mit den Damen und Herren Sachverständigen klären konnten. Während der zweijährigen Pilotphase haben wir …«

Der Trachtenanzug verschwamm vor ihren Augen. Was Resi wohl gerade machte? Bestimmt in der Küche stehen und etwas kochen. Oder backen. Vielleicht hatte sie ein paar späte Zwetschgen aufgetrieben und machte noch einmal Zwetschgendatschi. Wie sie den liebte. Schon von Kindesbeinen an. Es gab nichts Besseres, als sich vor den Backofen zu hocken, darauf zu warten, bis er fertig war, und ihn dann noch heiß aus dem Ofen …

Eine Faust traf ihren Oberarm. »Sag mal, hörst du eigentlich zu?«, zischte Philipp.

Carola warf ihrem Sitznachbarn einen giftigen Blick zu und betrachtete seinen Chef, der sich auf der anderen Seite des Saales sichtlich in Rage geredet hatte.

Mortler faltete seine fleischigen Hände vor seinem Bauch. »Also, ich fasse das noch mal zusammen: Die Grundannahme von Predictive Policing ist die Near-Repeat-Hypothese. Die geht davon aus, dass professionell agierende Serienstraftäter dazu neigen, kurz nach einer Tat und in deren räumlicher Nähe erneut zuzuschlagen.«

»Kollege Mortler, erlauben Sie eine Zwischenfrage des Kollegen Ludwig?«, erklang die Stimme der Ausschussvorsitzenden über die Lautsprecheranlage.

Carola spürte erneut etwas Spitzes in ihren Rippen.

»Dein Chef«, flüsterte Philipp und zwinkerte ihr verschwörerisch zu.

Carola drehte stumm die Augen an die Decke. Was war das für ein Vogel? Wenn der so weitermachte, fiel gleich der Watschenbaum um.

Johannes Ludwig lehnte sich etwas vor und drückte auf den Mikrofonknopf. »Aber hat man dieses musterhafte und rationale Verhalten nicht nur in ganz wenigen Deliktsbereichen?«

»Das ist richtig, Herr Kollege«, antwortete Mortler. »Ein gutes Beispiel hierfür sind Einbruchsdelikte. Da schlagen die Diebe oftmals nach gleichem Muster in derselben Gegend mehrfach zu. Mit Predictive Policing sind hier bereits gute Ergebnisse erzielt worden. Ich –«

»Kollege Mortler, erlauben Sie noch eine Frage des Kollegen Ludwig?«, unterbrach ihn die Ausschussvorsitzende erneut.

Der Abgeordnete, die Arme bereits zu einer großen Redegeste erhoben, ließ sie wieder sinken. »Wenn es denn sein muss. Aber ich würde gerne meinen Bericht beenden.«

»Inwieweit stimmen Sie der Aussage zu, dass Predictive Policing in unvorhersehbaren Situationen wie Gewaltdelikten, also Körperverletzung, Totschlag oder Mord, versagt?« Ludwig ließ die Mikrofontaste los, lehnte sich zurück und verschränkte die Arme vor der Brust.

Mortler lächelte säuerlich. »›Versagen‹ würde ich das nicht nennen, lieber Kollege Ludwig, sondern eine andere methodische Herangehensweise. Predictive Policing ist das Gegenteil von zufallsbedingtem und reaktivem Polizieren. Und es ist in der Tat so, dass Verbrechen, die im Affekt begangen werden – und zu denen gehören eben Gewaltverbrechen –, sich dieser Methode entziehen.«

»Aber ist dann der Aufwand, den wir hier betreiben beziehungsweise betreiben wollen, nicht vollkommen unverhältnismäßig?« Johannes Ludwig beugte sich über das Mikrofon.

»Kollege Mortler, möchten Sie auf die Frage des Kollegen Ludwig antworten?«, fragte die Ausschussvorsitzende streng.

Oh, oh, dachte Carola, allzu häufig darf sich Johannes so ein Benehmen nicht erlauben. Ansonsten verspielt er noch das Wohlwollen seiner Vorsitzenden. Was einigermaßen fatal wäre.

»Das sagen Sie mal den Leuten, denen die Wohnung ausgeräumt wurde«, unterbrach Mortler ihre Gedanken. »Und deren Nachbarn, die das Gleiche befürchten müssen. Wenn Sie erlauben, Kollege Ludwig, fahre ich fort.«

»Ich würde trotzdem gerne wissen, warum Ihrer Meinung nach dieser Ausschuss eine Beschaffung befürworten soll? Wenn große Bereiche der Verbrechensbekämpfung damit überhaupt nicht bearbeitet werden können. Ich erinnere daran, dass wir uns im Falle der deutschen Anbieter im einstelligen, im Falle des US-Anbieters im zweistelligen Millionenbereich bewegen. Natürlich unabhängig vom Votum der Kolleginnen und Kollegen des Haushaltsausschusses.«

»Kollege Ludwig, ich rufe Sie zur Ordnung. Sie können hier nicht einfach die Sitzung nach Ihrem Gutdünken gestalten.« Marietta Schmidt sah Carolas Chef mit dem Blick einer englischen Gouvernante an. »Kollege Mortler, wollen Sie die Frage des Kollegen Ludwig trotzdem beantworten?«

Der Angesprochene nahm ein Stück Papier vom Tisch. »Nein, das möchte ich nicht. Ich will das auch begründen: Ich bin der Meinung, dass Parteipolitik bei der Verbrechensbekämpfung keinen Platz hat. Es ist mir bewusst, dass man in Ihren Kreisen denkt, man könne Einbrechern und Drogendealern mit ein paar freundlichen Worten und den Methoden des letzten Jahrhunderts Einhalt gebieten. Und da irren Sie sich.« Er räusperte sich. »Ich fahre fort. Der derzeitige Stand der Planung ist, dass wir in die zweite Pilotphase eintreten. Wir weiten dabei den Einsatzbereich von Einbruchsdelikten auf Rauschgiftkriminalität aus. Hier legen wir den Fokus auf den unerlaubten Handel mit Rauschgift. Wie Sie aus dem jährlichen Bundeslagebild zur Rauschgiftkriminalität wissen, stellt der Handel mit Cannabis rund vierzig Prozent aller Straftaten dar.«

Carola spürte Philipps prüfenden Blick. »Sag mal, was hat dein Chef denn gegen die Software?«, flüsterte er. Er krause die Stirn. »Fehlt dir was?«

Carola schüttelte den Kopf. Oh mein Gott, Seppi! Ihr Nachbar konnte ja nicht ahnen, wie nah ihr das Thema Rauschgifthandel in letzter Zeit gekommen war. Mortlers Stimme rief sie in die Gegenwart zurück.

»Die Entscheidung über den Einsatz der Software ist grundsätzlich Sache der Länder. Unabhängig davon planen wir, ein neues Kapitel mit Unterstützung des Bundes aufzuschlagen. Das bedeutet, dass der Bund auch die zweite Pilotphase initiiert, finanziert und organisiert.« Er lächelte jovial in die Runde. »Geplant ist, die Software der drei sich um die Vergabe bewerbenden Unternehmen in unterschiedlichen Regionen der Bundesrepublik einzusetzen. Alle drei Unternehmen haben im Vorfeld unsere *Due-Diligence*-Prüfung bestanden.«

Auf dem Bildschirm baute sich die Karte der Bundesrepublik auf. Mortler nahm ein kleines Gerät in die Hand und drückte auf einen Knopf. Der Norden der Republik färbte sich blau.

»Hab ich programmiert«, nuschelte Philipp ihr zu.

Wow, du kannst PowerPoint, dachte Carola. »Das muss ich mir merken«, flüsterte sie in seine Richtung.

»Die Software Prepol des Start-ups Digital Monsters wird derzeit in Schleswig-Holstein, Hamburg, Mecklenburg-Vorpommern, Sachsen-Anhalt, Bremen und Niedersachsen installiert«, referierte Mortler. »Polview aus dem Hause Data District werden wir in NRW, Hessen, Rheinland-Pfalz, Berlin, Thüringen einsetzen. Die Software Prevision des einzigen nicht europäischen Bewerbers Mandis sodann im Rest der

Republik, also Baden-Württemberg, Bayern und Sachsen. Wir rollen die Software in der Fläche aus. Das bedeutet, dass wir von der Erprobung in der Pilotphase I mit den Brennpunkten in den Großstädten nun quasi in die Breite aufs Land gehen. Der Fokus Einbruchskriminalität verschiebt sich hin zu Rauschgiftkriminalität. Das Projekt bekommt einen einheitlichen Namen.«

Auf dem Bildschirm erschien ein Schriftzug.

»Wir nennen das Projekt ›Zielorientierte Ermittlungsarbeit C-Gebiet Kriminalpolizei I, II, III‹, kurz ZIELKOP.«

Auf dem Bildschirm führten Buchstaben einen Tanz auf und formierten sich zu einem Wort.

»Ist das auch von dir?«, flüsterte Carola.

»Findste auch toll, oder?«, strahlte Philipp.

Carola entschied sich, nichts zu sagen, sondern nur den Zeigefinger auf die Lippen zu legen. Der Typ merkte wirklich gar nichts.

Sein Chef hatte seine Hände zu einer allumfassenden Geste erhoben. »Unser gemeinsames Ziel ist, den Händlern auf die Schliche zu kommen. Ich weiß nicht, wie es Ihnen geht, aber ich komme vom Land, und ich kenne diejenigen, die illegale Drogen kaufen und konsumieren. Das werden wir zukünftig unterbinden. Ich danke Ihnen für Ihre Aufmerksamkeit.«

»Wir danken Ihnen, Herr Kollege«, beschied die Vorsitzende. »Gibt es weitere Fragen? – Ich sehe, das ist nicht der Fall. Damit schließe ich die heutige Sitzung.«

»Was hast du?« Philipp beugte sich zu ihr. »Du siehst ja aus, als ob du einen Geist gesehen hast. Willst du was essen gehen?«

Allein bei dem Gedanken drehte sich Carolas Magen im Kreis. »Du, sorry, aber ich muss zurück ins Büro.«

Philipp griff nach seiner Tasche. »Klar, kein Problem. Sehen wir uns später? Bei der Buchvorstellung? Wird bestimmt interessant.«

Buchvorstellung? Irgendetwas klingelte da bei ihr. Carola hob entschuldigend die Hand. »Kann ich noch nicht sagen.«

Aus dem Augenwinkel bemerkte sie, dass Ludwig ihr winkte. »Ich muss. Servus.«

Nach einem kurzen Gespräch war ihr Chef weitergehetzt. Sie trottete zurück ins Büro und machte die Tür hinter sich zu. Wo war sie bloß hineingeraten? Erst Beatrice Muggenthaler und dann Bartholomäus Mortler? Wo kamen all die Leute plötzlich her, die die Welt störten, in der sie sich so behaglich eingerichtet hatte? Ha, dachte sie, Caro, du dummes Huhn, dachtest du allen Ernstes, dass du aus deinem verschlafenen Wahlkreisbüro einfach so ins Berliner Haifischbecken zurückkommen könntest und alles wäre *easy-peasy*? Von einer Sekunde zur anderen stand auf einmal viel auf dem Spiel – das Mandat ihres Chefs und damit ihr Job und das Wohlergehen ihrer liebsten Menschen. Wie sollte sie Seppi beibringen, dass er in Zukunft noch nicht mal mehr in die Nähe seiner Angebeteten kommen konnte, ohne dass er sich verdächtig machte?

Sie zuckte zusammen, als Matthias' Kopf in der Bürotür erschien. »Carola, kommst du mit? Ayshe und ich wollen los.«

Los? Wohin? Sie fuhr sich über das Gesicht. »Äh …«

Matthias schien ihre Verwirrung zu bemerken. »Die Buchvorstellung, du Schaf. Der Linken-Fraktionsvorsitzende stellt die Memoiren des ehemaligen Außenministers vor. Wird bestimmt spannend.«

Carola warf einen Blick zum Fenster. Draußen war es stockdunkel. Hatte sie bemerkt, dass die Sonne untergegangen war? Anscheinend nicht. In Bayern wäre ihr das nicht passiert. »Wie spät ist es?«

»Gleich achtzehn Uhr. Kommst du jetzt mit oder nicht?«

So spät. »Klar«, sagte sie, schaltete ihren Rechner aus und griff nach ihrem Mantel.

»Sag mal, bist du eigentlich bei uns?«, fragte Matthias und legte seinen Arm um ihre Schulter. Wie immer im Herbst trug er einen Kapuzenpulli unter einem Tweed-Sakko. Ayshe hatte sich auf einen Rollkragenpullover und Chinos verlegt.

»Klar. Wieso? Was meinst du denn?« Carola sah auf.

Matthias lachte. »Bist du dir sicher? Erst läufst du schweigend hinter Ayshe und mir her, stellst dich neben uns und verziehst keine Miene, während der Altlinke einen Witz nach dem anderen reißt. Hast du auch nur ein Wort verstanden?«

»Natürlich«, log Carola und hoffte inständig, dass sie nicht rot wurde. »Aber du hast recht. Ich musste an die Ausschusssitzung denken.«

»Was war denn da los?«, fragte Ayshe.

»Ich hab mal wieder festgestellt, dass im Deutschen Bundestag keine abgehobenen Themen, sondern die echten Alltagsprobleme von dir und mir verhandelt werden. *Shit.*« Sie trat einen Schritt zur Seite. »Matthias«, zischte sie, »beweg dich nicht. Wenn ich Glück hab, hat er mich nicht gesehen.«

»Zu spät«, gab Matthias trocken zurück. »Sag mal, Caro, was für Leute kennst du denn?« Ein junger Mann in Anzug und Krawatte kam in großen Schritten auf sie zu.

»Ich kenn den nicht«, flüsterte Carola. »Der will mich kennen.« Sie hob ihre Hand. »Grüß dich, Philipp. Na, wie geht's«, fragte sie lahm.

»Erste Sahne«, schmetterte Philipp und berührte ihre Schulter. Carola sah, wie Matthias' Rechte an seinen Mund flog und sein Oberkörper vibrierte. Ayshe grinste und nippte an ihrem Drink. Das sind mir mal Kollegen, dachte Carola, als sie hinter Philipps Rücken einen weiteren Schlipsträger ausmachte, der auf sie zukam. Dieser besaß ein ausgeprägtes Kinn.

Philipp leuchtete vor Stolz. »Carola, da möchte dich jemand kennenlernen. Das ist Ben Rockwood, persönlicher Assistent von Greg Shaw, CEO von Mandis.«

Eine Schraubstockhand schloss sich um Carolas dünne Finger. »*Nice to meet you.*«

»*Nice to meet you, too.*« Carola lächelte höflich. Was sollte das? Musste sie jetzt Konversation machen? Dazu hatte sie keine Lust.

Der Himmel schien sie erhört zu haben, denn Rockwood

legte entschuldigend seine Hand auf seine Brust. »*Would you please excuse me?*« Er eilte davon.

Philipp suchte erneut Kontakt mit ihrer Schulter. »Du, wenn du willst, stell ich dich Greg Shaw vor.« Er deutete mit dem Daumen quer durch den Raum zu einer kleinen Gruppe. Der Abgeordnete Bartholomäus Mortler redete auf den CEO ein. Ben Rockwood hatte sich neben seinem Chef aufgebaut und machte ein dienstbeflissenes Gesicht.

»Warum sollte ich das wollen?«, antwortete Carola und drehte betont langsam ihre Schulter aus seiner Hand.

»Könnte wichtig für dich werden. Das ist der CEO von Mandis. Schau, da drüben.« Philipp stellte sich neben sie, umfasste ihren Oberkörper und drehte sie in Richtung Fleischklops. »Da, neben meinem Chef.«

So, jetzt reichte es. Sie trat einen Schritt zurück. »Du, Philipp? Wer hat dir eigentlich erlaubt, mich anzufassen?« Aus dem Augenwinkel sah sie, dass Matthias inzwischen ungeniert lachte.

Der Angesprochene ließ seine Hände fallen.

Sie straffte ihren Rücken. Das hatte gesessen.

»Ist das für dich schon Anfassen? Okay, gut, dass ich das weiß.« Philipp stupste sie in den Arm. »Stellst du mich mal deiner Kollegin vor?«

Carola folgte seinem Blick, der wohlwollend auf ihrer neuen Büronachbarin lag. »Meinst du Ayshe?« Alle Achtung, das ging flott.

Matthias hob den Kopf wie ein Erdmännchen, das den Schrei eines Raubvogels gehört hatte, und rückte näher an seine Kollegin heran.

»Du, Philipp«, sie legte nun ihrerseits ihre Hand auf seine Schulter und drehte ihn zu sich, »ein Rat über die Fraktionsgrenzen hinweg. Wenn du Ayshe angraben willst, musst du an meinem Kollegen Matthias vorbei.«

Philipp zog die Augenbrauen zusammen, maß seinen Konkurrenten mit einem abschätzigen Blick und straffte sich. »Nichts leichter als das.«

Herzlichen Dank für eine Eins-a-Demonstration deines Neandertalergehirns. »Wie du meinst. Kleine Info. Matthias ist eigentlich Tierarzt. Auf Deutsch, er kann mit Skalpellen umgehen. Und er weiß, wo der nächste Abdecker ist.«

Philipp starrte sie an. »Abdecker? Was ist das?«

Junge, du bist eindeutig nicht vom Land. »Tierkörperverwertung«, sagte Carola. »Aber ich glaub, in Berlin nehmen die auch dich.«

10

»Kommst?« Franz steckte den Kopf zur Tür herein.

Lenz, seine Nase am Bildschirm, winkte ihm zu. »Schau mal. Der KTU-Bericht vom Schiff.« Er zog einen Stuhl heran. »Der Amazone. Hock dich her.«

Franz fiel eher, als dass er sich setzte, auf das Möbel. Lenz genügte ein Blick, um das Outfit seines Kollegen zu registrieren. Violetter Rollkragenpullover, der wahnsinnig weich aussah. Bestimmt Kaschmir. Dazu eine cognacfarbene Feincordhose, Cowboyboots und eine Lederjacke mit Pelzkragen. Seine inzwischen grau melierten Haare wellten sich gepflegt über den Rand des Rollis. Jeder andere hätte in dem Outfit wie ein Vollidiot ausgeschaut. Franz sah einfach cool aus. Ein herbstlicher Crocodile Dundee vom Ammersee. »Neue Erkenntnisse?«, fragte er.

Lenz schloss für eine Sekunde die Augen. Sein schnieker Kollege schien die Angelegenheit auf eine ziemlich leichte Schulter zu nehmen. »Ja. Das Seeventil auf der Toilette der Amazone war nicht korrekt verschlossen. Das kann viele Ursachen haben. Wartungsfehler zum Beispiel. Fremdeinwirkung natürlich auch. Kann nicht eindeutig nachgewiesen werden. Zu viele Leute auf so einem Schulschiff. Deshalb ...«

»... ist der Kahn langsam vollgelaufen und gesunken. Womöglich über Tage.« Franz zuckte mit den Schultern. »So was passiert. Nicht nur einmal. Allerdings nur Deppen. Die kommen dann morgens an den Steg, und es schaut nur noch der Mast aus dem Wasser. Oder, wie in diesem Falle, zwei.«

Deppen? Wie redete Franz denn heute über seine Mitmenschen? Und über den Toten? »Okay. Wie du meinst. Dann ist auch noch der Obduktionsbericht von der Otto gekommen.«

Franz schlug die Beine übereinander und ließ die Spitze seines Cowboyboots wippen. »Was? Per E-Mail? Fährst du diesmal nicht rein und lässt dir die Ergebnisse persönlich präsentieren? Die Otto hätte sich bestimmt gefreut.«

»Papperlapapp.« Was war los mit ihm heute? »Hier.« Lenz drehte den Bildschirm in Franz' Richtung. »Der –«

»Goferl«, unterbrach ihn Franz.

Musste er jetzt allen Ernstes böse werden? Lenz strafte seinen Kollegen mit einem vernichtenden Blick. »Stefan Engels weist keinerlei Anzeichen von äußerer Gewalt auf. Seine Kleidung ist unversehrt. Irgendwelche verwertbaren Spuren wie Partikel unter den Fingernägeln gibt es nicht. Das Wasser.«

Die Bootsspitze wippte weiter. »Okay. Dann wird er wohl ertrunken sein.«

»Richtig. Wasser in der Lunge.«

»Todeszeitpunkt?«

»Gegen ein Uhr in der Früh.«

»Was daran wundert dich, frag ich mich?« Franz zupfte einen unsichtbaren Fussel von seinem Pullover. »Er war wahrscheinlich hackedicht.«

Lenz bewegte die Maus. »Wenn du damit meinst, dass Stefan Engels hohe THC-Werte im Blut hatte, hast du wieder recht.«

»Und?«, fragte Franz gelangweilt.

Lenz drehte sich zu ihm. »Meinst du nicht, du würdest aufwachen, auch wenn du noch so bekifft bist? Wenn dir im wahrsten Sinne des Wortes das Wasser bis zum Hals steht? Kaltes noch dazu?«

Franz setzte sich auf. »Anzunehmen. Worauf willst du hinaus?«

»Auf das hier.« Lenz tippte auf den Bildschirm. »Dieser Wert. Der von mir sehr geschätzten Frau Dr. Otto kam die Sache nämlich auch spanisch vor. Deshalb hat sie weitere Untersuchungen angestellt.«

Franz beugte sich vor. »MDMB-4en-PINACA. Moment.« Sein Gesichtsausdruck wurde ernst. »Ist das nicht dieses synthetische Cannabinoid? Hier? Bei uns? Am Land? Ich war der Meinung, dass das nur ein Problem in den Großstädten ist.«

Lenz lehnte sich befriedigt zurück. So auf der Brennsuppen

dahergeschwommen war er nun auch wieder nicht. »Offensichtlich nicht, Herr Kollege. Richtig, synthetisches Cannabinoid. Hat die Otto nachgewiesen. Hier bei uns am Land. Der extrem hohe THC-Wert ist zudem ein Hinweis, dass Stefan Engels gedabbt hat.«

»›Gedabbt‹.« Franz hob anerkennend den Daumen. »Soso. Was du für Worte kennst. Die Otto meint also, er hat keinen normalen Joint geraucht, sondern ein Pfeiferl …«

»Pen heißt das.«

»*Chapeau*, Kollege. Einen Pen mit dem Zeug, bei dem das THC in ein Öl extrahiert wird. Das kann dann bis zu neunzig Prozent THC enthalten, richtig?«

Lenz hob die Augenbrauen. Respekt. Was Franz alles wusste. Er hatte sich Dabbing vor einer Stunde von Frau Dr. Otto am Telefon erklären lassen müssen. »Exakt. Im Gegensatz zu einem stinknormalen Joint mit fünfundzwanzig Prozent THC-Gehalt.«

»Okay. Stefan hat Cannabis, versetzt mit synthetischem, hoch dosiertem Cannabinoid, mit Hilfe eines Pens geraucht. Das wird ihn vollkommen ausgeknockt haben.«

»Genau.« Lenz nickte. »Die Otto sagt, dass Stefan Engels nicht bei Bewusstsein war, als das Wasser stieg.«

»Poh«, machte Franz. »Also entweder haben wir jetzt Berliner Verhältnisse am Ammersee, oder …«

»Oder?« Lenz schob seinen Stuhl zurück und griff nach seiner Jacke.

»Oder dieser tragische, aber nichtsdestotrotz erst mal harmlos aussehende Unfall entpuppt sich als etwas ganz anderes.« Franz stand auf. »Aber wir wissen noch viel zu wenig. Was ist uns eigentlich über Stefan Engels bekannt?«

»Nicht viel. Gerade mal neunzehn Jahre alt, Gymnasiast, wohnhaft bei seiner Mutter. Einen Vater dazu scheint es nicht zu geben. Keine Vorstrafen.«

»Du hast recht, das ist dünn.« Franz öffnete die Tür. »Komm, wir fahren jetzt zu der Engels.«

»Wow«, sagte Franz, als er eine halbe Stunde später ihren Dienstwagen zum Halten brachte. »Es war mir bis dato nicht bewusst, dass man mit ein paar Saiblingen und Tretbooten so viel Geld verdienen kann.«

»Du vergisst die Segelschule«, antwortete Lenz und sah sich um. Sie waren durch das automatische Tor eines Dreiseithofes gefahren und hielten vor einem zweistöckigen Wohnhaus aus Tuff. Zwei lange Reihen sorgsam restaurierter Kassettenfenster wurden von Fensterläden im Naturton gerahmt. Die Ziegelfarbe des Satteldaches war aus ihrer Perspektive nicht zu erkennen. Balkonkästen mit üppig blühenden Blumen in Gelb und Weiß erweckten einen frischen Eindruck. Vor einer doppelflügeligen Tür standen voluminöse Korbmöbel auf einem weiten Holzdeck, dazwischen Beistelltische und Grünpflanzen. Ein Paravent verstellte teilweise die Sicht. An das Haupthaus schlossen sich übereck ein ehemaliges Stallgebäude und eine Maschinenhalle an. Kein Mensch war zu sehen.

Aus dem Augenwinkel nahm Lenz eine Bewegung wahr. Eine der Türen des Stallgebäudes war aufgegangen, aus der ein bulliger Mann in Latzhose, Karohemd und Arbeitsjacke in den Hof trat. Als er die Kommissare erblickte, blieb er stehen.

Lenz legte Franz, der eben aussteigen wollte, die Hand auf den Arm. »Schau mal. Der da drüben.«

Franz drehte sich um und warf einen Blick durch die Windschutzscheibe. »Was ist mit dem?«

»Ich fresse einen Besen, wenn der nicht bewaffnet ist.«

»Du könntest recht haben.« Franz legte den Kopf etwas schief.

»Sag mal, spinn ich jetzt?«, platzte Lenz heraus. »Seit wann tragen denn bei uns die Knechte Waffen?«

»Keine Ahnung«, sagte Franz und stieg aus. »Grüß Gott«, rief er halblaut.

»Servus«, kam es hinter dem Paravent hervor. »Was verschafft uns die Ehre?«

Lenz trat auf das Holzdeck und umrundete den Sichtschutz. Unter einem Heizpilz saßen Senta Engels und Mitzi Weiß in großen Korbsesseln – beide in Pelzmänteln, mit Sonnenbrillen im Gesicht, Zigaretten in der Hand und Gläsern mit bunten Flüssigkeiten vor sich auf kleinen Tischchen.

»Wusstest du, dass die Weiß auch da ist?«, flüsterte ihm Franz zu. »Soviel ich weiß, sind die sich doch spinnefeind.«

»Nein«, gab Lenz leise zurück. »Macht die Sache aber einfacher. Dann müssen wir nicht zu ihr fahren. Frau Engels, Frau Weiß, grüß Gott«, ging er auf die beiden Frauen zu, »wir haben uns ja bereits vorgestellt.«

Beide nickten huldvoll. »Haben Sie neue Erkenntnisse?«, fragte Mitzi Weiß und ließ ihre Zigarette in einen übervollen Aschenbecher fallen.

Das war eigentlich mein Einsatz, dachte Lenz. »Insofern, als dass nach Erkenntnissen unserer Techniker das Seeventil in der Toilette der Amazone nicht korrekt geschlossen war. Haben Sie eine Erklärung dafür?« Er sah von einer zu anderen.

Mitzi Weiß warf Senta einen Blick zu und deutete ein Schulterzucken an. »Alle konnten auf das Schiff. Jeder. Keiner. Das war ein Segelschulschiff, Herr Kommissar. Sämtliche Schüler und Lehrer hatten Zugang. Und wenn jemand es gewollt hätte, eigentlich jeder andere auch. So ein Schiff ist nur bedingt abschließbar.«

»Gab es Streit mit jemandem?«, hakte Franz nach.

Senta Engels lachte rau. »Streit? Nur mit Mitzi. Aus Prinzip. Ansonsten beschwert sich mal ein Schüler, wenn er in der Prüfung durchfällt. Aber sonst? Fällt dir was ein?« Sie bewegte ihren Kopf schwerfällig in Mitzis Richtung.

»Mein Gott, Herr Kommissar, Erfolg hat viele Neider. Danke, José.« Sie lächelte einen muskulösen Typen mit Tattoos auf den Armen an, der neben sie getreten war, die leeren Gläser abräumte und frische Drinks auf den Tisch stellte.

Die sind ja schon ganz gut dabei, dachte Lenz. »Wo waren Sie denn Sonntagnacht, Frau Weiß?«

»Daheim. Im Bett. Allein.«

»Und Sie, Frau Engels?«

»Hier. Hab José Überstunden machen lassen.« Sie gab dem Muskelmann einen Klaps auf den Po.

»Senta«, giggelte Mitzi, »du bist aber eine ganz Schlimme.«

»Wärst du doch auch gern, Mitzi. Sonst noch was?« Sie zündete sich eine neue Zigarette an.

Mal sehen, wie sie auf diese Information reagierte: »Die Gerichtsmedizin hat festgestellt, dass Ihr Sohn Stefan offensichtlich gedabbt und dabei wohl auch synthetisches Cannabinoid zu sich genommen hat.«

Stille senkte sich auf das Holzdeck herab. Beide Frauen saßen regungslos in ihren Korbstühlen. Niemand sagte ein Wort. Nur die Asche der Zigaretten fiel zu Boden.

Lenz sah von einer zur anderen. »Frau Engels, was sagen Sie dazu?«

Senta hatte ihren Blick auf einen Punkt in der Ferne geheftet und zog abwesend an ihrer Zigarette.

Mitzi räusperte sich. »Das sagt uns nichts. Oder, Senta?«

»Nein, das sagt uns nichts. Brauchen Sie mich noch?« Sie stand unsicher auf. »José? Kommst du bitte? Mir geht es nicht gut.«

Dieser Zustand schien Methode zu haben. »Wir finden selbst hinaus.« Lenz sah dabei zu, wie der Muskelmann seinen Arm um Senta legte und sie ins Haus brachte.

Mitzi hob zum Abschied schweigend ihr Glas gen Himmel und trank.

»Komm, lass uns fahren«, sagte Lenz leise.

Franz ging auf das Auto zu. »Die verschweigen uns was. Meinst du nicht auch?«

»Ganz bestimmt sogar. Schau dich um. Alles hier schreit Geld, Geld, Geld. Und dann stirbt der Sohn des Hauses vollkommen high unter Deck des Schiffes deiner liebsten Feindin? Und der Mutter fällt nichts anderes ein, als dass es ihr nicht gut geht? Hier passt nichts zusammen. So viel steht fest.«

Franz öffnete die Tür. »Ich denke, wir kommen wieder.«

11

»Mutter. Grüß dich.« Lenz hob kurz die Hand. Den Westufer-Kurier auf dem großen Eichentisch ausgebreitet, eine Schüssel Wurstsalat und eine Halbe vor sich, saß er an seinem Platz auf der Eckbank unter der langen Fensterreihe und aß. Er senkte seinen Blick wieder auf die Zeitung. Nach diesem stressigen Tag hatte er sich einen anständigen Feierabend verdient. Und dabei wollte er seine Ruhe. Hoffentlich kam die Nachricht bei seiner Mutter an.

Draußen wurde es schon dunkel. Nebel zog über dem Tal auf, da gab es nichts mehr zu verpassen. Sein Telefon lag außer Sichtweite auf der Bank neben ihm.

»Bua. Grüß dich.«

Der Ton seiner Mutter ließ ihn aufsehen. Was war jetzt schon wieder los? Therese Meisinger stand, die Hände in die Hüften gestemmt, in der geöffneten Küchentür. Einen Korb mit Einkäufen hatte sie achtlos neben sich gestellt. Ansonsten war sie ganz Grande Dame vom Ammersee. So, wie er seine Mutter seit Jahr und Tag erlebte: hochgesteckte Haare, weiße Bluse unter einem eng anliegenden postgelben Walkjanker, sportliche Jeans und fesche weiße Sneakers. Als wäre sie auf dem Weg zu einem Fotoshooting. Nur ihr Blick war alles andere als fotogen.

»Laurentius. Ich muss mit dir reden«, sagte sie streng und trat an den Tisch.

Laurentius. Punkt. Ich muss mit dir reden. Punkt. Aha, dachte er und schaufelte sich eine Gabel Wurstsalat in den Rachen. Er war eigentlich der Meinung, dass die Laurentius-Punkt-Zeiten seit der siebten Klasse vorüber waren. Da hatte er sich wohl geirrt. »Was gibt's denn, Mutter?«, fragte er mit vollem Mund.

Therese Meisinger funkelte ihn an. »Ich bin gar nicht froh darüber, dass die Caro nach Berlin gegangen ist.«

Ach, von daher wehte der Wind. Meinte seine Mutter, sich in sein Privatleben einmischen zu dürfen? »Ich auch nicht. Aber Job ist Job.« Er zuckte zusammen, als ihre Hand neben seiner Zeitung auf die Tischplatte knallte.

»Wenn ich das schon höre. Job ist Job? Ihr Platz ist hier. Bei uns. Ach, was sag ich, bei dir!«

Stampfte sie jetzt etwa noch mit dem Fuß auf? »Ich glaube ehrlich gesagt nicht, dass Carola deiner Meinung ist«, gab er in betont neutralem Ton zurück.

»Ja, und was willst du jetzt dagegen unternehmen? Oder willst du sie auf ewig in Berlin lassen? Bei den Preußen?«

Lenz lehnte sich zurück, um etwas Abstand zwischen sich und seine Mutter zu bringen, die, beide Hände auf die Zeitung aufgestützt, sich über seinen Wurstsalat beugte. »Du weißt doch ganz genau, wie empfindlich Caro darauf reagiert, wenn jemand versucht, ihr Vorschriften zu machen. Erinnere dich daran, was letztes Jahr passiert ist. Als du ihr erzählt hast, dass sie dir einen Hofnachfolger gebären soll. Woraufhin sie zur Tür rausspaziert und wochenlang nicht wiedergekommen ist.«

»Letztes Jahr, letztes Jahr«, wischte sie seine Antwort vom Tisch. »Papperlapapp. Das haben wir doch lange geklärt. Und sie ist ja auch wieder heimgekommen.«

Was definitiv nicht dein Verdienst war, dachte Lenz. »Mutter, was willst du jetzt von mir?«

Sie stemmte erneut die Hände in die Hüften. »Dass ich dir das auch noch sagen muss! Das ist doch logisch. Bring sie heim. Und dann siehst zu, dass sie da auch bleibt! Am besten, ihr heiratet. Dann hat die Sache endlich ein End.«

Etwas machte leise »ping« in ihm. »Mutter, entschuldige, dass ich des jetzt so sag, aber was geht dich das an, wie Caro und ich unser Leben leben? Ganz zu schweigen davon, ob wir heiraten?«

»Was mich das angeht? Das fragst du noch? Da ist endlich mal eine Frau am Hof, die was taugt, und was machst du? Du lässt sie gehen! Ich denk doch nur an dich!«

Lenz schüttelte den Kopf. »Nein, Mutter, das tust du nicht. Du denkst an dich, und zwar nur an dich und daran, wie es für dich weitergeht. Ich muss es dir jetzt ein für alle Mal sagen: Misch dich nicht in Sachen ein, die dich nichts angehen.«

Seine Mutter war rot angelaufen. Bevor sie erneut den Mund aufmachen konnte, hob er den Zeigefinger. »Mutter, sei vorsichtig, was du sagst. Ich misch mich auch nicht ein.«

»Was soll das jetzt heißen?«

»Übertreib es nicht.«

»Lenz, ich glaub, ich hab ein Recht …«

»Es reicht. Ich sag auch nichts zu dem e-tron und der Wohnung in Utting.« Und dem Augenarzt aus Teheran.

Therese Meisinger sah ihn mit einem Blick an, der geeignet war, ganze Heerscharen zu töten, drehte sich um und ging zur Küchentür hinaus. Ohne sie hinter sich zu schließen.

Offene Türen schienen derzeit sein Schicksal zu sein. Lenz warf seine Gabel in den Wurstsalat. Jesus Maria, was hatte ihn nur geritten? Er betrachtete den Einkaufskorb, der vereinsamt mitten in der Küche stand. Meiomei, wenn er sich nicht darum kümmerte, würde das ganze Zeug auch noch verrecken. Und das war auch nicht recht. Er ächzte einen tiefen Selbstmitleidsseufzer, wollte sich aufrappeln, als sein Telefon neben ihm brummend über die Bank kroch.

Auch das noch. »Meisinger«, bellte er, hörte zu, sagte »Bin schon unterwegs« und stand auf. Alarm. Schießerei auf dem See. Wo? Auf dem See? Gab es so etwas überhaupt? Was war nur los in letzter Zeit?

Zügig fuhr er den Berg hinunter Richtung Dorf und reduzierte erst seine Geschwindigkeit, als er in die nebelige Fischerei eintauchte. Vorsichtig lenkte er sein Auto Richtung Bahnübergang und tastete sich langsam durch die komplette Dunkelheit hinter den Bootshütten entlang Richtung Dampfersteg. Lichtbündel drangen gleißend hell durch den Nebel, dort, wo die hohen Weiden am Ufer standen. Jetzt bloß niemanden überfahren, dachte er, das hätte noch gefehlt. Die Umrisse der Hütten linker Hand konnte er gerade so erahnen.

Die müssen jede Lampe aufgepflanzt haben, die sie haben finden können, dachte er, bog hinter dem Ausstellungspavillon der Dießener Künstler nach links und trat auf die Bremse. Ja, wie sah es hier denn aus? »CSI Miami«, die schauten alle viel zu viel »CSI Miami«. Er stieg aus und ging auf den Bootsanleger zu.

Wie er vermutet hatte, mühten sich sechs hohe Lichtmasten, den asphaltierten Platz vor dem Dampfersteg mit unnatürlich weißem Licht zu erhellen. Mannschaftswagen und Einsatzfahrzeuge parkten am Ufer. Auf dem gewöhnlich um diese Tageszeit leeren Anleger wimmelte es vor Menschen. Die eine Hälfte trug Polizeiuniformen, die andere war in Zivil. Das Polizeiboot legte gerade vom Dampfersteg ab, tauchte im Nebel unter, schaltete aber seinen Suchscheinwerfer an. Ein dumpfes Heulen, wie von hochdrehenden Motoren, klang durch die Nacht. War das Franz, der auf ihn zukam? Im Gegenlicht war er kaum zu erkennen. Ja, er war es.

»Servus, Lenz«, grüßte sein Kollege.

»Servus. Was haben wir?«

»Anwohner haben Schüsse auf dem See gemeldet.«

»Schüsse? Sind die sich sicher?« Lenz runzelte die Stirn. Schüsse *auf* dem Ammersee? Hatten die auch zu viele Vorabendserien geschaut?

»Ja, Schüsse. Der Anwohner hat einen Jagdschein. Die Kollegen sind mit dem Polizeiboot ausgerückt und haben trotz des Nebels Motorboote gesichtet. Das Heulen, das du da hörst, sind die Außenborder. Der Aufforderung, längsseits zu gehen, sind sie nicht gefolgt. Stattdessen haben sie sich offensichtlich eine Verfolgungsjagd geliefert.«

»Untereinander?«

»Ja, das hast du richtig verstanden, untereinander.«

Das wurde ja immer besser. »Wissen wir, um wen es sich handelt?«

»Nein. Kennzeichen konnten die Kollegen nicht eindeutig feststellen.«

»Aha.«

»Vollkommen unklar ist, wer hier wen verfolgt. Und warum. Den Hubschrauber anzufordern macht bei der Sicht überhaupt keinen Sinn.«

Großartig. »Ist jemand gefasst worden?«, fragte Lenz.

Franz schüttelte den Kopf. »Bisher nicht. Die Boote sind anscheinend hoch motorisiert, unser Polizeiboot hat da keine Chance.«

»Was willst du mir sagen?« Lenz sah seinen Kollegen an. »Dass die Hase und Igel mit uns spielen?«

Franz gab einem Stein einen Tritt. »Noch nicht mal das. Die Kollegen im Polizeiboot haben mehrfach in Durchsagen per Lautsprecher zum Beidrehen aufgefordert. Keine Reaktion. Die beachten uns gar nicht. Die ignorieren uns noch nicht mal.«

Und dafür hatte er seinen Feierabend ruiniert. »Sauber.« Er zuckte zusammen. »War das …?«

»Ein Schuss«, vollendete Franz den Satz.

»Was ist jetzt?« Lenz horchte. »Bilde ich mir das ein, oder sind die Außenbordmotoren nicht mehr zu hören?«

»Schh«, machte Franz. »Du hast recht, das Geräusch ist wirklich deutlich leiser geworden. Moment.« Er hob sein Funkgerät ans Ohr. »Eins der Boote ist havariert. Die Kollegen vom Polizeiboot bergen gerade die Besatzung und schleppen den Kahn an den Steg.«

»Dann komm, lass uns gehen«, sagte Lenz und ging Richtung Dampfersteg.

»Servus«, grüßte er die Kollegen, als das Polizeiboot angelegt hatte. Er sprang an Deck und hörte, wie hinter ihm Franz das Gleiche tat.

»Achtern«, sagte der Uniformierte und zeigte nach hinten.

»Danke«, antwortete Lenz und zwängte sich zwischen Bootsführerhaus und Reling hindurch. Auf Deck lag in eine Überlebensdecke gewickelt ein Mann. Daneben hockte ein Uniformierter auf einer Bank.

»Ich fress einen Besen, wenn das nicht der bewaffnete Kleiderschrank ist, den wir heute Morgen bei der Engels gesehen haben«, sagte Lenz zu Franz, der neben ihn trat. »Servus«, begrüßte er einen Uniformierten, »was haben wir?«

»Streifschuss am Arm. Wir haben eine Erstversorgung durchgeführt. Notarzt ist angefordert. Der Mann hat keine Papiere bei sich. Diese Waffe haben wir in einer Kiste an Deck sichergestellt.« Er hielt eine Handfeuerwaffe in einem durchsichtigen Asservatenbeutel in die Höhe.

»Danke, Kollege.« Lenz kniete sich neben den Mann. »Meisinger, Kripo Weilheim. Sie sind?«

Der Mann warf ihm einen schrägen Blick zu und schwieg.

»So«, sagte Lenz und richtete sich auf, »für kurze Zeit hatten Sie meine menschliche Anteilnahme. Aber wer sich stur stellt, hat von mir nicht allzu viel zu erwarten.«

Wieder ein schiefer Blick. »Ohne die Senta sag ich nichts«, presste der Verletzte hervor.

»Oho. Na, wenn das so ist, dann holen wir Ihre Chefin doch gleich mal her.« Lenz zog sein Telefon hervor und sprach halblaut einige Anweisungen. »Bringt ihn auf den Dampfersteg«, wies er die Kollegen an. »Franz?«

Franz hob bestätigend das Kinn. »Komm, lass uns mal das Boot inspizieren.«

»Wo ist das?«, fragte Lenz.

»Hier«, antwortete Franz, der sich über die Reling beugte. »Die Kennung ist LL-678. Ein ganz normaler Kahn.«

»Findest du? Der macht in meinen Augen einen verdammt guten Eindruck. Lass uns an Bord gehen.« Lenz streifte Handschuhe über, zog das Boot zu sich heran, schwang seine Beine über die Reling und stieg auf den Kahn. »Hoppala«, sagte er, schwankte und plumpste auf die Bank.

»Du hast recht«, sagte Franz und ließ sich neben ihm nieder. Er klopfte auf die Außenwand. »Verstärkte Glasfaser. Das ist ein wirklich sehr schönes Boot. Lass mich mal den Motor ansehen.« Er pfiff durch die Zähne. »Das ist der stärkste Motor, den Honda je gebaut hat. Leider komplett zerstört. Siehst du?« Er befühlte zwei Einschusslöcher in der Verkleidung. »Da hat jemand gezielt auf den Motor geschossen. Ich vermute mal, dass der Streifschuss unseres Fischers ein Kollateralschaden ist.«

»Und? Was sagt uns das?« Lenz gähnte.

»Dass Senta Engels mindestens ein Fischerboot hat, das über dreißigtausend Euro wert ist.«

Lenz warf ihm einen ungläubigen Blick zu. »Wie viel?«

»Ja, was denkst denn du? Allein der Motor kostet über zwanzigtausend.«

»Sauber.« Lenz starrte in den Nebel. »Wenn ich dich zitieren darf: Ich wusste nicht, dass man mit Fischen und Tretbootverleih so viel Geld verdienen kann. Komm, lass uns gehen.« Er stand auf, kletterte zurück auf das Polizeiboot und anschließend auf den Steg. Zwei Uniformierte standen neben dem Verletzten. Lenz tat ein paar Schritte. Gut, wieder halbwegs festen Boden unter den Füßen zu haben.

»Da kommt der Sanka«, sagte Franz.

Lenz folgte seinem Blick. »Und da kommt Senta.« Er stellte sich vor seine Kollegen und beäugte den Mann in Anzug, Mantel und Aktentasche, der aus der Beifahrertür ausstieg. »Ja, schau an, wer mag das wohl an ihrer Seite sein?«

»Dreimal darfst du raten«, gab Franz trocken zurück und steckte die Hände in die Hosentaschen.

»Guten Abend, Berger, ich bin der Rechtsbeistand von Frau Engels. Was ist hier los?«, fragte der Anzugträger und stellte seine Tasche ab.

»Das würden wir gerne von Ihnen wissen. Frau Engels?« Lenz sah ihr direkt ins Gesicht.

Statt zu antworten, ging sie an ihm vorbei und legte dem Verletzten kurz eine Hand auf die Schulter. »Um was geht's?«, fragte sie.

»Frau Engels, spielen Sie nicht die Unschuldige. Heute Abend hat sich Ihr Mitarbeiter, vielleicht auch mehrere Ihrer Mitarbeiter, mit unbekannten Personen ein wildes Bootsrennen auf dem See geliefert. Dabei sind Schüsse gefallen. Was sagen Sie dazu?«

»Ich …«

»Senta, lass mich das machen.« Der Anwalt schob sich vor sie. »Frau Engels macht hier und heute keine Aussage. Sie muss zunächst mit ihrem Mitarbeiter sprechen. Allein.«

»Frau Engels, Sie wissen, dass das nicht möglich ist«, antwortete Lenz. »Warum machen Sie sich und uns das Leben schwer? Reicht es Ihnen nicht, dass Ihr Sohn ums Leben gekommen und einer Ihrer Mitarbeiter verletzt worden ist?« Er stutzte. Glitzerten da etwa Tränen in ihren Augen?

Der Rechtsanwalt trat vor. »Meine Herren, ich …«

»Moment«, fiel Senta Engels ihm ins Wort, »ich kann für mich selbst sprechen.« Sie schob sich vor ihren Rechtsanwalt. »Mein Mitarbeiter hat sich das Boot genommen, ohne mich zu fragen. Dass er nachts auf dem See verfolgt und angeschossen wurde, ist sein Problem. Und wenn Sie noch einmal meinen Sohn erwähnen, verklag ich Sie. Komm, Artur.« Sie drehte sich um und rauschte in Richtung ihres Autos. Der Rechtsanwalt griff nach seiner Tasche und hastete ihr nach.

Lenz sah ihr hinterher. Konfliktscheu war sie nicht, die Dame. Ein Scheinwerfer nach dem anderen erlosch. Er gähnte. »Komm«, sagte er zu Franz, »wir packen's auch. Und morgen knöpfen wir uns die Bande mal so richtig vor.«

12

Wie hatte ich auch das vergessen können? Carola griff nach ihrem Köfferchen, trat auf den Bahnsteig und hastete Richtung Terminal. Dass man verdammt früh aufstehen musste, wenn man am selben Tag noch einen Termin in einer anderen Stadt hatte? Für den man fliegen musste? Sie betrat eine Rolltreppe, die sie vom Halbdunkel des Bahnsteigs in die luftige, helle Abflughalle brachte. Vor ihr Reisende, hinter ihr auch. Jeder mit einem baugleichen Rollkoffer, alle mit ernstem Blick. Wo kamen die nur alle her um diese Uhrzeit? Sie warf einen Blick auf die riesige Anzeigentafel mit den Abflügen, suchte Uhrzeit, Flugnummer und fand ihr Gate.

Wahlkreisarbeit verdarb einfach den Charakter. Wenn man da mal eine halbe Stunde im Auto saß, um zu einem Termin zu kommen, dann war das schon lang. Aber der Schmarrn hier? Sie rechnete kurz im Kopf. Sie war um vier Uhr morgens aufgestanden, um jetzt, kurz nach sechs, zu ihrem Gate zu hetzen. Was eh schon knapp gerechnet war. Aus Lautsprechern über ihr perlte eine samtige Stimme: »*This is your final call …*« Sie stellte sich in die Schlange der Wartenden, hielt ihr Telefon über den Scanner, trat durch die Schranke und ließ sich in einem menschlichen Strom durch die gläserne Brücke zum Flugzeug spülen. Wenigstens waren um diese Uhrzeit nur Geschäftsreisende wie sie unterwegs und keine schreienden Kinder. Ein schnieker Steward am Eingang schenkte ihr ein routiniertes Nicken.

Irgendwo in diesem Flieger musste ihr Chef sein. Aber den würde sie heute noch früh genug sehen. Sie wuchtete ihr Gepäck in die Ablage und sank in ihren Sitz. Zwei Stunden dauerte der Flug nach Paris.

»Paris! Wie schön!«, hatte Lenz gerufen, als sie ihm gestern Abend davon erzählte, nur um ihr im Anschluss eine Überfallgeschichte aus der französischen Hauptstadt aufs Auge zu drücken. Jeder, dem sie von ihrer Reise erzählte, fing sofort an, von den Schönheiten der Stadt an der Seine zu erzählen: Notre-Dame, Eiffelturm und Champs-Élysées. Wenn die alle wüssten. Richtig, zwar hatte sie heute einen Termin in Paris, aber in den Messehallen auf dem Flughafen Charles de Gaulle. Wenn sie Glück hatte, lagen die wenigstens auf der anderen Seite des Rollfelds. Dass abends ein Empfang im Louvre stattfinden sollte, hatte sie unter den Tisch fallen lassen.

Sie gähnte. So viel zu ihrem glamourösen Leben jenseits des Ammersees. Der launige Purser verabschiedete sie mit »*au revoir*«- und »*bonne chance*«-Satzschnipseln. Ihre Laune hob sich. Vielleicht seh ich ja doch noch den Eiffelturm, dachte sie, als sie sich in die Schlange Richtung Ausgang einreihte.

An der Tür wartete ihr Chef auf sie. »Caro, grüß dich«, lächelte er. Manchmal kann er wirklich nett sein, dachte sie und ging neben ihm her. Sie warf ihm einen Blick zu. Während sie sich heute für einen neutralen dunkelblauen Hosenanzug entschieden hatte, machte er einen auf *Elder Statesman* – graue Wolle, weißes Hemd, rot-blaue Blockstreifen-Krawatte. Offensichtlich war er um Seriosität bemüht.

Sie gingen gemeinsam durch die Ankunftshalle. Als sie aus dem Gebäude ins Freie treten wollte, drückte sich jemand dicht an ihre rechte Seite. Manche Leute hatten es einfach eilig. Sie blieb stehen, um den Drängler vorbeizulassen.

Bradley-Cooper-blaue Augen strahlten sie an. »Carola, super, dass du schon da bist«, verkündete Philipp Krüger, Ben Rockwood im Schlepptau. »Stellst du uns bitte vor?«

Ihr Chef schaute verbindlich. Du meine Güte, ihr zwei, ihr seid wie Fußpilz, dachte sie, euch wird man auch nicht wieder los. »Den Abgeordneten Ludwig kennt ihr ja. Johannes, das sind Philipp Krüger, Büro Mortler, und Ben Rockwood, Assistent von Greg Shaw, Mandis. Unser Gastgeber quasi«, schob sie hinterher.

»Herr Ludwig, wunderbar, dass Sie unserer Einladung gefolgt sind, nach Paris zu kommen«, kommentierte Krüger das Offensichtliche. »Da drüben wartet ein Wagen auf uns.

Dürfen wir Sie einladen, mit uns auf das Messegelände zu fahren?«

Carola sah, wie Ludwig einen Moment überlegte. »Ich denke, das ist einfacher«, antwortete er. »Caro? Was meinst du?«

Die beiden Assistenten schauten sie erwartungsvoll an. Vor ihrem inneren Auge sah sie sich eingeklemmt auf der Rückbank sitzen, Oberschenkel an Oberschenkel mit Krüger und Rockwood. Eine Gruppe Geschäftsreisender stieg in einen Bus, durch dessen Display »Parc d'exposition Paris-Nord« lief. Sie wandte sich Richtung Bus und hob die Hand. »Johannes, fahr du nur. Wir treffen uns auf der Messe.«

Welchen Grund hatte es, dass Männer, gleich welchen Alters, immer davon ausgingen, dass Frauen ihre Nähe suchten? Sie sah aus dem Fenster. Wie sie vermutet hatte, umkurvten sie einmal den riesigen Flugplatz und hielten schließlich vor hohen gesichtslosen Gebäuden. Ich werde es nie verstehen, dachte sie, kletterte aus dem Bus und öffnete die Tür der Messehalle.

Ein Schwall abgestandener Luft schlug ihr entgegen. Die weite, lichte Glas-Stahl-Konstruktion wurde von einem ausladenden zweistöckigen Stand dominiert, über dem das Mandis-Logo schwebte. Kleine Stände, wie Pilze um einen mächtigen Baumstamm wachsend, füllten die Halle auf. Es summte und brummte vor Geschäftigkeit.

Carola stützte sich auf ihren Rollkoffer. Aha, so ist das also. Deshalb mussten wir unbedingt nach Paris. Ihr wollt uns vorführen, wie bedeutend Mandis ist und was für kleine Wurstbuden die anderen im Vergleich zu euch doch sind. Das kommt mir bekannt vor, dachte sie. In den Jahren vor der letzten Weltwirtschaftskrise durften auf der Cebit in der Microsoft-Halle auch noch ein paar andere als Deko mit dabei sein.

In ihrer Tasche brummte es. Sie zog ihr Telefon hervor. »Bin bei Mandis. Zweiter Stock«, schrieb ihr Chef. Zweiter Stock? Okay, sie separieren uns von der Plebs. Ist das ein gutes oder ein schlechtes Zeichen? Sie zog ihre Eintrittskarte samt

Namensschild hervor, zeigte sie einer auffallend hübschen Hostess und passierte die rote Kordel. Ein bulliger Security-Mann mit kahl geschorenem Kopf, Stiernacken und weißem Drahtkringel hinter dem Ohr maß sie mit einem strengen Blick. Langsam stieg sie die Stufen nach oben. Der schon wieder, dachte sie, als sie am Ende der Treppe Philipp Krüger entdeckte.

»Ah, da bist du ja. Wir warten schon auf dich. Komm mit, wir sitzen da drüben.«

Sie folgte ihm schweigend. Die obere Etage des Messestandes glich einem teuren polyglotten Restaurant. Stil hat die Sache ja, dachte sie, als sie ausladende Sitzgruppen passierte, zwischen denen riesige Fächerpalmen als Sichtschutz platziert waren.

Ludwig und Shaw saßen sich am Rand des Geländers gegenüber. Ein Kellner in Livree brachte Cappuccino in edlem Geschirr und stellte eine Etagere mit Petite Fours dazu. Sehr fein, dachte Carola und setzte sich übereck. Philipp Krüger und Ben Rockwood nahmen gegenüber Platz. Ein weiterer Sicherheitsmitarbeiter, der dem ersten Betongesicht am Fuß der Treppe zum Verwechseln ähnlich sah, nahm diskret seinen Platz hinter einer Grünpflanze ein.

»Wir haben gerade über Fresh Parliament gesprochen, Caro«, eröffnete Ludwig das Gespräch.

Carola hob innerlich die Augenbrauen. Und ich Schaf dachte, wir sind nach Paris gereist, um die verschiedenen Anbieter von Predictive-Policing-Software kennenzulernen. »Okay«, antwortete sie nichtssagend.

Graue kalte Augen sahen sie bohrend an. Shaw konnte offensichtlich Gedanken lesen. »Selbstverständlich machen wir gleich einen Rundgang über die Messe«, sagte er. »Vorher stärken wir uns hier ein wenig und tauschen uns über weitere Möglichkeiten der Zusammenarbeit aus.«

Oho, wir arbeiten zusammen? Das ist mir neu. Carola beschränkte ihre Antwort auf ein schmales Lächeln.

»Greg hat mir gerade von seinen Erfahrungen mit diesen Initiativen in den USA erzählt.«

Greg? Carola sah ihren Chef kritisch an. Ludwig hatte rote Flecken auf den Wangen. Der ist ja richtig angefixt. Sie betrachtete den Amerikaner. Welche Wurst hast du meinem Chef denn hingehalten? »Hmm«, brummte sie.

»Ja, diese Initiativen kennen wir. *We know them.*« Shaw lachte ein heiseres Lachen. »Die *documentary* haben Sie gesehen?«

»›Knock down the house‹? Auf Netflix?«, warf Carola ein. »Ja, habe ich. Und? Alexandria Ocasio-Cortez hatte Erfolg. Sie hat bei den Vorwahlen den Kandidaten ihrer eigenen Partei geschlagen. Heute sitzt sie im Kongress.«

»*Well*, diese Initiativen«, sagte Shaw kühl, »sie nennen sich *Political Action Commitee.* Sie bilden sich ein, sie seien *grassroot, for the people, whatever.*«

Ludwig nippte an seinem Cappuccino. »Sind sie nicht? Ihrer Meinung nach?«

»Nein, sind sie nicht«, gab Shaw zurück. »Am Ende sind sie auch mit Parteien verflochten, sie bekommen Spenden, und sie legen ihre Finanzierung nicht offen. *Anyhow*, was ich sagen will.« Er beugte sich vor. »Was unternehmen Sie gegen Fresh Parliament, John? *Against* Beatrice? Ach, übrigens, da unten ist sie gerade.«

John? Das muss ich mir merken. Carola sah Shaws ausgestreckter Hand hinterher. Am Fuß des Mandis-Standes spazierten Barbara Niederegger und Beatrice Muggenthaler vorbei. Fehlt nur noch, dass sie sich unterhaken.

Ludwig hockte zusammengesunken auf seinem Platz. »Ja, was soll ich denn machen? Ihrer Meinung nach? So wie ich das sehe, sind meine Hände gebunden.«

Shaw lehnte sich zurück. »Werden Sie über die Landesliste abgesichert?«

»Landesliste? Sie kennen unser Wahlsystem? *Chapeau.* Um Ihre Frage zu beantworten: Ja, bisher war das immer der Fall. Beatrice soll in meinem Betreuungswahlkreis kandidieren. Um ein Direktmandat kämpfen. Um Erststimmen. Das hört sich im ersten Moment recht fair an. Aber meiner Meinung nach kann das die politische Gemengelage vollständig verändern.«

»Sie meinen, dass es durch die Änderung der politischen Großwetterlage nicht mehr für Ihren Listenplatz reichen könnte, nicht wahr? Dass Ihr Mandat in Gefahr ist?« Shaw sah ihn kühl an. Ludwig starrte schweigend in seine Tasse.

Was ist los mit dir, Johannes?, dachte Carola. Hast du darauf schon keine Antwort mehr? Ihr Chef sah auf einmal aus, als ob er in etwas Saures gebissen hätte.

»Warum gewinnen *Sie* nicht das Direktmandat, John?«

Ludwig warf Shaw einen kurzen Blick zu und lachte spöttisch auf.

Der beugte sich vor. »Nein, wirklich. Warum tun Sie das nicht?«

Ludwig wedelte die Frage mit einer Hand vom Tisch. »Weil ich einfach nicht die Mittel dafür habe. Um das Direktmandat in meinem Wahlkreis zu gewinnen, muss ich über Wochen und Monate in den Medien präsenter sein als Beatrice Muggenthaler und der Direktkandidat von den Schwarzen zusammen.« Er schüttelte den Kopf. »Dafür brauche ich Anzeigen, Radiospots, Interviews zur Primetime und viele, viele Leute, die für mich Klinken putzen. Dafür habe ich noch nicht mal im Ansatz das Geld.«

Shaw winkte ab. »Geld ist das geringste Problem. Es gibt Leute, die verfügen über die Mittel. Und diese Leute wären mehr als glücklich, sie für Sie zu verwenden, John.«

Überrascht sah Carola den Amerikaner an. Hatte sie richtig gehört? Er bot ihrem Chef Geld an? Zumindest indirekt, indem er ihm einen Wahlkampf finanzieren wollte? Und Johannes zuckte mit keiner Wimper? Sie rutschte auf ihrem Sitz herum.

»Noch einen Cappuccino?«, fragte Krüger und holte mit dem Zeigefinger den Kellner. Sie deutete ein Nein an. Was ging hier denn gerade vor?

Shaw setzte sich auf. »*Okay, let's talk turkey*, John. Wenn Geld das Problem ist, um Ihren Wahlkampf zu finanzieren, können wir das lösen. Das ist ganz einfach und im Übrigen komplett legal.«

Carola sah ihren Chef an. Der hing an Shaws Lippen. Die Flecken auf seinen Wangen waren feuerrot. War das hier »Versteckte Kamera«, oder ließ sich Johannes gerade bestechen?

»Wie soll das gehen?«

»Über Partner können wir Ihnen einen Beratervertrag anbieten, John. Sie bekommen von uns Personal und Mittel, um gegen Fresh Parliament zu bestehen. Na, was sagen Sie?«

»Und was soll ich dafür tun?«, fragte Ludwig.

»Gar nichts, John.« In Shaws Gesicht bewegte sich kein Muskel. »Vielleicht ein bisschen mehr Interesse an unseren Produkten zeigen.«

Da lachen doch die Hühner! Carola fixierte ihren Chef. Johannes, enttäusche mich jetzt bitte nicht. Steh jetzt bitte auf und lass uns gehen!

Ludwig sah Carola über den Tisch hinweg ins Gesicht. Was er dort las, ließ ihn bedauernd die Schultern heben. »Das ist für einen einfachen Abgeordneten des Deutschen Bundestages doch eher ein akademischer Ansatz.« Er lächelte. »Greg. Vielen Dank für den Cappuccino.« Er stand auf. »Der übrigens ausgezeichnet war. Wir sehen uns heute Abend beim Empfang.«

»Was war das denn, Johannes?«, fragte Carola und schloss zu ihrem Chef auf.

»Na, was wohl. Ein Bestechungsversuch.« Ludwig lachte. Gemessenen Schrittes gingen sie die Treppe hinunter. »Komm, lass uns aufhören, Steuergelder zu verpulvern, und endlich diese Messe besuchen. Was meinst du? Der Gang da?«

Du kannst dir nicht vorstellen, wie egal mir das ist. »Und was machst du jetzt?«

»Nichts«, antwortete Ludwig. »Schau, da drüben ist Beatrice. Wink doch auch mal.«

Carola spürte einen metallischen Geschmack auf der Zunge. Ihr Chef hatte vielleicht Nerven. Nichts? War das alles, was er dazu zu sagen hatte? Sie sah sich um. Der Typ mit der Kamera, der an der Ecke stand, hatte der sie etwa fotografiert? Und der Kerl daneben, war das nicht der stiernackige Security-Mann vom Mandis-Stand? Wurde sie verfolgt? Oder wurde sie langsam paranoid?

Sie trottete hinter ihrem Chef her, der von Stand zu Stand ging, sich vorstellte, Erklärungen lauschte und nickend vor Bildschirmen stand. Am Ende des letzten Ganges blieb er stehen. »Ich weiß nicht, wie es dir geht, aber ich hab hier genug gesehen. Ich hab noch was zu tun und fahre jetzt ins Hotel.« Er drückte die Tür der Messehalle auf und winkte nach einem Taxi. »Dann haben wir genug Zeit bis zum Empfang heute Abend. Kommst du mit?«

»Klar«, antwortete Carola. Was sollte sie auch anderes tun?

»Oh«, entfuhr es ihr, als sie drei Stunden später auf den Cour Carrée vor dem Louvre fuhren. Die Fassade des königlichen Schlosses lag im sanften Abendlicht. Schon von Weitem strahlte die gläserne Pyramide wie ein geschliffener Bergkristall in gleißendem Licht über den weiten Platz. Ein dicker roter Teppich, der vom Eingang bis zu einem mit Kordeln markierten Haltepunkt führte, reichte zwanzig Meter in den Hof hinein.

»Zumindest lassen die sich nicht lumpen«, sagte Ludwig und stieg aus.

Carola betrachtete den Mann, der am Ende des roten Teppichs stand und wartete. Der lässt mir einfach keine Chance, dachte sie und ging auf ihn zu. »Hallo, Philipp.«

»Carola«, lächelte er und hakte sich unter. »Du siehst heute Abend wieder bezaubernd aus.«

Hatte ihr Chef etwa gelacht? »Was hast du vor?«, fragte sie.

»Mit dir ein Glas Champagner trinken. Komm.«

Der rote Teppich setzte sich über die Wendeltreppe in das Untergeschoss der Pyramide fort. Die Eingangshalle, umfunktioniert zur Partylocation, war voller Menschen in Abendkleidung. Dezente Loungemusik klimperte aus den Lautsprechern. Jeder hielt ein Glas in der Hand und machte

Small Talk mit seinem Gegenüber. Zwischen den Gästen gingen Kellner umher und boten Fingerfood an.

Carola hob ihr Glas. »Schicke Party. Hat eine Stange Geld gekostet.«

»Du hast es doch gehört. Geld spielt keine Rolle.« Er stieß sein Glas an das ihre. »Auf dein Wohl. Ich fliege übrigens in der nächsten sitzungsfreien Woche in die USA.«

Carola scannte den Raum nach ihrem Chef ab. Ah, da drüben stand er, und wieder war er mit Shaw zusammen. Der sieht aber nicht happy aus, dachte sie und beobachtete, wie Ludwig abwehrend die Hände hob. War da nicht schon wieder dieser Sicherheitstyp vom Messestand? Folgte der Shaw auf Schritt und Tritt? »Lass mich raten. Zu Mandis.«

»Richtig.« Krüger kippte seinen Drink. »Schulung am System.«

»Dann fährst du nach Denver? Da sitzen die doch, oder?« Sie nippte an ihrem Champagner. »Aber da fällt mir ein: Du, das Internet wurde bereits erfunden. Du kannst Deine Schulung auch online machen. Von Berlin aus.«

Krüger schüttelte unwillig den Kopf. »Das ist aber nicht das Gleiche. Und nein, nicht Denver. New York. *Big Apple.* Da gibt es eine Niederlassung.«

Damit kriegen sie dich also. Mit einem lumpigen Flugticket. »Du bist dir sicher, dass du das machen willst?«, fragte sie und nahm ein Kanapee von einem Tablett.

Krüger zuckte die Schultern. »Klar. Mitnehmen, was ich kriegen kann. Das solltest du auch tun. Oder willst du ewig das Büro Ludwig leiten? Ich hab gehört, dass bei der Mandis-Niederlassung in Deutschland eine Kommunikationschefin gesucht wird. Das ist doch ein Job für dich.« Er legte ihr den Arm um die Schulter. »Überleg's dir. Schau, da kommt Ben.« Seine Umarmung wurde enger. »Was meinst du, wollen wir nicht zu dritt ein bisschen Spaß haben?«

Waren solche Sprüche heutzutage eigentlich noch erlaubt? »Das ist ein sehr verlockendes Angebot, Philipp«, er strahlte sie an, »dass ich leider ablehnen muss.« Sie nahm seine Hand von ihrer Schulter. »Weißt du, ich steh nicht so auf gleichaltrige Männer.«

»*What are you talking about?*«, fragte Rockwood und schlug Krüger eine Pranke auf die Schulter. Der schaute sparsam.

»Darüber, dass ich jetzt gehen werde«, antwortete Carola.

Krüger hielt sie am Arm fest. »Bist du dir sicher, dass du das tun willst? Es könnten einige Leute hier als Affront verstehen. Darunter auch ich.«

Sag mal, willst du mir drohen? Sie nahm seine Hand von ihrem Arm. »Ich brauche dringend frische Luft. Einen schönen Abend noch«, antwortete sie schmallippig, drehte sich um und stieg die Wendeltreppe wieder nach oben. Als sie den Platz überquert hatte, sah sie sich noch einmal um. Der Cour Carrée machte einen friedlichen Eindruck. Perfekte Harmonie aus Architektur, Licht und Himmel.

So ein schöner Ort. Leider voller verkommener Leute, dachte sie. Und wenn ich mich an meinen Geschichtsunterricht richtig erinnere, hat das hier Tradition. Sie gähnte und winkte ein Taxi heran. Und stutzte. Im Gegenlicht der Pyramide zeichnete sich eine bullige Silhouette ab. Sie hielt die Luft an. Ihre Kopfhaut prickelte. War das der Security-Typ? Hatte der nicht die Aufgabe, Shaw zu bewachen? Oder folgte er ihr?

Der Taxifahrer hupte. Sie stieg ein, schnallte sich an und lehnte ihren Kopf an das hintere Seitenfenster. Ihr Herz schlug bis zum Hals. Atme, Carola, atme. Und beruhige dich wieder. Du bist nicht bei James Bond.

Sie drehte sich um und sah aus dem Rückfenster. Ob das Auto, das hinter dem ihren fuhr, ihnen nachfuhr? Gediegene Häuserfassaden glitten an ihr vorbei, Platanen ohne Laub, hell erleuchtete Restaurants voller schöner Menschen. In was, um Gottes willen, bin ich hier bloß reingeraten? Was sollte das alles? Wollten die Johannes und sie allen Ernstes mit Vergünstigungen locken, alternativ bedrohen? War das hier ein schlechter Film? So viel Klischee war doch eigentlich gar nicht möglich.

Komm, Carola, jetzt reiß dich mal zusammen. Muskelmänner, Verfolgung, so ein Quatsch. Du bist in Paris! Freu dich doch! Aus dem Radio kam orientalisch klingender Pop. Vor ihrem Fenster zog glitzernd die große Stadt vorbei.

Plötzlich tat es einen heftigen Schlag. Ihre Hand fuhr an den Kopf, dorthin, wo ihr Kopf an die C-Säule geprallt war. Sie schmeckte Blut. Unwillkürlich tastete sie mit der Zunge die Lippen ab, bis sie zu der verletzten Stelle kam. Ihr Brustkorb schmerzte vom Rückschlag des Sicherheitsgurtes. Das Auto stand still, mitten auf einer Kreuzung. Der Fahrer riss fluchend die Tür auf, sprang aus dem Auto und sprintete nach vorn.

Vor dem Kühler hatte sich eine kleine Gruppe Menschen versammelt. Der Fahrer stand in der Mitte, reckte die Faust in den Pariser Nachthimmel und schrie aus beiden Lungen.

Carola befingerte die Beule an ihrem Kopf, löste den Gurt, suchte nach dem Türgriff und kletterte aus dem Auto. Langsam ging sie Richtung Kühler und stellte sich neben den Fahrer. Wow, da hatte jemand das Taxi ordentlich gerammt. Der linke vordere Kotflügel war komplett verbeult, die Kühlerhaube aufgefaltet.

War das noch ein Zufall? Erst hatte ihr Chef, dann sie einen Bestechungsversuch abgelehnt. Und jetzt wurde ihr Auto angefahren? Drehte sie komplett durch? Und was schrie der Fahrer bloß die ganze Zeit? Sie zog ihr Telefon hervor.

Délit de fuite! Délit de fuite! Fahrerflucht, sagte ihre Übersetzungsapp. Wieso fiel ihr genau in diesem Moment Lady Diana ein? Mit hängenden Schultern stand sie auf der Kreuzung. Ihr Kopf brummte. Sie kam sich plötzlich sehr verlassen vor.

Ihr Telefon vibrierte. Sie zog es hervor. »Denke gerade an dich. Bussi, Lenz.« Tränen wallten in ihr auf, sie wandte sich ab, damit nicht alle sehen konnten, dass sie mitten in Paris heulend auf einer Straßenkreuzung stand.

13

»Nun reden Sie schon.«

Das hier war eindeutig Vorabendserie. Zwei Ermittler, die am Fußende eines Krankenhausbettes standen und einen Zeugen vernahmen. Und dabei auch noch aussahen wie gecastet. Lenz verdrehte die Augen. Er schob seinen rechten Zeigefinger zwischen Kragen und Hals. Dieses blöde Leinenhemd kratzte. Es war aber das einzige, das halbwegs gescheit zu dem dunklen Trachtenanzug passte, den er heute Morgen aus Pietätsgründen angezogen hatte. Auch Franz, der neben ihm stand, hatte sich für einen dunklen Anzug entschieden. Worin er verdammt gut aussah. Während sein Gewand ihn zu einem Clown machte. Das war der Grund, weshalb er normalerweise einen großen Bogen um seinen Trachtenanzug machte. Er stand ihm einfach nicht. Aber modische Fragen waren derzeit sekundär.

»Bernhuber, auf was warten Sie? Auf Ihre Chefin? Da können Sie lang warten. Die lässt Sie hier verschimmeln«, versuchte es Franz erneut.

Der Mann vor ihnen sagte »Pah«, sah zur Decke und schwieg. Jesus Maria. Der war genauso abweisend wie die mit abwaschbarer Farbe gestrichene Wand und das Krankenhausbett aus Stahl. Dazu sah das gelb gemusterte Nachthemd, in dem der untersetzte Mann steckte, geradezu absurd fröhlich aus. Dickschädelig war er auch. Sogar in der Notaufnahme hatte er sich geweigert, seinen Namen zu nennen. Der Abgleich der Fingerabdrücke hatte aber ergeben, dass er auf den Namen Ludwig Bernhuber hörte, dreiundfünfzig Jahre alt und vorbestraft wegen Körperverletzung war. Gemeldet war er auf dem Engels'schen Hof. Darüber hinaus wussten sie nur, dass die im Boot sichergestellte Waffe auf Senta angemeldet und aus ihr kürzlich geschossen worden war.

Lenz holte Luft. »Bernhuber, es ist Ihnen schon klar, dass

Sie sich nur aufgrund Ihres Gesundheitszustandes noch im Krankenhaus befinden? Ich kann Sie genauso gut in eine Zelle stecken lassen. Also, was war da heute Nacht los auf dem See? Aus Ihrer Waffe wurden Schüsse abgegeben. Warum und auf wen? Wer hat Ihnen Ihre Verletzungen zugefügt?«

Bernhuber schmiss ihm einen wütenden Blick zu. »Ohne Senta sag ich nix!«

»Das wissen wir bereits. Franz«, wandte er sich an seinen Kollegen, »lass uns mal kurz vor die Tür gehen.«

Auf dem Gang drehte er sich um. »Keine Ahnung, wie es dir dabei geht, aber ich habe keine Lust mehr, in diesem Schmierentheater weiter Statist zu spielen.«

Franz nickte. »Und? Was willst du tun?«

»Die Weiber einbestellen. Was denn sonst? Toter Sohn hin, trauernde Tochter her, das schreit doch danach, dass mehr dahintersteckt. Und jetzt noch diese Schießerei mitten in der Nacht.« Er ballte die Faust. »Aber nicht mit mir! Nicht auf meinem See!«

Franz lächelte milde. »Jetzt komm mal wieder runter. Der See gehört nicht dir, sondern dem Freistaat Bayern. Uns allen sozusagen. Ich bin auch alle. Und ich reg mich nicht auf.«

»Wusste gar nicht, wie gratlerisch du sein kannst. Willst du ernsthaft bestreiten, dass der Mann Kenntnisse über eine Straftat hat?«

»Will ich doch gar nicht.« Franz hob beschwichtigend die Hände. »Ich stimm dir vollkommen zu. Aber was bist denn so zuwider? Ehrlich, dass Carola nach Berlin gegangen ist, bekommt dir gar nicht gut.«

Lenz zog sein Telefon aus der Tasche. »Ich bin nicht zuwider! Und wenn, wär's mir wurscht!« Er drückte eine Kombination. »Ich lass jetzt die Weiber abholen und aufs Kommissariat bringen. Und dann machen wir eine gescheite Befragung. So schaut's aus.«

Franz legte ihm die Hand auf den Arm. »Lenz, denk doch mal nach. Heute Morgen war die Beerdigung. Soviel ich weiß, hocken die jetzt alle auf der Leich beim Seewirt in Schondorf.«

Lenz ließ sein Telefon sinken. »Warum sagst du das nicht gleich? Auf was wartest du noch? Auf geht's!«

»Ja, was ist hier denn los?«, sagte Franz, als er eine Dreiviertelstunde später die letzten Stufen zum Biergarten des Seewirts emporgestiegen war. »Schau sich das mal einer an.«

Leise schnaufend stellte sich Lenz neben ihn. Warm schien die Oktobersonne durch braun gesprenkelte Kastanienblätter in den weiten Biergarten oberhalb des Sees. Sämtliche Tische unter den großen Bäumen waren bis auf den letzten Platz belegt. Auch auf der Terrasse darüber ging es eher hektisch zu. Er zählte leise. Mindestens sechs Bedienungen trugen im Laufschritt Teller und Gläser hin und her.

»Wenn du nicht wüsstest, dass du auf einer Beerdigung bist, würdest du's nicht merken.« Franz sah von Tisch zu Tisch.

Lenz zuckte die Schultern. »Mei, Franz, was willst du, die tragen doch alle Schwarz.«

»Aber vom Allerfeinsten.«

Lenz betrachtete die Anwesenden. Edle dunkle Lodenjanker reihten sich an schwarze Samtmieder. Üppige Gamsbärte wippten an Tirolerhüten. Perlenbesetzte Kropfbänder wanden sich um Damenhälse. Franz hatte recht. Das war eine ausgesprochen geldige Veranstaltung. »Was sagt uns das?«

»Dass die Engels offensichtlich zu den oberen Zehntausend vom Ammersee gehört. War dir das bewusst?«

Lenz erkannte ein Gesicht. Zwei Stühle weiter saß ebenfalls ein Bekannter. »Nein«, sagte Lenz. »Und zudem ist sie außerordentlich gut vernetzt. Ich sehe hier Oberärzte vom Klinikum und Steuerberater. Da drüben, schau, da sitzen zwei Landtagsabgeordnete. Fehlt nur noch der Landrat.«

»Beschrei's nicht.« Franz sah einer Bedienung hinterher, die ein Tablett mit vollen Biergläsern vor sich hertrug. »Hier wird ganz schön getankt.«

»Schau, Franz, und da hockt die Engels.« Lenz musterte die Frau zwei Tische weiter. Sie trug ein schwarzes Dirndl und hatte einen Pelzmantel auf die Lehne neben ihrem Stuhl geworfen. Lenz tippte auf Nerz. So häufig bekam man Pelz ja heutzutage nicht mehr zu sehen. Ihre Augen hatte sie hinter einer riesigen Sonnenbrille versteckt. Ein zerknülltes Taschentuch und eine Zigarette in der Rechten haltend kippte sie gerade mit links einen Schnaps.

»Die neben ihr, das ist doch die Weiß. Bis auf die Haare könnte sie glatt ihre Schwester sein.«

Stimmt, dachte Lenz. Baugleiches schwarzes Dirndl, Pelzmantel und Sonnenbrille. Aber eine Halbe in der Rechten. »Das trägt man so am See. Allerdings trinkt die Dame Bier, während die Engels Schnaps zu sich nimmt.«

Franz stieß ihn mit dem Ellenbogen an. »Die Bedienung da, die kenn ich. Grüß dich, Trixi«, sagte er und stoppte eine Bedienung im vollen Lauf, »du, sag einmal, was ist denn das hier für eine Leich?«

Die junge Frau im Servicedirndl klemmte sich das Tablett unter den Arm, wischte sich eine Strähne aus dem Gesicht und tippte sich mit der gleichen Handbewegung an die Stirn. »Wennst des genau wissen willst, Franz, des ist nicht normal. Ich hab schon auf der einen oder anderen Leich bedient, weißt? Da wurde geweint, da wurde gelacht, da wurde gegessen und getrunken. Aber die hier«, ihr Daumen zeigte hinter sich, »die fressen. Und die saufen. Druckbetankung nennt man das.«

Franz lächelte sie an. »Mei, ist halt umsonst.«

»Pah«, machte Trixi, »das schon, aber die hier, die haben's doch alle! Was soll dann das Gefresse und Gesaufe? Ich kapier's nicht. Und die zwei«, ihr Ellenbogen wies auf die beiden Frauen in den schwarzen Dirndln, »die spinnen komplett. Sonst sehen die sich mit dem Arsch nicht an. Und jetzt? Fehlt nur noch, dass die eine der anderen auf dem Schoß hockt.«

»Wie meinst du das?« Franz hatte sein schönstes Gesicht aufgesetzt.

»Normalerweise ist das so: Wenn die eine den Seewirt betritt, steht die andere auf, zahlt und geht. Und heute sind die auf einmal ein Herz und eine Seele? Das glaubt ihr doch selber nicht.« Sie sah sich um und nickte einer Kollegin zu. »Sorry, ich muss.« Sie hastete davon.

Lenz betrachtete die beiden Frauen, die Seit an Seit nebeneinandersaßen. Von Feindschaft war da nichts zu sehen. »Ja, was soll man davon halten?«

»Es ist noch nicht strafbar, wenn ehemalige Feindinnen sich eines Besseren besinnen und zusammen aufs Grab gehen. Auch wenn die hier aufgebrezelt sind wie die schlimmsten Allerheiligen-Schrapnellen. Was meiner Meinung nach verboten gehört.«

Lenz grinste, wollte eine Bemerkung hinterherschieben, als er hinter Mitzi Weiß einen Mann bemerkte. »Schau mal, was hat die Weiß denn jetzt mit dem zu schaffen?«

Der Mann im schneidigen Trachtenanzug hatte sich von hinten über sie gebeugt und flüsterte ihr etwas ins Ohr. Sie nickte, hörte zu, nickte erneut, hob eine riesige Handtasche auf ihren Schoß, steckte suchend ihre Rechte hinein, fand etwas und reichte dem Mann hinter ihr wie zum Gruß ihre Hand. Der ergriff sie und schüttelte sie einmal. Sie entzog ihm ihre Rechte, die sich um etwas schloss, und ließ sie in ihre Handtasche gleiten.

»Sag mal, spinn ich?« Franz sah Lenz entgeistert an. »Wenn das hier nicht eine Beerdigung wäre, würde ich sagen, dass sie ihm gerade Drogen zugesteckt und er ihr Geld gegeben hat.«

»Die sind doch alle irre.« Ermattet fuhr Lenz sich über die Augen. »Franz, ehrlich, mir reicht's. Du kannst sagen, was du willst, das stinkt zum Himmel.« Er gab ihm einen Knuff. »Aber die beiden Weiber sind sternhagelvoll. Wenn wir die jetzt einbestellen, bringen wir nichts Gescheites aus denen raus. Auf geht's, wir fahren. Und dann soll Benis Software ...«

»Zeck.«

Jesus Maria. Lenz riss sich zusammen, seine Augen nicht zu verdrehen. »Franz, ich höre dich. Dann soll die Software mal zeigen, was sie kann. Kommst du?«

Sein Kollege legte ihm erneut die Hand auf den Arm. »Hö. Schau. Was wird das jetzt?«

Senta Engels stand vor ihrem Platz und hatte die Hände in die Seiten gestemmt. Beim Aufspringen war sie an den Tisch gerempelt und hatte einige Gläser umgeworfen. Flüssigkeit tropfte auf den Kies. »Du Mistvieh!«, brüllte sie. »Verkaufst hier deinen Scheiß! Sag mal, schämst du dich denn gar nicht mehr?«

Mitzi, mit erschrockenem Gesicht auf ihrem Stuhl sitzend, zog den Kopf ein.

»Meinst du, ich krieg nicht mit, was du hier machst?«, geiferte Senta Engels aus voller Lunge. »Was du mit meinem Sohn gemacht hast? Du und deine Schlampe von Tochter. Zum Dealer habt ihr ihn gemacht, zum Dealer! Und jetzt ist er tot!« Sie schlug die Hände vors Gesicht.

Mitzi starrte Senta an, legte den Kopf in den Nacken und lachte höhnisch. »Um Gottes willen, Senta, jetzt krieg dich wieder ein. Die Leute gucken schon.« Sie zog Senta Engels am Arm. Mit hängendem Kopf sackte Senta auf ihren Stuhl. Mitzi Weiß hielt ihr ein Glas unter die Nase.

»Ich hab genug gesehen«, sagte Lenz. »Bloß weg, bevor's noch schlimmer wird.«

Franz winkte mit seinem Telefon. »Beni weiß Bescheid. Wir treffen uns mit ihm in der KPI.«

14

»Einen Fünfer für deine Gedanken.« Matthias stellte erst Carola, dann Ayshe einen Becher Kaffee vor die Nase.

Carola, die mit hängenden Schultern auf dem Besucherstuhl vor dem Praktikantenschreibtisch hockte, hob müde den Kopf und griff nach der Tasse. »Ich fasse es einfach nicht. Wisst ihr, was das gestern war?«

»Nein.« Matthias trank aus seinem Becher. »Aber du wirst es uns gleich verraten.«

»Dieser ganze Aufriss, diese Kutscherei nach Paris, das Theater auf dem Messestand, dieser monströse Glamour im Louvre ...«

»Ah, Louvre!« Ayshe strahlte.

»Jetzt fang du nicht auch noch damit an.« Carola schob achtlos ihren Becher über die Schreibtischunterlage, dass der Kaffee schwappte. »Das war alles nur der Versuch, uns zu kaufen.«

»Ja und?« Matthias lächelte maliziös. »Sollen wir jetzt schockiert sein? Oder verwundert? Beleidigt? Sag mir, wer zahlt jetzt dein Salär? Ich hoffe, du hast gut verhandelt.«

»Matthias! Wie kannst du es wagen ...«

»Meine Liebe«, Matthias wippte mit seinem Stuhl, »du brauchst gar nicht erst auf eine Palme zu klettern, von der wir dich eh nicht runterholen werden. Ich kann dir versichern, dass etliche Mitglieder dieses Hohen Hauses keine Sekunde zögern würden, ein vergleichbares Angebot anzunehmen. Zumindest, wenn sie damit ihr Mandat sichern könnten. Oder ihren Job. Such es dir aus.«

»Aber das ist doch total kurzsichtig«, ereiferte sich Carola. »Das kannst du doch nicht unter der Decke halten. Und stell dir mal vor, das kommt raus! Also, ich könnte keine Sekunde mehr schlafen.«

»Ja, du. Du bist ja auch ein Schaf. Moment.« Matthias griff

nach seiner Maus. »Ich hab da doch neulich diesen total interessanten Artikel gelesen …«

Carola rieb sich über das Gesicht. Mein Gott, hatte sie beschissen geschlafen. Wieder diese Tasche. Dieser Bahnhof. Das bleierne Gefühl, versagt zu haben. Es hörte einfach nicht auf. »Ehrlich, Matthias? Das hilft mir jetzt keinen Millimeter weiter.« Sie grübelte. »Je länger ich darüber nachdenke, desto weniger verstehe ich, worum es eigentlich geht.«

Matthias nahm seinen Blick vom Bildschirm. »Dann sag mir doch mal, was du verstanden hast.«

»Okay.« Carola richtete sich auf. »Seit dieser Woche haben wir auf einmal zwei neue Baustellen. Riesengroße noch dazu.« Sie streckte ihren rechten Daumen empor. »Zum einen bewirbt sich mit dem Segen unserer Landesgruppenchefin Beatrice Muggenthaler um das Mandat in unserem Betreuungswahlkreis. Theoretisch ist das ein klassisches Himmelfahrtskommando. Sie ist im Wahlkreis total unbekannt, hat keine Hausmacht, und das Direktmandat geht seit dem Urknall an die Schwarzen. Praktisch hat Beatrice aber eine Chance, weil ihr die Initiative Fresh Parliament offensichtlich die Mittel zur Verfügung stellt, um mega Wahlkampf zu machen. Und dann …« Dann ist Johannes raus, dachte sie.

»Ist der Gewinn des Direktmandats mehr als eine akademische Frage?«, fragte Ayshe.

»Woher soll ich das wissen? Um einen Wahlkreis direkt zu holen, spielen so viele Faktoren eine Rolle. Nicht nur deine persönliche Reputation. Deine Ziele, die du für die Bürgerinnen und Bürger erreichen willst. Die politische Großwetterlage muss stimmen. Am besten ist es, wenn ein aktuelles Ereignis dir in die Karten spielt. So, wie dereinst das Elbhochwasser Schröder ins Amt geholfen hat. Aber das ist pure Kaffeesatzleserei und vollkommen unabsehbar.« Sie dachte kurz nach. »Die in meinen Augen viel realere Gefahr ist, dass die Muggenthalerin innerhalb kürzester Zeit eine gute Figur in unserem Betreuungswahlkreis macht, die Delegierten das gut finden und sie auf der Landesliste vor Johannes platzieren.«

Und das wäre es dann gewesen. Tschüss, Bundestag. Aber das sagte sie nicht. Sie versank in dumpfem Schweigen.

»Wir sprachen über das Direktmandat.« Ayshe lächelte.

Carola drehte die Augen an die Decke. »Schon gut. Ich höre dich. Du, ich habe einfach keine Ahnung, ob Fresh Parliament wirklich Power hat oder doch nur ein Sturm im Wasserglas ist. Ich würde die einfach mal nicht unterschätzen. Den Fehler haben nämlich die ebenfalls männlichen Gegenspieler bei Alexandria Ocasio-Cortez auch gemacht. Erst hat ihr Parteigenosse, der gefühlt seit der Steinzeit immer wieder aufgestellt worden war, in den Vorwahlen krachend gegen sie verloren. Bei der eigentlichen Wahl hat sie den politischen Gegner geschlagen und ist in den Kongress eingezogen.« Und genau das steht uns womöglich auch bevor. Sie hätte am liebsten geheult. Wo war sie nur hin, die schöne ruhige Zeit im Wahlkreis? Hier in Berlin war plötzlich nichts mehr so, wie es einmal war.

»Okay.« Matthias sah sie an. »Habe verstanden. Wir betrachten Beatrice als ernst zu nehmende Gefahr für Johannes' Mandat. Und deinen Job. Unser aller Zukunft also. Weiter.«

Carola starrte ihn an. Manchmal ging ihr Matthias mit seiner Coolness brutal auf die Nerven. »Prevision.«

Matthias zog die Augenbrauen zusammen. »Pre-*what*? Ach, meinst du diese Software, wegen der wir neulich bei dem Vortrag waren? Mit Greg Shaw?«

»Exakt. Eins von vielen Themen, die Johannes im Ausschuss auf dem Tisch hat.«

»Wer oder was ist Prevision?«, fragte Ayshe.

»Prevision ist eine Software, die von der Kriminalpolizei eingesetzt werden soll.«

»So weit, so unspannend.« Matthias wandte sich seinem Bildschirm zu.

»Jaja, das meinst du. Also.« Carola setzte sich auf. »Passt auf. Du musst dir Prevision wie eine sehr umfassende und sehr intelligente Suchmaschine vorstellen, die sämtliche Datentöpfe der Polizei durchsuchen kann. Das ist schon revolutionär, denn bisher hatte die Polizei zwar viel Wissen, aber alles lag unverbunden in unterschiedlichen Systemen und musste aufwendig manuell durchforstet werden. Die neue Software macht nicht nur das, sie verknüpft die Daten auch mit den sozialen Netzwerken. Bist du bei mir?«

»Ich hänge an deinen Lippen. Ich habe immer noch nicht verstanden, was die Software dann wirklich macht. Und was daran so außergewöhnlich ist, dass ich mich damit beschäftigen soll.« Ayshe bedachte sie mit einem milden Blick.

»Polizei-Google. Für mehrere Millionen Euro.« Matthias grinste.

»Sorry, Kollegen, eure Arroganz könnt ihr euch sparen. Diese Software erkennt Muster und berechnet Wahrscheinlichkeiten. Man nennt das Predictive Policing, vorhersagende Polizeiarbeit.«

»Aha«, sagte Matthias, »Carola, sei mir …«

»Doch, ich bin dir böse, Matthias. Du warst bei dem Vortrag, du hast Greg Shaw doch gehört. Jetzt musst du das zu Ende denken.«

»Und wie?«, fragte Ayshe.

»Leute, es ist doch ganz einfach. Wenn du erst einmal von einer Überwachungskamera erfasst worden bist und wenn deine Nase im System ist, weil du irgendwie schon mal aktenkundig geworden bist, sucht der Algorithmus, ob aktuell etwas gegen dich vorliegt. Und dann guckt er nach, was du so auf Social Media gerade von dir gibst. Und wenn du so blöd warst, gerade an einem Automaten mitten in Kreuzberg, sagen wir in der Skalitzer Straße, Geld gezogen zu haben, und deine Follower auch noch wissen lässt, dass du dir eine Cola im Görli kaufen willst, kann es sein, dass die Polizei mitliest, ›Cola‹ mit ›Kokain‹ und ›Görlitzer Park‹ mit ›Drogenumschlagplatz‹ übersetzt. Und ehe du dich's versiehst, wirst du hopsgenommen. Obwohl du nur ein Kaltgetränk in einem Westberliner Erholungsgebiet erwerben wolltest. So schaut's aus.«

Matthias sah sie kurz an und sagte: »Wow.«

»Ja«, nickte Carola, »wow. Also alle deine Misslichkeiten,

mit denen du in irgendeiner Datenbank bist, werden mit deiner aktuellen Position und deinem Geplapper auf Facebook verknüpft. Wenn du dummes Zeug zur falschen Zeit am falschen Ort von dir gibst, bist du dran. Oder, um im Beamtensprech zu bleiben, wenn sich deine Verhaltensroutinen mit Verdachtsmomenten decken, kann es sein, dass gegen dich ermittelt wird, obwohl du dir nichts hast zuschulden kommen lassen.«

»Ich hab davon gehört«, meldete sich Ayshe. »Jetzt stellt euch noch vor, dass auch ein Programmierer mit Vorurteilen die Software geschrieben haben könnte. Da fällt mir doch spontan der NSU-Mord an der jungen Polizistin ein. Damals haben Sinti und Roma den Fehler gemacht, in der Nähe zu kampieren. Gegen die wurde jahrelang ermittelt. Obwohl die null mit der Sache zu tun hatten. Wenn ich mir das so überlege, ist der Minority Report verglichen mit Prevision ja kalter Kaffee.«

»Gell?«, antwortete Carola sarkastisch. »Das finden die Jungs von Mandis übrigens auch, die ihre Software gerade dem deutschen Staat verkaufen wollen. Es gibt, um den Anschein zu wahren, noch zwei deutsche Start-ups, die irgendwie auch das Gleiche machen. Aber ich glaube, Mandis bringt da mehr Power auf die Straße.«

»So, und der CEO von Mandis …«, hakte Ayshe nach.

»Greg Shaw.«

»Genau, Greg Shaw. Der hat Johannes angeboten, ihm …« Matthias fuchtelte mit den Händen.

Carola fühlte bleierne Müdigkeit in den Knochen. »Sprich es ruhig aus, er hat ihm Geld angeboten.«

»Also er hat ihm Geld angeboten, damit er Wahlkampf machen und Beatrice die Stirn bieten kann?«, fragte Ayshe.

»Exakt.«

»Okay.« Matthias wippte mit dem Fuß. »Was ich nicht verstehe – diese Software kann ja nur funktionieren, wenn es Regelmäßigkeit gibt, so was wie Gewohnheiten, einen Modus Operandi …«

»Ich wusste nicht, dass du Latein kannst, Matthias.« Sie hatte Kopfschmerzen. Vielleicht half ein Schluck Kaffee. Carola hob die Tasse an die Lippen.

»Großes Latinum, meine Liebe. Verstehst du?«

»Klar«, Carola setzte den Becher ab, »deshalb scheidet der Einsatz von Prevision bei allen Straftaten, die mehr oder weniger spontan verübt werden, aus.«

»Mord im Affekt.«

»Richtig, Ayshe, alle Straftaten, die von starken Emotionen geleitet sind, kapiert der Algorithmus nicht. Aber Einbrecher gehen oft nach einem bestimmten Muster vor, bevorzugen besondere Gegenden, Wohnungen mit gewissen Merkmalen, Uhrzeiten und so. Da funktioniert das wohl gut.«

»Und weiter?«, fragte Ayshe.

Carola seufzte. Was war sie müde. »Neues Einsatzgebiet ist der unerlaubte Handel mit Rauschgift. Besonderes Augenmerk soll auf den Cannabishandel gelegt werden, der über vierzig Prozent der Delikte ausmacht.«

»Wisst ihr, was wir jetzt machen?« Matthias sprang auf. »Wir machen einen Ausflug. Wir sehen uns an, ob das wirklich funktioniert.«

Sie sah aus dem Fenster. Feinster Berliner Sprühregen. »Bei dem Wetter? Wo willst du hin?«

»Wohin wohl? Sagtest du doch gerade. Zum Görlitzer Park.«

»Schaut euch um, hier sind überall Kameras«, sagte Ayshe, als sie eine halbe Stunde später aus der Hochbahn stiegen. »Mir ist das so noch nie aufgefallen.«

»Da kannste mal sehen.« Carola zog sich die Mütze über die Ohren und stopfte ihre Hände in die Taschen ihres wattierten Mantels. Zweimal machte sie den gleichen Fehler nicht. Ihre Augen suchten die Streben des Tonnendachs am Görlitzer Bahnhof ab. An jeder zweiten hing eine Kamera. »Okay. Als Kaufwilliger wäre ich ab hier im Visier der Ermittler. Theoretisch zumindest.«

»Gut. Dann weiter«, sagte Matthias und ging voraus. Am

Fuß der Treppe angekommen, drehte er sich um. »Gehen wir die Skalitzer entlang bis zur Görlitzer?«

»Meinetwegen.« Ayshe zuckte mit den Schultern. »Wir kriegen zwar eine Kohlenmonoxidvergiftung, aber das ist jetzt auch schon egal.«

Das Licht der Autoscheinwerfer spiegelte sich in den Pfützen. Um diese Uhrzeit war der Gehsteig leer. Fahrradleichen stapelten sich um die Alleebäume, die Fenster der Cafés und Restaurants waren noch dunkel. Über ihnen fuhr eine Hochbahn durch. »Was genau willst du eigentlich herausfinden, Matthias?«, fragte Carola und schloss zu ihm auf.

»Ich will wissen, ob das Suchmaschinen-Ding …«

»Das Ding heißt Prevision, und das Vorgehen nennt man Predictive Policing.«

»Meinetwegen. Ich will wissen, ob diese Methode, dieses Predictive Policing, blanke Theorie ist oder auch praktisch funktionieren könnte. Wir wissen jetzt schon mal, dass meine Nase am Görlitzer Bahnhof erfasst worden sein könnte.«

Sie bogen in die Görlitzer Straße ab. »Seht ihr?« Ayshe zeigte auf einen Hauseingang. »Der erste Geldautomat.«

Matthias stieß eine leere Dose weg. »Dahinten kommen noch mehrere. Für mich ist das immer noch Kapitalismus in Reinkultur.«

»Was?«

»Na, also, stell dir vor, ich als Drogenkonsument hab vergessen, Bargeld mitzunehmen. Die Ticker …«

»Ticker?«, fragte Carola.

»Die Dealer heißen hier Ticker. Also, damit ich meinen Ticker bezahlen kann, zieh ich mir hier noch mal ein bisschen Kohle. Und dafür stellt mir die Bank meines Vertrauens am Ort meines Konsums einen Geldautomaten hin und verdient an den Gebühren. Für die Sucht deiner Kunden einen maßgeschneiderten Service anzubieten nenne ich Kapitalismus. So. Da wären wir.«

Carola betrachtete das Gerät. Dünn und schmal stand es in dem verdreckten Hauseingang.

»Da oben ist eine Kamera«, sagte Ayshe.

»Und in der Maschine selbst ist auch eine. Dann können wir also annehmen, dass wir auch hier erfasst werden.« Carola schob die Hände in die Taschen.

»Okay«, nickte Matthias, »dann holst du dir erst hier dein Geld und gehst dann rüber in den Park einkaufen. Kommt, mir nach.« Er sah sich um, überquerte die Straße und betrat den Park durch das Tor in der Ummauerung.

Je weiter sie den Weg in den Park hineingingen, desto mehr veränderte sich die Perspektive. Eben noch waren sie durch enge Häuserschluchten gegangen, aber jetzt weitete sich mit jedem Schritt der Blick. Von den Lichtern der Großstadt graugelb angestrahlt wölbte sich der Himmel über Berlin. Weite Wiesen wechselten sich mit Baumgruppen ab. Auf der gegenüberliegenden Seite des Parks konnte Carola die erleuchteten Fenster der Wiener Straße sehen. Leise fielen zarte Regenschnüre zu Boden. »Mei, ich war so lange nicht mehr hier.«

Ein dünner Mann in zerschlissenen Jeans mit über den Kopf gezogenem Hoodie kam auf sie zu. »*Want some weed?*«, fragte er leise.

Sie sah ihm in die Augen, in ausdruckslose dunkle Augen in einem zerfurchten, ausgemergelten Gesicht. »*No, thank you*«, antwortete sie und hakte sich bei Matthias unter.

Matthias drückte ihren Arm. »Ayshe, kommst du? Wenn deine Software schon im Einsatz wäre, hätte der kleine Ticker hopsgenommen werden müssen, bevor er dich hätte ansprechen können. Was echt schade gewesen wäre.«

Carola lachte. »Wieso?«

»Na, das wäre das Ende jeglicher menschlichen Kontaktaufnahme. Die Software weiß, was du willst, und wenn es ein paar Leuten nicht in den Kram passt, wird das unterbunden.«

»Stimmt.« Carola ging nachdenklich neben ihm her.

»Also ich finde ja, hier im Park läuft es wie in der Liebe«, verkündete Matthias lauthals.

»Wieso?« Ihr wurde warm ums Herz.

»Na, das ist doch ganz einfach. Wenn du in einen Club gehst und du sendest keine Signale, dann kannst du davon ausgehen, dass der Typ, der dich anspricht, ein Psychopath ist.«

»Richtig«, sagte Ayshe.

»Wenn du aber Signale sendest, dann willst du was. Dann kommt kein Psychopath, sondern ein supernetter, sexy Typ und spricht dich an. Erst dann läuft da was. Oder du schickst ihn wieder weg.«

»Na, wenn du das so siehst, dann hab ich ja eben alles richtig gemacht. Weißt du, wer die Ticker sind?«, fragte Carola.

»Ja. Allesamt arme Hunde. Von denen ist keiner in Westafrika losgegangen und hat sich gesagt, Mensch, ich geh nach Deutschland, und dann werd ich Drogenhändler in Berlin. Die wissen, dass ihr Asylantrag niemals bewilligt werden wird. Und ohne Asylantrag kriegen die keine Arbeitserlaubnis. Keiner von denen kann legaler Arbeit nachgehen. Deshalb tauchen sie unter. Aber irgendwie müssen die auch Geld verdienen. Also dealen sie.«

Und die dicken Fische kommen davon, dachte Carola. »Was für eine Katastrophe. Wie sehen die Anwohner das, was im Park passiert?«

»Da gehen die Meinungen sehr weit auseinander«, schaltete Ayshe sich ein. »Es gibt ziemlich viele Leute, die stört das überhaupt nicht. Eigentlich ist das hier ja ein riesengroßer Park, mitten in Berlin. Weiter hinten ist sogar ein Streichelzoo. Und der Görli hat ein Parkmanagement, das hat ein Auge darauf, was hier so läuft.«

»Echt? Was soll das sein, ein Parkmanagement?«

»Ja, das sind Leute, die sind beim Bezirk angestellt, die laufen den ganzen Tag durch den Park. Damit man sie erkennen kann, haben die Westen an. Wenn dich etwas nervt, kannst du die ansprechen.«

»Hört sich doch eigentlich ganz gut an. Gehen wir was trinken? Ich könnte was vertragen.« Matthias sah sie erwartungsvoll an.

»Na ja.« Ayshe war anscheinend noch nicht fertig. »Meine Schwester wohnt in der Glogauer Straße. Für die ist das hier schon ein echtes Problem. Wenn die mit anderen Müttern und ihren Kindern in den Park gehen wollen, finden sie schon mal Tabletten und Drogenpäckchen.«

Matthias drehte sich um und klatschte in die Hände. »So ist das, liebe Ayshe. Eine Kindheit in Berlin. Und dann auch noch im tiefsten Kreuzberg. Das stählt fürs Leben.« Er hakte sich bei ihr unter und drehte sich zu Carola um. »Ich erkläre hiermit unseren kleinen Ausflug für beendet. Ich denke, wir sind uns einig, dass Prevision auch hier, am Görlitzer Park, super funktionieren würde. Oder? Was sagst du, Carola?«

Sie nickte langsam.

»Dir, liebe Carola, muss gesagt werden, dass deine schlimmsten Alpträume Wirklichkeit werden. Unsere informationelle Integrität geht den Bach runter. Dein Chef hat die Wahl, gegen Prevision vorzugehen, sich die Amerikaner zum Feind zu machen und mit hoher Wahrscheinlichkeit sein Mandat zu verlieren. Oder er lässt sich bestechen, und wir sagen unserem Privatleben Adieu. Gehen wir jetzt endlich was trinken?«

15

»Okay, Leute, was haben wir?« Beni stand am Whiteboard und hatte seinen Marker gezückt.

Lenz beobachtete seinen jungen Kollegen. Wie er strahlte, geradezu vibrierte vor Tatendrang. Rotwangig, gut gelaunt und kerngesund. Nervte ihn das? Was hatte Franz gesagt? »Dass Carola nach Berlin gegangen ist, bekommt dir gar nicht gut.« Mei, dachte Lenz, wo Franz recht hatte, hatte er recht. Außerdem war heute Allerheiligen. Feiertag. Das interessierte die Toten nicht. Und Mörder noch viel weniger. Aber wenn er heute Mittag nicht auf dem Friedhof stehen würde, um seine Mutter aufs Grab zu begleiten, dann wäre sein Kummer wegen Carolas Abwesenheit sein geringstes Problem.

»Wir haben Stefan Engels, neunzehn Jahre alt, verstorben in der Nacht von Sonntag auf Montag auf der Amazone, dem Segelschulschiff von Maria Weiß, das in selbiger Nacht gesunken ist. Todesursache war Ertrinken in Zusammenhang mit Drogenkonsum. Es gibt keine Augenzeugen. Die kriminaltechnische Untersuchung hat ergeben, dass das Seeventil in der Toilette nicht korrekt verschlossen war. Dadurch ist das Schiff langsam vollgelaufen und gesunken. Das Ventil war für jedermann zugänglich. Trotzdem kann Vorsatz nicht ausgeschlossen werden. Verwertbare Spuren gibt es nicht. Gegen Stefan Engels liegt nichts vor. Die Funkzellenabfrage hat nichts erbracht. Wir haben also nichts. Dennoch können wir meiner Meinung nach derzeit weder einen Unfall noch ein Tötungsdelikt ausschließen. Seht ihr das auch so?«

Franz nickte.

War das alles, was sein Kollege beitragen wollte? Lässig nickend mit dem Fuß zu wippen? Und verdammt gut auszusehen? So ganz allerheiligenmäßig in schwarzem Rollkragenpullover, schwarzer Jeans und schwarzen Chelsea Boots?

Anscheinend. Beni, der eifrig geschrieben hatte, drehte sich um. »Weiter.«

Na dann. »Wir haben Ludwig Bernhuber, dreiundfünfzig Jahre alt, vorbestraft wegen Körperverletzung. Er ist bei Senta Engels als Fahrer angestellt. Er wurde während einer Schießerei auf dem Ammersee in der Nacht von Mittwoch auf Donnerstag durch einen Streifschuss verletzt. Aktuell verweigert er die Aussage. Senta Engels hat ihren Anwalt zwischen Bernhuber und uns geschoben. Wer auf ihren Mitarbeiter geschossen hat, haben wir bisher nicht ermitteln können.«

»Super, danke, Lenz.« Beni schrieb, was das Zeug hielt. »Weiter.«

Schon wieder ich? »Weiter?«, sagte Lenz. »Das war es zu den Fakten. Alles andere bewegt sich im Bereich der Spekulation.«

»Nur zu, lass es mich wissen.« Beni strahlte.

»Wir haben die trauernde Mutter Senta Engels, die blitzschnell zur Furie wird, wenn ihr jemand auf die Zehen steigt.« Lenz verschränkte die Arme vor der Brust. War er hier neuerdings Alleinunterhalter?

»Dann haben wir ihre historische Feindin Mitzi Weiß, die aktuell zur Freundin von Senta Engels mutiert ist. Die Frage stellt sich, warum?« Franz legte fragend die Stirn in Falten.

Meine Rufe wurden erhört, dachte Lenz. »Aber nur so lange, bis die andere etwas tut, was Senta nicht in den Kram passt. Gestern waren wir womöglich Zeuge eines obskuren Geschäfts Mitzis, das Sentas Zorn entzündet hat. Auch hier ist nicht klar, ob das stimmt und was noch dahintersteckt.«

»Ja, und dann sind da noch die Mitarbeiter«, Franz malte Anführungszeichen, »die offensichtlich bewaffnet und in Schießereien verwickelt sind. Warum? Mit wem?«

»Okay, Leute«, Beni baute sich vor dem Whiteboard auf, »ich fasse mal zusammen. Wir haben einen Toten, einen Angeschossenen, keine Zeugen, keine belastbaren Beweise. Ihr habt ein paar Indizien, die auf mögliche Straftaten schließen lassen, und ein mieses Gefühl im Bauch. Ist das korrekt?«

Franz wippte mit dem Fuß. Lenz las intensiv, was auf dem Whiteboard stand.

»Ich nehme das mal als ein Ja«, antwortete Beni fröhlich sich selbst und ging an Franz' Schreibtisch.

Franz unterbrach sein Gehibbel. »Was hast du jetzt vor?«

»Ich frage unseren neuen Kollegen ZIELKOP –«

»Zeck«, fiel ihm Franz ins Wort.

»Den Kollegen ZIELKOP«, wiederholte Beni freundlich, »ob ihm in den letzten Tagen etwas aufgefallen ist.«

»Und wie machst du das?« Lenz stand auf und stellte sich hinter Beni. Franz saß zappelnd auf seinem Stuhl.

»Das weiß ich auch noch nicht so genau. Alles, was ich weiß, ist, dass ZIELKOP Muster erkennt, Bezüge zwischen bereits bekannten Fakten herstellt und diese sichtbar macht.« Beni tippte auf der Tastatur.

»Sag ich doch«, ließ Franz sich vernehmen, »dieses Zeck-Zeug zeigt uns für teuer Geld, was wir eh schon wissen.«

»Na ja«, entgegnete Beni, »ich bin und bleibe immer noch Ermittler. Und so, wie es von meiner Ausbildung, Erfahrung und meiner Intuition abhängt, welche Fragen ich einem Zeugen stelle, kann ich die gleichen Fähigkeiten doch einsetzen, wenn ich ein technisches Tool benutze. So.« Er drückte auf Enter.

»Was machst du da?« Lenz zog sich einen Stuhl heran.

»Ich lasse ZIELKOP danach suchen, ob es im letzten Jahr ungewöhnliche Ereignisse gab.«

Lenz starrte auf den Bildschirm. »Und was soll das bringen?«

»Das werden wir sehen. Vielleicht ist das eine Lücke, eine Anomalie, die uns neue Hinweise gibt. Ich geb das mal auf den Bildschirm. Mal sehen. Wildunfall, Ortsschild gestohlen, rote Ampel überfahren«, murmelte er.

»Gähn«, sagte Franz.

»Hier.« Er drehte sich Richtung Whiteboard. »Vielleicht ist das etwas. Der regionale Stromanbieter hat vor acht Monaten gemeldet, dass bei mehreren Unternehmen im Gewerbegebiet

Dießen kurzfristig der Strom ausgefallen war.« Er las brummend vor sich hin. »Es muss zu einer massiven Überlastung gekommen sein.«

»Gähn, gähn.«

»Nun wart's doch mal ab, Franz«, sagte Beni. »Jetzt ist alles wieder normal. Das Versorgungsunternehmen hatte schon einmal Meldung gemacht. Das ist wohl nicht nur ein Mal passiert. Ein Abnehmer hatte eine besonders hohe Stromrechnung. Die Vermutung war, dass die hohen Lasten das Stromnetz hatten zusammenbrechen lassen.«

»Gähn! Gähn! Gähn!« Franz stand auf und stellte sich neben Lenz. »Was, frage ich euch, soll uns das bringen?«

»Moment, Franz.« Beni tippte. »Wir schauen uns das mal auf Google Earth an. So viel Zeit muss sein.«

»Ui«, machte Lenz, als der Blaue Planet aus dem Weltall auftauchte.

»Lenz, das kennst du doch«, sagte Beni und gab eine Adresse ein.

Was, wenn nicht? Lenz spürte, dass seine Wangen brannten, als erst Europa, dann Bayern und schließlich der Ammersee auf dem Bildschirm heranflog.

»So.« Beni stand auf und zeigte auf den Bildschirm. »Das ist das bewusste Gewerbegebiet in Dießen, und das da«, er ging zum Schreibtisch und bewegte die Maus, »nicht weit weg, ist das Anwesen derer von Engels.« Er klickte darauf.

Eine Aufsicht des Engels'schen Dreiseithofs prangte auf dem Bildschirm. Die Dächer gleißten silbern im Sonnenlicht.

»Was ist denn das da auf dem Dach?«, fragte Lenz.

»Photovoltaikanlagen«, antwortete Franz. »Ganz schön große. Alle Dächer sind voll.«

»Geschäftstüchtig, die liebe Frau Engels. Wenn die den ganzen Strom einspeist, den sie mit dieser riesigen Anlage erzeugt, macht die ordentlich Geld damit.«

»Moment, das klären wir.« Beni griff zum Telefon. »Grüß Gott, Kripo Weilheim. Ah, Susi, ich bin's, der Beni. Alles okay mit der Familie? Ja, bei mir auch. Toll, dass ich dich heute

erreiche. Ja, ich weiß, bei uns gibt es auch keinen Feiertag.«
Er zwinkerte Lenz zu. »Du, ich bräucht da eine Auskunft.
Könntest du mir sagen, wie viel Kilowatt die Anlagen auf
dem Anwesen Engels in Dießen durchschnittlich ins Netz
einspeisen? Ja? Danke, ich warte.«

Er drehte sich um und grinste seine Kollegen an. »Die Susi
und ich, wir sind zusammen zur Schul gegangen«, flüsterte er.
»Susi? Ja, ich bin noch dran. Was sagst? Kann das stimmen?
Ja, wenn du das sagst. Du, schick mir doch das Gleiche von
einer Maria Weiß aus Utting auch. Merci, grüß deinen Mann
von mir, gell, pfiat di.« Er legte auf. »Na, das ist ja mal ein
Ding.« Er deutete mit dem rechten Daumen auf das Bild der
silbern glitzernden Dächer hinter ihm. »Das glaubt ihr nicht.
Aber die Susi ist sich ganz sicher. Die Engels hat seit einem
halben Jahr Photovoltaik und speist faktisch nichts ein. Die
verbraucht alles selbst.«

Lenz' Kopfhaut kribbelte. Das war es. Endlich ein Hinweis.

»Nichts?«, wiederholte Franz zögernd. »Aber das würde
ja bedeuten, dass …«

»Dass es mehrere Möglichkeiten gibt.« Lenz stand auf und
beugte sich über seinen jungen Kollegen. »Beni, frag mal dein
neues Spielzeug, ob die Engels die Betreiberin der Anlagen
ist. Kannst du das?«

»Keine Ahnung, Lenz. Ich kann es ja einfach mal probieren.« Beni tippte emsig.

Franz sah Lenz an. »Nach was suchen wir?«

Lenz hob die Schultern. »Na ja, zunächst mal gilt: in dubio
pro reo. Dass sie nichts einspeist, kann ja mehrere Ursachen
haben. Es kann sein, dass die Anlagen fehlerhaft sind, sie den
ganzen Strom verliert und da wirklich nichts ist. Das wäre für
Senta Engels zwar blöd, aber keine Straftat.«

»Was würdet ihr davon halten, wenn es drei Betreiber unter
dieser Adresse gibt und keiner davon Engels heißt?« Beni hob
den Kopf. »Aber einer Ludwig Bernhuber?«

Sie hatten einen Hinweis. Er wusste es. Womöglich ein Indiz? Nur wofür? Lenz zog wieder den Stuhl heran und setzte sich neben Beni. »Okay. Wir haben da etwas. Der Bernhuber ist bei einer Schießerei verletzt worden und ist bei der Engels angestellt. Die wiederum müsste Unmengen an Strom einspeisen, tut es aber nicht. Geht ihr mit mir mit, wenn ich sage, dass der Bernhuber ein Strohmann Senta Engels' ist? Und dass das der Grund ist, weshalb sie sich wie eine Löwenmutter vor ihn wirft?«

Franz griff ebenfalls nach einem Stuhl und setzte sich auf Benis andere Seite. »Wer sind die beiden anderen?«

»Tomaso Rossi und Milan Svoboda.«

»Was sagt dein Ding …«

»ZIELKOP zu denen?« Beni lächelte maliziös. »Mal schauen.« Er tippte. »Also, die beiden sind Sentas Angestellte, wie Bernhuber. Beide sind uns bekannt. Das Übliche, hier, Körperverletzung, noch eine Körperverletzung, Urkundenfälschung, unerlaubter Waffenbesitz.« Er sah auf.

»Okay«, Franz lehnte sich zurück, »also dreimal einschlägig vorbestraft. Drei Strohmänner. Aber für was? Für eine Photovoltaikanlage?« Er stand auf. »Ich weiß nicht, wie ihr das seht, aber ich finde, dass man Anlagen zur Stromerzeugung nicht mit Strohmännern tarnen muss.«

»Außer«, Lenz hob den Finger, »wenn nicht die Erzeugung, sondern der Verbrauch mit einer Straftat in Verbindung steht. Dann schon.«

»Ja, du hast recht«, Beni tippte, »die Engels hat einen gigantischen Stromverbrauch. Fragt sich nur, für was.«

»Beni«, Lenz beugte sich vor, »zeig mir doch mal, wo die Mitzi Weiß wohnt.«

Sekunden später strahlten ihnen vier gleißende Photovoltaikanlagen vom Bildschirm entgegen. »Ich nehme an, du willst wissen, was die einspeisen und wem die Anlagen gehören? Moment.« Beni tippte. »Identisches Ergebnis. Auch die Weiß speist faktisch nichts ein. Der einzige Unterschied ist, dass die Anlagen nicht auf irgendwelche Angestellten, sondern auf ihre Tochter angemeldet sind.«

»Mei, das macht jetzt auch keinen Unterschied.« Franz lehnte am Aktenschrank.

»Wisst ihr, was? Ich lass ZIELKOP mal die sozialen Netzwerke durchsuchen. Vielleicht ist da etwas auffällig.« Beni tippte. »Also, das sind die Facebook-Profile der Fischerei, der Segelschule und vom Bootsverleih. Sowohl von der Weiß als auch der Engels.« Er las und krauste die Stirn. »Schade. Nichts Besonderes.«

»Ich stell jetzt mal eine These auf.« Franz löste sich vom Aktenschrank. »Das da, die Fischerei, die Segelschule, der Bootsverleih sind Tarnfirmen. Reine Show. Ammersee-Folklore.«

»Das denke ich auch.« Beni kaute auf seinem Marker. »Entweder schürfen die Bitcoins, oder die haben eine Farm.«

Bitcoins? Lenz unterdrückte den Impuls nachzufragen. »Du meinst …«

»Cannabis. Klar!« Franz schlug sich mit der flachen Hand an die Stirn. »Wie hatte ich das übersehen können? Deswegen speisen die keinen Strom ins Netz. Für die Lampen brauchst du Unmengen an Strom.«

»Hör ich da ein Lob für unseren neuen Kollegen ZIELKOP? Franz?« Beni grinste.

Franz lehnte wieder am Aktenschrank und betrachtete die Zimmerdecke.

Lenz schüttelte den Kopf und stand auf. »Franz, hol den Staatsanwalt ans Telefon. Irgendwo muss der stecken. Auch an Allerheiligen. Wir brauchen Durchsuchungsbeschlüsse. Sowohl für die Engels als auch für die Weiß.« Er klopfte Beni auf die Schulter. »Danke für eure Arbeit. Wir schließen uns kurz, wenn wir die Beschlüsse haben.« Er sah auf die Uhr. »Ich muss jetzt mit meiner Mutter aufs Grab. Sonst gnade mir Gott.«

16

»Spatzerl!«

Carola nahm ihr Telefon vom Ohr. Freitag, später Nachmittag, und der Mann an ihrer Seite posaunte in sein Handy. Offensichtlich nicht mehr nüchtern, aber blendend gelaunt. Nicht, dass dies nicht auch für sie zuträfe. Aber sie war im hippen Berlin und hatte eine ereignisreiche Woche hinter sich. Zwar gab es nicht wirklich etwas zu feiern. Erfolg sah anders aus. Eine toughe Gegenkandidatin, das Mandat ihres Chefs in Gefahr und ihr Job gleich mit dazu, kritische Entscheidungen im Ausschuss. Aber wenn Widerstand kein Grund war, das Glas zu heben, worauf sollte sie denn noch warten? Nur – welchen Anlass hatte Lenz im konstant ereignislosen Bayern, das Gleiche wie sie zu tun?

Sie stellte ihren Moscow Mule auf einem Fenstersims ab. Drinnen in der Kneipe versuchte Matthias gerade, Ayshe von seiner Grandiosität zu überzeugen. Als Zeuge seiner Charmeoffensive hatte sie sich fehl am Platze gefühlt, Sehnsucht nach Lenz gehabt und war vor die Tür gegangen, um zu telefonieren.

»Bei was störe ich dich?«

»Caro, du störst doch nie. Mutter und ich sind heute aufs Grab gegangen und danach zum Wirt. Und da bin ich immer noch.«

Sie studierte das Berliner Trottoir. »Lenz, sagtest du ›Grab‹? Welches Grab?«

»Na, aufs Grab halt. Unser Grab. Das Familiengrab. Prost!« Unter das Stimmengewirr im Hintergrund mischte sich helles Gläserklirren.

Carola hob ihr Glas. Allein trinken machte hässlich. Das hatte sie in bayerischen Biergärten gelernt. Und sich für eine Schönheitskur entschieden. »Und wieso gehst du mit deiner Mutter auf den Friedhof?«

»Weil Allerheiligen ist. Da gehen alle aufs Grab. Schade, dass du nicht dabei warst.«

Zwei abgerissene Typen, Halloween-Alien-Narben eindrucksvoll über ihre Gesichter gepflastert, schlurften an Carola vorbei. Die gehen bestimmt auch aufs Grab. Sie nippte an ihrem Drink. »Ach, Lenz. Was soll ich denn bei so was? Da hätte ich bestimmt nur gestört.«

»Ah geh, Caro, niemals! Wir hätten dich mitgenommen. Das ist jedes Jahr eine Riesenshow!«

Carola drehte die Augen an den grauen Berliner Himmel. »Lenz, sei mir nicht bös, aber was soll bei einem Friedhofsbesuch denn interessant sein?« Sie erinnerte sich daran, wie ihre Mutter sie genötigt hatte, sie bei der Grabpflege zu unterstützen. Sie hatte Unkraut jäten und ein paar Blumen pflanzen müssen. Meistens Eisbegonien. Die hielten lang. Sahen aber dafür scheußlich aus. Und rochen komisch.

»Doch nicht der Friedhof an sich.« Lenz lachte, als ob sie einen Bombenwitz gemacht hätte. »Obwohl Mutter sich dieses Jahr wieder selbst übertroffen hat. Der Grabstein ist blitzblank, ganz viele Blumen, und die Erde hat sie auch getauscht.«

Carola, die ihr Glas zum Mund führte, hielt in der Bewegung inne. »Resi hat was? Die Erde getauscht? Bei eurem Grab? Darf man das denn überhaupt?« Nicht, dass man da womöglich noch irgendwelche Knochen aufklaubte. Sie schüttelte sich bei dem Gedanken.

»Aber klar! Macht man das bei euch nicht? Also bei uns ist es total wichtig, dass das ganze Grab picobello ausschaut. Und die Erde pechschwarz.«

»Und um Gottes willen, warum tut ihr so was?« Sie sagte bewusst »ihr«. Lenz hatte bestimmt einen gehörigen Anteil an dem Schmarrn. Nicht, dass sie Resi noch allein für verrückt erklärte.

»Na, was sollen denn die Nachbarn denken?«

»Nicht dein Ernst.« Carola winkte Matthias, der den Kopf zur Tür rausstreckte, mit ihrem leeren Glas zu. »Dieses ganze Tüdelüt macht ihr nur wegen der Nachbarn?«

»Na klar«, rief Lenz fröhlich. »Darum geht's ja. Alle putzen die Gräber raus, ziehen an Allerheiligen ihr Sonntagsgewand an und gehen aufs Grab. Dann wird nicht nur das eigene Grab besucht, sondern die der anderen auch. Um zu gucken, wie die anderen ihre Gräber hergerichtet haben.«

»Danke dir.« Carola nahm Matthias einen frischen Drink aus der Hand. »Na, dann mal Prost, Lenz.«

»Prost, Spatzerl. Wo bist du gerade?«

»In Kreuzberg.« Sie nahm einen Schluck. Lecker, das Zeug. »Ich begreife das immer noch nicht. Ihr geht an Allerheiligen Gräber gucken? Das ist schon ein bisserl morbid, findest du nicht auch?«

»Das ist hier aber Tradition. Und eigentlich geht man auch auf den Friedhof, um die anderen zu sehen. Wenn alle gleichzeitig da sind, kannst du gucken, wer was anhat, wer mit wem unterwegs ist und wer nicht oder nicht mehr.«

Carola grinste. »Jetzt kommen wir der Sache langsam näher. Ihr macht den ganzen Aufwand, um zu glotzen und euch hinterher beim Wirt das Maul zu zerreißen. Stimmt's?«

»Ich hab extra mein bestes Gewand angezogen.« Lenz kicherte. »Aber wenn's alle machen, dann ist es doch nicht mehr so schlimm, oder?«

Carola hob ihr Glas grob in die Richtung, in der sie Lenz vermutete. »In der Bibel steht, wer ohne Sünde ist, der werfe den ersten Stein. Ich erteile dir hiermit Absolution.« Sie trank einen Schluck.

»Du, Caro?«

»Ja, Lenz.«

»Warum bist du unterwegs?«

Sie hatte eigentlich auf ein wenig Süßholzraspeln gehofft. Aber der Mann war halt pragmatisch. »Wir sind nach Kreuzberg gefahren, um uns selbst ein Bild zu machen, ob eine neue Überwachungssoftware funktionieren könnte.«

»Und?«

»Könnte klappen. Aber es ist schon beängstigend. Der Preis könnte verdammt hoch sein.«

»Was meinst du damit?«

»Es ist das Ende jeglicher Privatsphäre. Du bist komplett transparent. Ich glaube nicht, dass mir das gefällt. Was meinst du zu dieser Datensammelei?«

»Mei«, antwortete Lenz zögerlich. »Ich bin mir nicht sicher. Die Kollegen auch nicht. Franz ist komplett dagegen. Der regt sich richtig auf. Und zwar jedes Mal, wenn die Rede darauf kommt.«

Carola lachte. »Da könnte er recht haben. Und Beni?«

»Der ist total begeistert. Der freut sich über jedes neue technische Spielzeug. Und er erzielt ja auch super Ergebnisse. Die Frage ist, ob wir das ohne Technik auch geschafft hätten.« Er überlegte. »Vielleicht. Ich weiß es nicht. Wenn ich die richtigen Leute mit dem richtigen Riecher darauf ansetze, womöglich. Was meinst du?

»Ich?« Carola betrachtete den grauen Himmel. »Du willst wissen, was ich denke? Vertrau deiner Intuition, Lenz.«

»Das werde ich tun. Du, Caro?«

»Ja, Lenz.«

»Ich hätte dich jetzt wirklich gerne bei mir. Meinetwegen auch mit Grab und Sonntagskleid.«

Konnte er doch charmant sein. Matthias steckte erneut den Kopf zur Tür raus. »Was telefonierst du denn so lang? Dich nehm ich noch mal mit auf einen Drink.«

Lenz war noch nicht zu Ende. »Ich kann mich nur wiederholen, Caro. Es ist schöner, wenn du da bist.«

»Das hat deine Mutter gesagt und nicht du. Gib sie mir doch mal.« Wenn die Gefühlsduselei nicht sofort ein Ende hätte, finge sie noch an zu heulen.

»Du, die ist schon heimgegangen.«

Carola presste das Telefon an ihr Ohr. Kam da noch was? Oder war das alles? Mehr hatte Lenz über seine Mutter nicht zu sagen? Carola starrte auf das Trottoir. »Lenz?«

»Ja, ich hör dich, Carola. Wie ich bereits sagte, Mutter hat was gegessen und ist dann heim.«

Das sah aber gar nicht nach Therese Meisinger aus. Hing

etwa der Haussegen schief am Ammersee? »Habt ihr euch gestritten?«

»Nein. Doch. Wie soll ich's sagen?«

Carola lächelte ihren Moscow Mule an. »Ich bin ganz Ohr.«

»Sie war halt der Meinung, mir eine Gardinenpredigt darüber halten zu müssen, dass du nicht mehr auf dem Hof bist.«

»Und wieso hält sie dir die Predigt? Du hast doch damit überhaupt nichts zu tun.«

»Da kennst du aber Therese Meisinger schlecht. Sie denkt, dass ich dich hab gehen lassen, nicht, dass du gegangen bist.«

»Interessant.« Carola betrachtete ihr leeres Glas. Auf was für Holzwegen war Resi denn noch unterwegs?

»Caro, wann kommst du denn wieder heim?«

»Fragst du mich das, weil deine Mutter dir auf die Pelle rückt?«

»Nein. Ich merke einfach bei jeder Gelegenheit, dass du mir fehlst.«

Carola stiegen endgültig die Tränen in die Augen. »Du mir auch, Lenz. Aber ich kann hier noch nicht weg. Ich muss hier noch ein paar Dinge zu Ende bringen, so leid es mir tut.« Sie betrachtete ihre Schuhspitzen. »Und jetzt hockst du ganz allein beim Wirt?«

»Ja. Erst haben mich alle nach dir gefragt.«

»So?«

»Ja. Und als ich gesagt hab, dass du in Berlin bist, haben s' sofort geglaubt, dass wir uns getrennt haben.«

»Warum?«

»Weil man das bei uns nicht macht. Dass die Frau geht und den Mann alleine zu Hause hocken lässt.«

»Aber ihr wisst schon, dass wir im einundzwanzigsten Jahrhundert leben, oder? Und dass Frauen frei entscheiden können, ob und wo sie arbeiten wollen? Dass sie nicht mehr um Erlaubnis fragen müssen?«

»Im Rest der Republik vielleicht. Aber bei uns in Bayern gehen die Uhren anders. Da ist die Frau beim Mann. Und deshalb sind jetzt alle der Meinung, dass du mich verlassen hast.«

»Ja, so sind s', unsere bayerischen Mitbürger. Immer unterstützend, nett und zugewandt. Und so modern.« Sie schüttelte den Kopf.

»Und dann ist auch noch meine Mutter nach dem Essen aufgestanden und gegangen. Da haben s' vielleicht geschaut. Ich kann's dir sagen.«

Carola legte den Kopf in den Nacken und lachte. »Großartig. Ich sehe euch vor mir. Resi steht auf, geht, und alle glotzen. Weißt du, was, Lenz? Du hast ein gutes Werk getan. Jetzt haben sie was zum Reden. Mindestens für die nächsten vier Wochen.«

17

»Siehst du eigentlich irgendetwas?«

Lenz starrte durch die Windschutzscheibe. Milchig weißer Flausch umgab sie. Die Welt war wie vom Erdboden verschluckt. Nur das Licht der Nebelscheinwerfer wurde von der zurückweichenden Watte reflektiert, in die Franz langsam ihren Wagen hineinrollen ließ. Er spürte durch seinen Sitz den Schotterweg unter ihren Reifen.

»Brauche ich nicht.« Franz' Nase klebte an der Scheibe. »Ich kenn den Weg. Und mein Navi auch. Schau.« Er wies auf das Display. »Noch fünfhundert Meter.«

Lenz gähnte und schielte verstohlen auf die Uhr im Armaturenbrett. Vier Uhr fünfunddreißig. »Ich finde, sechs Uhr hätte auch gereicht. So früh ist von den Vögeln keiner auf.«

Franz kicherte. »Hättest ja was sagen können bei der Besprechung gestern.«

Lenz grunzte.

»Mitgegangen, mitgefangen, mitgehangen.« Franz bog ab. »Schau, da sind wir.«

Lenz' Telefon vibrierte. »Die Kollegen sind gerade bei der Weiß eingetroffen.«

Franz nickte. »Dann mal los.« Er ließ den Wagen vor dem verwaisten Holzdeck ausrollen. Nur ein paar leere Gläser, die darauf warteten, abgeräumt zu werden, zeugten von vergangener menschlicher Anwesenheit. Sämtliche Fenster des Engels'schen Hofs lagen im Dunkeln. Lenz öffnete langsam die Beifahrertür. Es war mucksmäuschenstill.

Neben ihm kam ein weiteres Zivilfahrzeug zum Stehen, gefolgt von vier Einsatzfahrzeugen. Lenz bedeutete den Kollegen schweigend, sich an den Türen der umliegenden Gebäude zu postieren.

Franz warf ihm einen Blick zu, als sie vor der Haustür standen. Lenz nickte ihm zu, drehte sich zum Hof und sah in dem Moment, als Franz mit der Faust auf die alte Eichentür des Haupthauses einschlug, wie seine Kollegen in die umliegenden Gebäude eindrangen. Nichts abgeschlossen, dachte er, so ist das bei uns am Land.

Über ihnen im ersten Stock des Haupthauses ging ein Fenster auf, und ein unfrisierter dunkler Haarschopf tauchte auf. »Herrgottsakra, spinnts ihr? Was machts ihr denn so einen Lärm? Schleichts euch gefälligst!«

»Polizei, Frau Engels«, antwortete Franz, »öffnen Sie die Tür.«

Sie fuhr sich durch die Haare. »Polizei? Um diese Uhrzeit? Was soll denn der Schmarrn jetzt?«

Lenz legte den Kopf ins Genick. Mei, schaut die wütend aus, dachte er. »Durchsuchung, Frau Engels. Machen Sie auf.«

»Herrschaftszeiten, es ist offen! Gehts halt rein!« Sie knallte das Fenster zu.

Lenz drückte die schwere Klinke hinunter und lächelte. In der Tat, auch diese Tür war nicht verschlossen. Er trat in den Gang. Ganz wie bei uns daheim, dachte er, ein breiter Flur mit Anrichten und Kommoden einmal quer durchs Haus, links die große Küche, daneben Wirtschaftsräume, rechts die Stube. Und oben die Schlafzimmer. Er bedeutete seinen Kollegen, ihm zu folgen.

»Ihr wisst, wonach ihr suchen müsst. Fangt hier unten an und arbeitet euch dann nach oben durch.«

In einen üppig geblümten Seidenmantel gehüllt stürmte Senta Engels die Treppe herunter. »Durchsuchungsbeschluss? Her damit!«

»Guten Morgen, Frau Engels«, antwortete Franz herzlich, »aber gerne doch.« Er zog ein zusammengefaltetes Stück Papier aus der Innentasche seiner Jacke und hielt es ihr hin.

Wortlos schnappte sie sich das Schriftstück.

Lenz hob die Augenbrauen. Die Dame war es gewohnt, keine Rechenschaft ablegen zu müssen.

Senta Engels zog ein Telefon aus ihrer Manteltasche. »Kann ich?«

»Sicher«, antwortete Lenz und sah ihr dabei zu, wie sie das Papier auseinanderfaltete und fotografierte.

»Ich ruf jetzt meinen Anwalt an«, verkündete sie.

»Natürlich.« Lenz nickte ihr freundlich zu. Keine fünf Uhr. Der wird sich freuen.

»Ja, gehst du auch mal an dein Telefon«, blaffte sie. »Sicher weiß ich, wie spät es ist. Wofür bezahl ich dich eigentlich? Also, die Bu... die Polizei ist hier und führt eine Durchsuchung durch. Beweg deinen Arsch her, aber zack.« Sie stopfte das Telefon zurück in ihre Manteltasche.

»Hat Ihnen Ihr Anwalt Instruktionen mitgegeben, Frau Engels?«, fragte Franz.

»Ich weiß selbst, was ich zu tun habe«, schnauzte sie ihn an. »Haben wir's jetzt?«

»Gemach, gemach, Frau Engels«, antwortete Lenz in seiner allersüßesten Stimme. »Ich schlage vor, Sie setzen sich in die Küche, begleitet von meinem jungen Kollegen hier«, er winkte einem Uniformierten, »und warten den Fortgang der Ereignisse ab. Ihr Telefon können Sie mir schon einmal aushändigen.«

Lenz sah, wie sie mit der Versuchung rang, sich zu widersetzen, sich aber anders entschied, ihr Telefon auf die Anrichte knallte und Richtung Küche rauschte.

»Schaust, dass sie keinen Unsinn macht«, sagte Franz zu dem Uniformierten.

Beni steckte den Kopf zur Tür rein. »Chef? Kommst du grad mal?«

»Franz?« Lenz nickte seinem Kollegen zu und ging zurück auf die Hofstelle. Beni trat aufgeregt von einem Bein aufs andere. »Und? Was hast du?«

»Der Wahnsinn. Das müsst ihr sehen«, zappelte Beni. »Sonst glaubt ihr es nicht. Kommt.« Sie überquerten den Hof. Beni drückte die Tür zur Maschinenhalle auf. »Ich würde mal sagen, Volltreffer.«

Im Halbdunkel der von altersschwachen Neonlampen beleuchteten Halle reihte sich Fahrzeug an Fahrzeug – ein Bulldog stand neben einem Ladewagen, daneben ein Mistbreiter, dahinter ein Segelboot, ein großer Camper und mehrere kleine Boote. »Ja und?«, fragte Lenz.

»Kommt mit.«

Lenz folgte seinem Kollegen durch ein Labyrinth zwischen den Fahrzeugen. Hier kann man sich gut und gerne verlaufen, dachte er. In einer Ecke hinter einem Segelboot war eine schmale Tür in eine Holzwand eingebaut.

»Tata!«, machte Beni. »Diese Tür sieht übrigens nur scheinbar alt und windig aus. Sie ist gepanzert und ist die einzige, die gesichert war.« Er drückte die Klinke.

Ein Schwall feuchtwarmer Luft schlug ihnen entgegen.

»Hier«, sagte Beni und reichte ihnen voluminöse Sonnenbrillen, »setzt das auf.«

»Was hast du da?«, fragte Franz.

»Schutzbrillen. Das LED-Licht ist extrem schädlich für die Augen.«

Lenz trat durch die Tür. »Ist es das, wofür ich es halte?«

»Ja.« Beni strahlte. »Das nenn ich mal ein Growzelt. Zehn mal fünf Meter. Von denen stehen hier fünf hintereinander.«

Vor ihnen war der Raum durch eine halb durchsichtige Plastikfolie abgeteilt. Dahinter standen in großen schwarzen Eimern buschige grüne Pflanzen mit fedrigen Blättern, jede sicherlich zwei Meter groß, eine hinter der anderen. Ihre ausladenden Triebe wurden an Drähten in die Höhe geleitet. Schläuche am Boden verliefen von einem Kübel zum nächsten. Von der Decke hingen an Ketten Reihen von rechteckigen Strahlern herab, die die Pflanzen in ein grelles Licht tauchten. Es war warm und feucht.

»Ganz schön heiß hier«, sagte Franz.

»Richtig«, bestätigte Beni, »ideales Wachstumsklima. Wir haben das eben mal grob überschlagen. In den beiden anderen Hallen dahinter sieht es genauso aus. Hier müssen über dreitausend Cannabispflanzen stehen.«

Lenz sah sich um. »Habt ihr einen Überblick, wie viele von den Strahlern hier hängen?«

Beni nickte. »Je Halle um die hundert.«

»Okay, von denen hat jeder gewiss fünfzigtausend Watt, mal drei sind das hundertfünfzig Kilowatt. Selbst wenn die Lampen nur zwölf Stunden am Tag laufen, sind das pro Kilowattstunde gut und gerne um die siebenhundert Euro am Tag. Also zweiundzwanzigtausend Euro im Monat. Da siehst du doch zu, dass du jeden Quadratzentimeter deines Daches mit Photovoltaik vollpflasterst«, sagte Lenz.

»Es geht aber noch weiter.« Beni grinste spitzbübisch.

»Okay, da bin ich aber gespannt. Was hast du denn nach diesem Fund noch für uns?«, fragte Franz.

Beni ging zu einer Tür an der Seitenwand. »Die Brillen könnt ihr abnehmen. Aber setzt die hier auf. Hier könnt ihr nur mit Atemschutz reingehen. Ich zeig's euch.« Er zog eine Maske über das Gesicht.

Mit dem Schutz über Mund und Nase folgte Lenz seinem jungen Kollegen. Hinter der Tür reihte sich Metallregal an Metallregal. Große Büschel Cannabispflanzen waren darauf ausgebreitet. Die Luft war warm, aber trocken. Ein tiefes Brummen erfüllte die Luft.

»Das ist die Trocknungsanlage«, sagte Beni gedämpft hinter seiner Maske. »Braucht auch extrem viel Strom. Kommt, hier ist es kaum auszuhalten.« Er ging zurück in die Pflanzenhalle und schloss die Tür hinter sich.

»Das hier müsst ihr euch auch noch ansehen. Dahinten ist es auch etwas kühler.« Er ging in eine Ecke, in der fünf große Metallschränke nebeneinanderstanden. Rote Ziffern über den Türen zeigten minus zwanzig Grad. Auf einem wackligen Tisch mit vier Stühlen lagen Spielkarten. Lenz warf einen Blick darauf. Gras-Ass, dachte er. Wie passend.

»Ja, die scheinen hier zu schafkopfen. Das«, Beni öffnete eine Metalltür, »sind Tiefkühlschränke. In jedem sind rund hundert Kilopakete mit tiefgefrorenem Cannabis.«

Lenz rechnete im Kopf. »Dann befindet sich also Cannabis im Wert von zwei Millionen Euro allein in diesen Tiefkühlern.«

»Richtig.«

Franz sah ihn ungläubig an. »Und von alldem hat keiner was gemerkt?«

Beni zuckte mit den Schultern. »Wie denn? Außer den Angestellten ist hier hinten kein Mensch. Nach außen deutet nichts darauf hin, dass hier Plantagen sind. Auch Photovoltaikanlagen auf sämtlichen Dächern sind bei uns nichts Ungewöhnliches.«

Lenz spürte, wie sein Telefon in seiner Tasche vibrierte. »Moment, ich muss da kurz rangehen.« Er hörte zu. »Was sagst du? Ja, hier auch. Ja, Plantagen. Ja, richtig. Die Weiß ist nicht da, sagst du? Wo ist die? Okay, danke.«

Er wandte sich an Beni. »Super Arbeit, Beni. Ihr sichert hier alles, nicht wahr? Fordert bitte die KTU und Verstärkung an, okay?« Er nickte Franz zu. »Kommst du? Wir müssen wieder rüber. Wir haben einen unerwarteten Gast.«

Erneut eilte er über die Hofstelle. Der dichte Nebel wurde lichter, der Tag brach an. Er gähnte. Was Carola wohl gerade machte? Gefolgt von Franz ging er ins Haus und drückte die Tür zur Küche auf.

»Ja, da ist ja unsere Frau Weiß«, grüßte er. »Es wurde mir schon berichtet, dass Sie die Nacht bei Ihrer neuen Freundin Senta verbracht hätten.«

Mitzi Weiß, in einen voluminösen weißen Bademantel gehüllt, strafte ihn mit einem vernichtenden Blick und schwieg.

»Nun denn«, sagte Lenz, »wie Sie sich sicher denken können, haben wir sowohl bei Ihnen, Frau Engels, als auch bei Ihnen, Frau Weiß, große Mengen an Rauschgift sichergestellt. Cannabis, um präzise zu sein. Und zwar als Pflanzen, getrocknet und tiefgefroren. Der Marktwert geht in die Millionen. Wir gehen davon aus, dass Sie damit auch gehandelt haben. Der bandenmäßige Anbau, Besitz und Verkauf von illegalen Substanzen stellt eine schwere Straftat dar. Wollen Sie dazu eine Aussage machen?«

»Pfft.« Senta Engels maß ihn von oben bis unten mit einem kritischen Blick. Mitzi Weiß betrachtete die Decke.

»Noch einmal«, fuhr Franz fort. »Sie haben sich einer schwerwiegenden Straftat schuldig gemacht haben. Es drohen Ihnen mehrere Jahre Gefängnis. Wenn Sie jetzt eine Aussage –«

»Schwerwiegende Straftat? Ha!« Mitzi Weiß lachte höhnisch auf. »Die Senta und ich«, sie fuchtelte mit den Händen durch die Luft, »wir sind die Guten!«

Franz' Rechte fuhr zu seinem Mund.

»Was gibt's denn da zu lachen? Hä?«, fuhr Mitzi Weiß ihn an.

»Frau Weiß, mäßigen Sie sich«, sagte Lenz begütigend.

»Sie«, ihr Zeigefinger fuhr in seine Richtung, »Sie haben mir gar nichts zu sagen. Ihr zwei Obergescheiten, ihr werdet schon noch sehen, was ihr davon habt, wenn wir nicht mehr hier sind und …« Sie unterbrach sich.

»Und?«, hakte Franz nach. »Und was?«

»Ach.« Mitzi Weiß machte eine wegwerfende Handbewegung.

»Na, da bist ja endlich«, begrüßte Senta Engels ihren Rechtsanwalt, der in die Küche gehastet kam. »Was brauchst denn so lang? Kannst mir bei Gelegenheit noch mal erklären, wofür ich dich eigentlich bezahle.«

»Ich habe meine Mandantinnen angewiesen, keine Aussage –«

»Wie?«, ging Mitzi Weiß dazwischen. »Mandantinnen? Die Senta und ich, wir sind hier der Boss!« Ihr Zeigefinger war wieder auf Lenz gerichtet. »Ihr, ihr neunmalklugen Bullen – jetzt hörst du auf, mich zu unterbrechen«, fuhr sie den Rechtsanwalt an, der die Hand gehoben hatte. »Ich bin schon mit einem Bein im Gefängnis, da kommt's darauf auch nicht mehr an. Ihr zwei Superbullen, wie blöd seids ihr eigentlich? Ihr checkts ja gar nichts. Wirklich rein gar nichts.«

»Was meinen Sie damit, Frau Weiß?«, fragte Franz kühl.

»Du kannst mir mal den Buckel runterrutschen. So schaut's aus.« Mitzi Weiß schob trotzig die Unterlippe vor.

Der Rechtsanwalt machte einen Schritt nach vorn.

»Sie«, ging Senta Engels dazwischen, bevor der Rechtsanwalt antworten konnte, »Herr Kommissar, was Gescheits anziehen darf ich mir aber schon noch, bevor ihr mich einbuchtet, oder? Oder muss ich im Nachthemd vor den Untersuchungsrichter treten?«

Lenz sah von einer zur anderen. Das Gefühl, dass es bei dem toten Stefan Engels um mehr ging als den Tod eines haschischrauchenden jungen Mannes, war stärker denn je. Dessen Mutter saß vor ihm und funkelte ihn wütend an. Von der war keine Hilfe zu erwarten. Was nur sollte er tun? Sich auf seinen Bauch verlassen? Oder Beni mit ZIELKOP die Datentöpfe der Polizei durchkämmen lassen, in der Hoffnung, dass etwas Brauchbares dabei herauskäme? Was hatte Caro gestern gesagt? Vertrau deiner Intuition. Er sah Senta Engels ins Gesicht. »Sie haben lange genug unsere Ermittlungen behindert. Mit dem Affentheater ist jetzt Schluss.« Er winkte dem Uniformierten. »Hol bitte zwei Kolleginnen. Die sollen Frau Engels und Frau Weiß beim Anziehen begleiten. Und dann schafft sie zum Haftrichter!«

18

Ein sattes »Wo-opp« und die ICE-Tür fuhr ins Schloss. Mit
aller Kraft zog sie am Griff, zog und zog – doch die Tür ließ
sich nicht mehr öffnen. Aber sie brauchte doch die Tasche!
Der Zug setzte sich in Bewegung, langsam, aber unerbittlich.
Sie lief neben ihm her, hob die Arme, wusste, wie unsinnig es
war, und blieb stehen. Das konnte doch nicht wahr sein! Was
brummte bloß so laut?

Noch konnte sie ihn sehen. Es bestand eine winzige Chance,
dass er stehen bliebe und sie an die Tasche käme. Aber gleich
würde er aus dem Bahnhof fahren. Was sollte sie dann machen?
Und woher um Himmels willen kam nur dieses Geräusch?

Ihr Telefon. Das war ihr Handy. Sie tat den Schritt vom
Bahnsteig in ihr Bett, hob den Kopf, wuchtete sich auf ihre
Unterarme und griff nach dem Gerät. Schon wieder dieser
Traum.

Angestrengt riss sie die Augen auf und versuchte die Zeichen auf ihrem Display zu lesen. Drei Nachrichten – und alle
von Ayshe. Was wollte Ayshe – sie sah auf ihren Wecker – um
kurz vor acht an einem Samstagmorgen? Sie wischte auf dem
Display herum, drückte das Gerät ans Ohr und ließ sich erschöpft in die Kissen sinken. »Hallo, Ayshe.«

»Caro! Super, dass ich dich erreiche. Du, ich hab da was
gefunden, das glaubst du nicht. Pass auf, ich –«

Carola schloss ihre brennenden Augen. Wie ein Eichhörn-
chen auf Ecstasy, die Frau. Genau das, was ihr jetzt noch
gefehlt hatte. »Ayshe, entschuldige bitte, wenn ich dich unter-
breche, aber geht es irgendwie um unseren Job?«

»Ja, und zwar hab ich –«

Sie schluckte einen Kloß im Hals herunter. »Du, sei mir
jetzt nicht bös, aber das muss warten.« Wieso fing sie jetzt
auch noch an zu heulen? Ärgerlich wischte sie sich eine Träne
von der Wange.

»Aber Caro, ich muss dir das unbedingt –«, drängte Ayshe.

Carola rieb sich mit ihrer freien Hand über die Augen. »Ayshe, bitte. Ich hab wahnsinnig schlecht geschlafen und bin total gerädert.« Sie dachte einen Moment lang nach. »Gibt es irgendetwas, was ich heute in der Angelegenheit noch tun könnte?«

»Nein.« Ayshes Enttäuschung war mit Händen zu greifen. »Aber ich muss es dir trotzdem erzählen, das ist so irre, ich konnte es selbst nicht glauben.« Sie unterbrach sich. »Aber du hast recht. Wenn es dir nicht gut geht, dann reden wir am Montag drüber.«

»Ich danke dir.« Sie atmete aus. »Für dein Verständnis. Und jetzt schon für das, was du rausgefunden hast. Bis Montag.« Sie drückte auf den roten Hörer.

Wenn sie jetzt auch nur eine Sekunde länger im Bett liegen bliebe, wäre es endgültig um sie geschehen. Mit einem Ruck richtete sie sich auf und schwang die Beine aus dem Bett. Erst mal Kaffee. Viel Kaffee. Das half immer.

Mit einer dampfenden Tasse saß sie zehn Minuten später wieder in ihrem Bett. Sie wischte über das Display ihres Telefons. Es war noch früh. Vielleicht hatte sie ja Glück.

»Caro!«, rief ihr Resi aus dem Lautsprecher entgegen. »Wie schön, dass du dich meldest. Hast Glück, dass du mich noch erreichst, wollte gerade aus dem Haus.«

»Dann freue ich mich umso mehr, wenn du trotzdem rangehst.« Caro konnte Resi geradezu vor sich sehen, wie sie in der großen Küche ihres Geburtshauses, des Secklerhofs, stand, ihre Tasche vor sich auf dem Tisch, eine Hand in die Hüften gestützt. Eine Welle aus Sehnsucht schwappte über sie hinweg. »Wie geht es dir?«

»Du, gut.«

Carola wartete und zog die Augenbrauen zusammen. Wie? Gut. Gut? War das alles? Kurz angebunden kannte sie Resi nun weiß Gott nicht. Was war los auf dem Secklerhof? Erst Lenz' Story über Resis Verschwinden aus der Gastwirtschaft und dann antwortete diese auf die Frage nach ihrem Befinden mit »gut«? Irgendetwas war passiert. »Was meinst du mit ›gut‹?«

»Ja, weißt du, was soll ich sagen …«, kam es zögerlich aus dem Lautsprecher.

Eine Therese Meisinger, die rumdruckste? Das konnte nicht sein. Das war unmöglich, das gab es nicht in diesem Universum. Besorgt krauste sie die Stirn. »Resi, ist alles in Ordnung bei euch?«

»Jaja. Seien wir mal zufrieden.«

Seien wir mal zufrieden? Die nette Formulierung für »Eigentlich ist alles beschissen, aber ich tu mal so, als ob, und lächle noch dazu«? »Äh, Resi, sorry, aber wenn du mir nicht gleich sagst, was los ist, dann …« Ja, was dann? Was sollte sie tun? Die Kavallerie schicken?

»Ach, weißt du, es ist so, dass ich da jemanden kennengelernt hab.«

Sie hätte am liebsten gelacht. Das war's also! Resi hatte einen Freund! »Na, das ist doch super! Herzlichen Glückwunsch! Ich will alles wissen. Wie heißt er, was macht er, wo wohnt er?«

Erwartungsvoll betrachtete Carola die Bettdecke vor sich, bereit, aus den Informationen, die Resi ihr geben würde, ein Bild zusammenzusetzen. Es kam – nichts. »Resi«, fragte sie unsicher, »bist du noch da?«

»Ja.«

Irrte sie sich, oder hörte sie gerade, wie Resi tief Luft holte? Um Himmels willen, wen hatte sie denn kennengelernt? Den Ministerpräsidenten? Brad Pitt? Den Glöckner von Notre-Dame?

»Also«, erklang Resis Stimme erneut, »er heißt Reza. Reza Khatami.«

»Das hört sich nicht nach einem Bayern an.« Ei, ei, ei, das war jetzt reichlich unbedacht. Sie wurde rot.

»Nein«, entgegnete Resi schnippisch, »an anderen Orten der Welt tragen Menschen andere Namen, und dieser stammt aus dem Iran.«

Upsi, da war sie aber jemandem mit ihrer Flapsigkeit auf die Füße gestiegen. »Resi, entschuldige, ich wollte nur einen Witz machen. Und der war blöd.«

»Entschuldigung angenommen.« Resi klang versöhnlich. »Und um deine anderen Fragen auch noch zu beantworten, er ist Augenarzt und wohnt in München.«

»Gratuliere, Resi«, sagte Carola aus ganzem Herzen, »das freut mich sehr. Wo habt ihr euch denn getroffen?«

»Bei einem Kochkurs. Fisch und Meeresfrüchte. Der Küchenchef hat uns zusammen in eine Gruppe gesteckt. Wir haben drei Stunden lang zusammen gekocht. Und danach war's um uns geschehen.«

Fisch und Meeresfrüchte? Carola kramte in ihren Erinnerungen. Sie konnte sich, zumindest solange sie ihre Vermieterin kannte, nicht daran erinnern. »Ich mag mich irren, aber hast du mir von dem Kurs schon mal erzählt?«

»Nein.«

Carola starrte ihr Display an. Der grüne Hörer leuchtete ihr entgegen. Tatsache, Resi schwieg, sie hatte nicht aufgelegt.

»Der Kurs war vor sechs Jahren.«

Ah, daher wehte der Wind. Bevor Carola auflachen konnte, hörte sie wieder Resis Stimme.

»Pass auf, Caro, es ist nicht so, wie du denkst. Als ich Reza kennengelernt habe, war ich noch nicht so lange Witwe. Erst hab ich nichts gesagt, weil ich nicht wusste, ob aus uns etwas wird. Und dann ging die Zeit ins Land, und dann kamst du, und dann wusste ich auch nicht mehr …« Ihre Stimme erstarb.

»Resi, alles gut«, beruhigte Carola ihre Freundin, »du musst dich doch nicht rechtfertigen. Ich freu mich sehr für dich.« Ein Gedanke blitzte auf. »Aber wenn du nicht vorhattest, es uns zu sagen, wieso machst du es denn ausgerechnet jetzt?«

Resi klang zerknirscht. »Weil ich mit Lenz geschimpft hab, dass er dich aus Berlin wieder heimholen soll.«

Langsam machte die »Ich geh an Allerheiligen mit meiner

Mutter aufs Grab«-Geschichte Sinn. Nur, dass Lenz den interessanten Teil einfach weggelassen hatte. »Und?«

»Da hat er mich angeredet, dass ich mich um meinen eigenen Kram scheren soll. Und hat mir vor die Füße geschmissen, er würde ja auch nichts zu der Wohnung in Utting und zu dem Auto sagen.«

Carola lachte auf. »Dein Sohn ist Polizist. Meinst du, er kriegt so was nicht raus?«

»Ja, das hab ich auch gemerkt.«

Ein Gedanke flog sie an. »Ganz abgesehen davon: Weißt du, wie er auf einmal das von deinem neuen oder alten Freund mitgekriegt hat?«

»Gesagt hat er nichts. Aber Lenz musste neulich nach München ins LKA. Mei, hat ihn das angekäst.«

»Ich kann's mir vorstellen. Da hat er bestimmt tagelang gejammert.«

»Und wie. Du machst dir keinen Begriff.«

Carola grinste. »Und was sollte er im LKA?«

»Da wurde mit großem Brimbamborium eine neue Technik vorgestellt. Ich hab die Einladung auf dem Küchentisch liegen sehen. Irgendwas mit Policing. Kann das sein?«

Darum ging es also. Der liebe Lenz hatte Prevision genutzt, um seine eigene Mutter zu überprüfen. Und jetzt war es das alte Lied. Die Geister, die ich rief, werd ich nun nicht mehr los. »Aber sag mal«, hakte Carola nach, »ich hör immer nur Wohnung und Auto. Was meinte Lenz denn damit?«

»Na ja«, gab Resi zu, »fünf Jahre ist es her, ich glaub, da warst du noch nicht da, da hat von einer Freundin von mir der Mann Ärger mit dem Finanzamt gehabt.«

Gott schütze die bayerischen Genitivkonstruktionen. »Soll vorkommen.«

»Ja«, sagte Resi, »aber ich red von richtig Ärger. Mehrere hunderttausend Euro Ärger. Und da mussten sie verkaufen. Und zwar schnell.«

»Ah, ich verstehe, da hast du deiner Freundin geholfen, indem du ihr Geld gegeben hast.«

»Genau. Für eine Wohnung. In Utting.«

Sie überlegte. »Wie viele Zimmer hat denn die Wohnung?«

»Vier.« Resi stockte. »Und Seeblick hat es da auch. Und das Auto haben wir vor drei Jahren angeschafft. Weil es einfach praktischer ist. Aber es ist nicht so, wie du denkst«, schob sie eilig hinterher.

»Nein, Resi, nein«, lachte Carola, »überhaupt nicht. Du führst nur seit etlichen Jahren ein Doppelleben und wunderst dich, wenn dein Sohn dir ein paar Fragen stellt.«

»Ich weiß, Caro, ich weiß.« Resi klang flehentlich. »Aber was soll ich machen? Ich hab irgendwie den Zeitpunkt verpasst, wo ich es hätte sagen können, ohne dass es blöd ausgeschaut hätte.«

»Ja, und wie gehen Lenz und du denn jetzt miteinander um?«

»Gar nicht. Wir gehen uns aus dem Weg.«

Nicht nur in Berlin war nichts mehr so, wie es mal gewesen war. Auch am Ammersee geriet die Welt offensichtlich aus den Fugen. Sie konnte Lenz und Resi einfach nicht allein lassen. Kaum drehte sie sich um, brach das Chaos aus. »Toll.«

»Ja, genau. Caro?«

»Ja, Resi.«

»Kannst du nicht kommen und mit dem Lenz reden? Auf dich hört er doch.«

Ihr Herz tat einen Satz. »Na, ob du dich da mal nicht irrst.« Sie überlegte kurz. »Aber weißt, was, Resi? Das ist eine verdammt gute Idee. Ich pack schnell ein paar Sachen und nehme den nächsten Zug. Back schon mal einen Kuchen. Heute Nachmittag bin ich daheim.«

19

»Attacke!«

Der Bub in knallgelbem Anorak bremste aus vollem Lauf, kam abrupt vor seinem Spielgefährten im roten Overall zum Stehen und drosch ihm sein Holzschwert über den Schädel. Der Kleine riss die Augen auf, brauchte offensichtlich eine Sekunde, um sowohl Schreck als auch Schmerz zu realisieren, nur um sein Mundwerk noch weiter als seine Augen zu öffnen und einen markerschütternden Schrei loszulassen.

Sämtliche Passanten auf der Seepromenade in Herrsching, Lenz und Carola eingeschlossen, verharrten und sahen sich nach den beiden um.

»Ach herrjemine, mein Schatzilein«, rief Carola, lief drei Schritte zu dem herzzerreißend weinenden Kind und kniete sich vor ihm nieder. »Ja, wo tut's denn weh? Sag, wo ist denn deine Mama?« Sie strich ihm sanft über den Kopf.

»Dahaa«, schluchzte der Junge. Eine Frau im hellen Trenchcoat kniete sich neben Carola auf den Asphalt, flüsterte »Danke« und schloss ihr Kind in die Arme.

»Kein Blut, kein Bruch, alle am Leben«, stellte Carola lakonisch fest, stand auf, schulterte ihren kleinen Rucksack und ergriff erneut Lenz' Hand, die sie hatte fahren lassen. »Lass uns weitergehen. Dahinten können wir uns was zu trinken kaufen.«

Meine Caro, dachte Lenz, wie ich sie schätze und liebe: unaufgeregt, pragmatisch, mitfühlend. Und dann auch noch diese Augen. Und diese Haare. Diese ganze Frau. Er drückte ihre Hand. »Ich hab dich fei ganz doll vermisst«, sagte er.

»Ich dich auch, Lenz, ich dich auch. Aber Job ist Job, und Schnaps ist Schnaps.« Sie drückte ihm einen schnellen Kuss auf die Wange. »Sagt man so bei uns in Schleswig-Holstein.«

Lenz schluckte die Bemerkung, dass er sich eigentlich nicht mit Alkohol vergleichen lassen wollte, herunter. Jetzt bloß keinen Streit. Nicht in den wenigen, kostbaren Stunden, die ihnen an diesem Sonntag blieben. »Aha. Sagt man das so bei euch im hohen Norden?«

»Jo«, antwortete Carola fröhlich. »Ich bin ja auch nicht glücklich über unsere Trennung.« Sie kaute auf ihrer Unterlippe. »Es ist ja nicht auf Dauer, Lenz. Aber aktuell kann ich wirklich nicht weg. Luise ist mal eben so nach Washington gegangen. Und Johannes hat aus dem Nichts auf einmal eine Konkurrentin im Betreuungswahlkreis, die ihm echt gefährlich werden könnte. Schau, da sind wir.«

Sie standen vor einem Kiosk in Form eines großen Holzbootes, das längs der Uferpromenade im Kies aufgebaut war. Carola stieg die zwei Stufen zum Verkaufsfenster empor und stellte ihren Rucksack vor sich auf den Tresen. »Was möchtest du trinken?«

Lenz betrachtete sie, wie sie am Kiosk vor ihm stand. Groß, schlank, blond. Was für ein Glückspilz ich bin, dachte er. »Such du für uns aus.«

»Okay. Wirst sehen, was du davon hast.« Sie hob lachend die Schultern. »Zwei Aperol Spritz bitte.« Sie zahlte und kam mit zwei Gläsern in der Hand die Treppe herunter. »Da drüben werden gerade zwei Stühle frei. Wollen wir uns setzen?«, fragte sie und hängte ihren Rucksack über die Lehne.

Sie prosteten einander zu. »Darüber hinaus muss sich Johannes auch noch damit auseinandersetzen, ob er sich dafür ausspricht, dass für teuer Geld diese neue Software für die Polizei angeschafft werden soll. Prevision von Mandis, soll unter dem Namen Zielorientierte Ermittlungsarbeit …«

»ZIELKOP!« Lenz hätte fast sein Glas fallen gelassen. »Du hast mit ZIELKOP zu tun?«

Aus ihrem Gesicht sprach Irritation. »Sag mal, worüber haben wir denn Freitagabend gesprochen?«

»Haben wir über ZIELKOP gesprochen? Ich kann mich an nichts erinnern.«

Carola schüttelte den Kopf. »Lenz, was heißt, ich hab damit zu tun? Johannes hat damit zu tun, und ich als seine wissenschaftliche Mitarbeiterin unterstütze ihn bei seiner Arbeit.«

Lenz hatte seinen Drink vergessen. »Und was genau machst du … äh, Johannes da?«

Carola setzte sich zurück und schlug die Beine übereinander. »Das, was Bundestagsabgeordnete immer tun. Informationen sammeln und verarbeiten. Mit den Interessengruppen sprechen. Letztlich entscheiden. Ja oder nein.«

»Aha.«

Carola zog die Augenbrauen zusammen. »Es ist ein weitverbreiteter Irrglaube, dass politische Entscheidungen, die von Parlamentariern in Berlin getroffen werden, ganz weit weg von unserem Alltag sind. Das Gegenteil ist der Fall. Diese Entscheidungen sind nah und betreffen unser Leben sehr direkt.«

Lenz verschränkte die Arme vor der Brust. »So. Und über was entscheidet Johannes jetzt genau?«

Carola seufzte. »Zu guter Letzt, ob und gegebenenfalls welches System angeschafft werden wird. Es stehen drei Anbieter zur Auswahl. Das kannst du alles in den öffentlich zugänglichen Ausschussprotokollen nachlesen. Vor zwei Wochen hat es dazu auch eine dreitägige Anhörung im Bundestag gegeben. Über zwanzig Sachverständige haben sich den Fragen der Abgeordneten gestellt.«

»Jaja.«

Carola verdrehte die Augen. »Derzeit läuft eine Pilotphase. Um genauer zu sein, es ist schon die zweite Pilotphase. Hier in Bayern wird Prevision unter dem Namen …«

»ZIELKOP eingesetzt. Ich weiß. Ich hatte schon das Vergnügen, die Bekanntschaft mit dem neuen Kollegen zu machen.« Lenz malte Anführungszeichen in die Luft.

Auch Carolas Drink stand unberührt vor ihr. »Das ist ja spannend. Und wie ist so dein Eindruck?«

Ob er sich wirklich an seinem freien Tag über Software unterhalten wollte? »Ja, also, weißt du …«, antwortete er ausweichend.

»So gleich.« Carola lachte. »Du bist ja überhaupt nicht begeistert.«

Wieso interessierte sich Carola so sehr für den Schmarrn? »Mei, also einerseits hat uns diese Software in einem Fall schon wirklich weitergeholfen.«

»Aber?« Sie blickte ihn aus ihren strahlend blauen Augen an.

»Andererseits fühl ich mich nicht ernst genommen.«

»Was meinst du damit?«

»Ich bin doch nicht Polizist geworden, damit eine Maschine meine Arbeit macht. *Ich* führe Ermittlungen durch, *ich* sammle Indizien, *ich* ziehe Schlussfolgerungen aus den Fakten. Und da kommt so ein neumodisches Zeug daher, durchsucht Datenbanken und präsentiert mir ein Ergebnis, das ich überhaupt nicht nachvollziehen, geschweige denn hinterfragen kann? Also wirklich, das kann keiner von mir erwarten.« Er hielt kurz inne. »Außerdem ist das schon beängstigend.«

Sie sah ihn fragend an. »Wie meinst du das?«

Es half nichts, vor ihr konnte er nichts verheimlichen. »Na ja, mein Kollege, der Beni, hat meine Mutter überprüft. Hätten wir überhaupt nicht gedurft. Ich weiß. Hab ich auch nur vorgeschlagen, weil ich zeigen wollte, dass bei dieser Software eh nichts herauskommt.« Er versank in Schweigen.

Carola rückte ihren Stuhl neben den seinen und legte ihm ihren Arm um die Schulter. »Und dabei habt ihr den Augenarzt gefunden.«

Er fuhr herum. »Woher weißt du das?«

»Na, woher wohl, du Schlauberger. Von deiner Mutter.«

»In Bayern heißt das ›Gscheidhaferl‹«, brummte Lenz. Dass Frauen immer über alles reden mussten.

»Sie ist total durch den Wind deswegen.«

»Was heißt, sie ist durch den Wind? Ich mein, stell dir mal vor, du wirst von deiner Mutter in dem Glauben gelassen, dass sie ein ruhiges Witwenleben führt. Dabei gibt es schon jahrelang einen Mann in ihrem Leben. Aus dem Iran! Und eine gemeinsame Wohnung! Und einen e-tron!«

Carola strich Lenz sanft über den Rücken. »Jetzt komm mal wieder runter von deiner Palme. Du könntest dich auch fragen, ob du deine Mutter wirklich gesehen hast oder so, wie du sie sehen wolltest. Als geschlechtslose Witwe. Hör mir zu, Lenz«, unterbrach sie seinen Versuch aufzubegehren. »Ich hab deine Mutter immer als attraktive, lebensfrohe, gescheite Frau erlebt. Meinst du, das fällt anderen Männern nicht auf?«

Lenz brummte etwas Unverständliches.

Carola drückte ihm einen Kuss auf die Wange. »Gönn deiner Mutter ihr Glück. Und sprecht bitte wieder miteinander. Das wünscht sie sich sehr. Komm, lass uns anstoßen.« Sie hob ihr Glas.

Lenz spürte eine Vibration in seiner Jacke. Er fasste in die Tasche, zog sein Telefon hervor und warf einen Blick auf das Display. »Entschuldige, da muss ich rangehen. Meisinger«, meldete er sich. »Was ist los?« Er rieb sich die Stirn. »Und das hat keine Zeit bis morgen? Meiomei, okay, ich komme. Spatzerl …«

Carola winkte ab. »Kein Problem, fahr du nur. Ich kann von hier aus die S-Bahn zum Hauptbahnhof nehmen und in den nächsten Zug steigen.« Sie hob ihren Rucksack hoch. »Mit dem Ding hier kann ich auswandern.«

Er stand auf, beugte sich über sie und gab ihr einen Kuss. »Sehen wir uns nächstes Wochenende?«

»Wenn du brav bist. Ich bleib hier noch ein bisschen sitzen.« Sie hob nachlässig die Hand.

Himmelherrgottsakrament, fluchte Lenz in sich hinein, als er eine halbe Stunde später das Foyer des Weilheimer Krankenhauses betrat. Ein Mal, ein einziges Mal möchte ich mit der Frau meines Lebens einen schönen Nachmittag auf der Promenade erleben. Und dann das. Manchmal, manchmal …

»Grüß Gott, Meisinger, Kripo Weilheim«, knarrte er in Richtung der Rezeptionistin. Reiß dich zusammen, Lenz, sagte er sich, die arme Frau kann nichts dafür, dass dir jemand deinen Sonntag versaut. Er zwang sich zu einem Lächeln. »Ich soll mich hier melden.«

»Ja, grüße Sie«, sagte die Frau hinter der Glasscheibe, »ich soll Ihnen ausrichten, dass Sie bitte in den dritten Stock kommen sollen. Die Aufzüge sind dahinten. Ich gebe oben Bescheid, dass Sie da sind.«

Als die Türen des Aufzugs vor ihm aufgingen, wartete eine Schwester auf ihn. »Grüß Gott, kommen S' bitte mit«, ordnete sie routiniert an.

Lenz ging neben ihr durch den Krankenhausflur. Es roch nach Desinfektionsmittel und Schweiß. »Warum wollten Sie mich sehen?«

Die Schwester behielt ihr Tempo bei. »Wegen den Jugendlichen, die wir reingekriegt haben. Also, wissen S', dass die Drogen konsumieren, ist uns hier schon lange klar. Bei den einschlägigen Festen haben wie hier jede Menge Alkoholvergiftungen, beim Volksfest, bei der Französischen Woche –«

»Es ist November«, fiel ihr Lenz ins Wort. »Keine Volksfestzeit. Deswegen haben Sie mich also nicht gerufen.«

Sie warf ihm einen Blick zu. »Richtig. Wir haben auch Fälle von illegalen Drogen, meistens Cannabis in Kombination mit anderen Substanzen. Aber das.« Sie blieb stehen und öffnete eine Tür. »Diese jungen Burschen in diesem Zimmer und auch die vom Nachbarzimmer haben wir heute in den frühen Morgenstunden aufgenommen. Alle bewusstlos.«

So weit, so normal, dachte Lenz. »Und was ist das Besondere an denen?«

Die Schwester behielt die Klinke in der Hand. »Dass sie, so haben sie es zumindest uns gesagt, ausschließlich Cannabis konsumiert haben wollen. Wenig Alkohol. Keine Tabletten. Wir untersuchen gerade ihre Blut- und Urinproben. Derzeit gehen wir davon aus, dass das Cannabis mit synthetischen Stoffen versetzt worden ist. Anders ist die Bewusstlosigkeit, noch dazu bei sechs jungen Burschen gleichzeitig, nicht zu erklären.«

Lenz runzelte die Stirn. »Was wollen Sie mir eigentlich sagen?«

Die Schwester zog die Tür wieder ins Schloss. »Also. Ich

bin mir darüber im Klaren, dass ich hier mit der Polizei spreche. Sie wissen, dass ich weiß, dass Alkohol legal und Cannabis illegal ist. Wobei ich Ihnen sagen muss, dass wir hier weiß Gott mehr Alkoholvergiftungen haben als Patienten, die nach der Einnahme illegaler Substanzen unsere Hilfe brauchen. Ganz zu schweigen von den Folgeerkrankungen des Alkoholkonsums, Herz-Kreislauf-Erkrankungen, irreversible Schädigungen der Leber ...«

Lenz kratzte sich hinter dem Ohr. Musste er sich jetzt eine Gardinenpredigt über die verfehlte Drogenpolitik der Bundesrepublik Deutschland im Allgemeinen und der des Freistaats Bayern im Besonderen anhören? Er war Polizist, kein Politiker. »Bitte.«

Die Schwester stopfte die Hände in die Taschen ihres Kittels. »Wir wissen, dass über ein Drittel der Bevölkerung Cannabis mehr oder weniger regelmäßig zu sich nimmt. Hier auf dem Land ist das meistens kein Problem.«

Kein Problem. Aha. Welche Ansichten vertrat man denn beim medizinischen Personal des Krankenhauses Weilheim? »So?«

Sie starrte ihn herausfordernd an. »Ja, kein Problem. Die Leute haben einfach ein paar Pflanzen im Gewächshaus stehen. Oder sie kennen jemanden, der ein Gewächshaus hat. Das läuft eigentlich ganz unaufgeregt, eher familiär ab.«

Lenz dachte an die fünfhundert Kilo an tiefgefrorenem Gras. Im Wert von zwei Millionen Euro. Von wegen familiär. »Aber dahinter kann auch ein echtes Geschäftsinteresse stehen.«

Sie hob den Zeigefinger. »Ach so, Sie sind also der Meinung, Grünen August und Jackie gibt es geschenkt? Meines Wissens eine Brauerei und eine Destillerie. Große Konzerne. Die echtes Geld damit verdienen.«

Touché. »Okay, ich frage Sie noch einmal: Was wollen Sie mir sagen?«

Sie holte Luft. »Ich will Ihnen sagen, dass, solang ich hier bin, und das sind über fünfundzwanzig Jahre ...« Sie verharrte kurz und schüttelte den Kopf. »Jesus Maria. Also, was ich sagen will, ist, dass sich meiner Meinung der Cannabismarkt bei uns vollkommen geändert hat. Es gibt anderen Stoff. Wir sehen vermehrt chemische Cannabinoide. Das heißt, dass das Gras mit diesen Substanzen gestreckt wird. Die haben einen viel höheren Wirkungsgrad. Bisher war es so, dass wir sagen konnten, okay, die wissen halbwegs, was sie zu sich nehmen. Aber das hier? Der neue Stoff ist unkontrollierbar. Das haut die Jungs aus den Pantinen. Und das macht mir Angst. Demnächst haben wir hier noch Tote.« Sie rang mit den Händen.

Einen haben wir schon, dachte Lenz. »Ich verstehe Ihre Sorge. Und ich kann Ihnen versichern, dass wir bereits ermitteln. Ist einer Ihrer Schützlinge vernehmungsfähig?«

»Ja, der hier.« Sie schloss die Tür und ging drei Schritte zum nächsten Zimmer. »Der im mittleren Bett. Ich kenn seine Eltern. Grundsolide Familie.« Sie öffnete und trat beiseite. »Ich an Ihrer Stelle würd mir überlegen, ob ich hier die Kripo raushängen lass«, flüsterte sie und schloss die Tür hinter ihm.

Lenz trat ein. Im mittleren Bett lag ein Teenager, fast schon ein junger Mann. Aus dem Krankenhaushemd ragten muskulöse Unterarme mit voluminösen Händen hervor. Sein aschblondes Haar stand ihm in verschwitzten Strubbeln vom Kopf ab. Er hatte die Augen geschlossen. Lenz zog sich einen Stuhl heran und räusperte sich.

Der Junge schlug die Augen auf. »Und wer sind jetzt Sie?«

»Servus. Mein Name ist Laurentius Meisinger, ich bin von der Polizei. Nein«, wehrte er ab, als der Teenager sich aufrichten wollte, »nicht das, was du denkst. Ich will dir nur die Wahrheit sagen. Dass ich bei der Polizei bin. Aber ich will dir nicht am Zeug flicken. Ich möchte nur wissen, was passiert ist.«

Der Junge drehte den Kopf zur Seite. »Was soll denn schon groß sein?«

»Na ja, du bist bewusstlos eingeliefert worden.« Lenz schlug die Beine übereinander.

Der Teenager machte eine abfällige Handbewegung. »Aber

nur, weil die Kathie, die wo meine Freundin ist, Panik gekriegt hat. Ansonsten läg ich jetzt daheim bei mir im Bett und hätt meine Ruh.«

Vielleicht sollte ich auch so lässig mit dem Fuß wippen wie Franz, dachte Lenz. »Also erstens bin ich der Meinung, dass du dich bei deiner Freundin bedanken kannst. Zweitens dafür, dass sie sich um dich gekümmert hat. Und drittens glaub ich, dass du mir sagen kannst, was du von wem gekauft hast.«

»Und warum sollte ich das tun?«

»Weil ich nur so rausfinden kann, wer dir den Dreck verkauft hat, der dich umgehauen hat. Weswegen du jetzt nicht im Bett mit deiner Freundin, sondern im Krankenhaus liegst.«

Der Junge schenkte ihm einen Seitenblick und fuhr sich durch die Haare. »Mei, da war halt so ein Typ vor der Berufsschule. Hat halt gefragt, ob wir was kaufen wollen. Und weil wir uns halt ab und zu was kaufen, haben wir Ja gesagt.«

»Und?«, fragte Lenz. Wetten, er fragt zurück?

»Ja, wie ›und‹?«

Wette gewonnen. »Na, ›und‹ halt.«

Erneutes Abwinken. »Mei, das Zeug hat halt geknallt.«

Jetzt kommen wir der Sache näher. »Anders als das, was ihr sonst kauft?«

»Schon«, gab der Teenager zurück.

Ich hab Zeit, dachte Lenz, viel Zeit. Mein Sonntag ist schon versaut. Ich kann das Spiel den ganzen Tag spielen. »Wie anders?«

»Na ja, das hat halt voll geflasht«, antwortete der Teenager unwirsch. »An mehr erinnere ich mich nicht.«

So viel dazu. »Kanntest du den Typen vor der Schule?«

»Nee. Vorher noch nie gesehen.«

»Irgendwas Besonderes?« Komm, gib mir was, irgendwas.

»Nee«, wiederholte der Teenager. »Allerweltsfresse. War aber keiner von da.«

Oho, kommt da doch noch was, dachte Lenz. »Woher weißt du das?«

»Na, weil ich den vorher noch nie gesehen hab. Und ich

kenn hier jeden.« Er dachte kurz nach. »Ich denk, das war ein Jugo.«

Interessant, dachte Lenz. Vielleicht bist du doch nicht so blöd und ignorant, wie du tust. Und auch nicht so rassistisch. Obwohl du dir jede Mühe gibst. »Wie kommst du drauf?«

Der Teenager maß ihn mit einem Blick, als ob er nicht alle Tassen im Schrank hätte. »An der Sprache oder an den Klamotten hättest du das nicht gemerkt. Aber am Auto.« Er feixte.

»Am Auto?« Seit wann konnte man am Auto die Nationalität feststellen?

»Ja klar. Die fahren alle einen aufgemotzten BMW. Dreier oder Fünfer. Aber meistens Dreier. Alle tiefergelegt. In absoluten Scheißfarben. Der hatte einen in Gold.«

Wo er recht hatte, hatte er recht. Nur hatte er selbst das noch nie so gesehen. »Und vorher habt ihr immer bei dem Gleichen gekauft. Nur diesmal nicht. Versteh ich dich richtig?«

»Sag ich doch.«

Das war's. Mehr war aus ihm nicht rauszuholen. »Also.« Lenz stand auf. »Wenn du wieder mal was kaufst, dann nur von dem, den du kennst. Verstanden? Und deiner Freundin, der ...«

»Kathie.« Der Junge grinste.

»Richtig, der Kathie. Der kaufst du einen Strauß Blumen, wenn du wieder rauskommst. Okay?« Lenz trat an sein Bett und nahm ihn fest in den Blick.

»Ja.«

»Aber nicht was von der Tankstelle«, schob Lenz hinterher. »Auch nicht vom Supermarkt. Sondern vom Laden.«

»Ja, schon recht.«

»Servus.« Er nickte dem Jungen zu und wandte sich Richtung Tür. Das war doch mal was. Vage, aber dennoch. Es gab neuen Stoff am See. Und neue Verkäufer. Ich, dachte er, ich werd euch jetzt mal zeigen, was echte Polizeiarbeit ist.

20

Nebel. Dichter, weißer, undurchdringlicher Nebel. Nebel war das Einzige, was ihn am Herbst wirklich nervte. Diese milchige Masse. Die sich auf alles legte. Nass, kalt, abweisend. Die Welt verlor ihre Dreidimensionalität und er mit ihr seinen Sinn für Entfernungen.

Im Schritttempo tastete sich Lenz auf den Uttinger Bahnhof zu. Eigentlich fuhr er bei dem Wetter ungern Auto. Obwohl es kaum mehr möglich war, verlangsamte er den Wagen noch ein wenig. Nicht, dass er vor lauter Nebel noch irgendwo dagegenfuhr.

Grimmig starrte er durch die Windschutzscheibe. Heute würde er es ihnen zeigen. Was wollten die anderen nur mit diesem Glump? Mit diesem Software-Glump, diesem ZIELKOP-Zeck-Schmarrn? Gute alte Polizeiarbeit, darum ging es doch in ihrem Job. Ermitteln, befragen, Beweise sichern. Aber von wegen. Seine lieben Kollegen faulten lieber an ihrem Bürohocker fest und ließen Rechner die Arbeit machen, bevor sie ihren eigenen Hintern in Bewegung setzten. Da.

Da war ein Parkplatz. Routiniert setzte Lenz den Wagen rückwärts in die Lücke. Es waren nur wenige Schritte bis zur Unterführung, einige weitere runter zum Park am See. Er griff nach dem Rucksack auf dem Beifahrersitz und stieg aus.

Der Nebel hatte den Bahnhofslaternen einen gelblichen Heiligenschein aufgesetzt. Im Gegenlicht rieselte Feuchtigkeit als zartes Gespinst zu Boden und färbte den Asphalt schwarz. Der See ist der Schlüssel, dachte er. Es musste so sein. Hier, im Bojenfeld vor der Segelschule, war die Amazone gesunken. Hier war Stefan Engels gestorben. Und ebenfalls auf dem See hatte sich Sentas Ausputzer Bernhuber eine Kugel eingefangen. Das waren die Fakten. Er wusste nur nicht, warum die Amazone gesunken, Goferl gestorben und Bernhuber angeschossen worden war. War die Verbindung das Cannabis?

Aber wie hingen die Puzzleteile zusammen? War es der neue Stoff? Oder die unbekannten Verkäufer?

Langsam ging er am Bahnhofsgebäude entlang. Außer ihm war kein Mensch auf der Straße. Kein Wunder, bei dem Wetter jagte man auch keinen Hund vor die Tür. Er zog den Reißverschluss seiner Jacke zu. Ihn fror. Auf geht's, sagte er zu sich selbst.

Die wenigen Schritte durch die schmale Unterführung hatte er schnell hinter sich gelassen. Am Schotterweg zum See blieb er stehen und horchte. Nichts. Der Nebel verpackte die Welt in Watte, den Park, die Bäume und jedes Geräusch. Einen Schritt vor den anderen setzend ging er den Weg hinunter Richtung Dampfersteg. Wenn ich's nicht wüsste, wo ich hinwill, wär ich gerade ziemlich aufgeschmissen, dachte er.

Linker Hand lag das Seerestaurant. Ruhig, verlassen, alle Fenster schwarz. Offensichtlich hatten die Betreiber die Gunst der Stunde genutzt und früh Feierabend gemacht. Mir soll's recht sein, dachte Lenz, ich brauch jetzt keine Neugierigen, die mich fragen, was ich hier tue. Ächzend schwang er erst das eine, dann das andere Bein über das niedrige Tor zum Bootssteg, blieb stehen und horchte. Unter ihm glucksten schwarz glänzende Wellen auf die Steine. Er wusste, der Dampfersteg war links von ihm, vom Nebel verschluckt. Die Welt gab keinen Mucks.

Vorsichtig ging er den Steg entlang. Normalerweise reihte sich hier Schiff an Schiff. Bis auf zwei waren heute Abend alle Liegeplätze leer. Winterruhe, dachte er.

Die Bilder der Razzia liefen als Kopfkino vor seinem inneren Auge entlang. Sentas Empörung. Der speichelleckende Rechtsanwalt. Und wie Mitzi Weiß sie ausgelacht hatte. Immer wieder sah er sie lachen. Euch werd ich's zeigen.

Am Ende des Stegs nahm er den Rucksack von den Schultern und setzte ihn vorsichtig ab. Geradezu scheckig hatte sie sich gelacht. Und was hatte sie gerufen? »Wir sind die Guten!«

»Pah.« Wie wollte sie zu den Guten gehören, wenn sie Tausende von Cannabispflanzen und fünfhundert Kilo schockgefrostetes Gras ihr Eigen nannte? Das sollte ihm mal jemand erklären.

Er zog den Reißverschluss am Rucksack auf. Also, die Engels war keine Heilige, und ihre neue Freundin hatte im Gegensatz zu ihrem Namen auch keine weiße Weste. So viel stand schon mal fest. Die Damen verdienten mit gewerbsmäßigem Drogenanbau und Vertrieb derselben ein Schweinegeld. Ansonsten waren weder die Häuser noch die Anlagen oder die Schiffe erklärbar. Segelschule, Fischerei? Dass ich nicht lache. Vorsichtig zog er einen in Tarnfarben gescheckten Gegenstand in der Größe einer Brotzeitdose aus dem Rucksack und legte ihn neben den Rucksack auf den Steg.

Aber wie passte der tote Stefan Engels ins Bild? Der arme Bub. Andererseits … Als gewohnheitsmäßiger Kiffer hätte er die Wirkung seines Stoffs einschätzen müssen. Hätte er? Er schnaufte, zuckte mit den Schultern und fischte die schwarzen Kabelbinder aus dem Rucksack. Hatte er sich selbst getötet? War es ein Unfall? Fahrlässigkeit? Vorsatz?

Er ächzte, beugte erst das linke, dann das rechte Knie und griff nach der Wildtierkamera. Mit wenigen Handgriffen hatte er sie eingeschaltet und zwei Kabelbinder eingefädelt. Schnaufend legte er sich der Länge nach auf den Bauch. Er schloss die Augen. Eigentlich war er viel zu alt für solche Aktionen. Aber wenn er seinen neunmalklugen Kollegen hätte erklären sollen, dass sie nachts bei Nebel die Geräte an Uttinger Stegen anbringen sollten, hätten die ihm den Vogel gezeigt. Und ihm eine Überwachung aus dem All angeboten. Digital. Gesteuert mit ihren Handys.

Er beugte sich über den Steg. Jesus, Maria und Josef, dachte er, warum immer ich? Immer ich! Kopfüber, mit dem Gesicht zum See, schlang er erst den ersten, dann den zweiten Kabelbinder um einen Pfahl und zog ihn fest. Geschafft. Mühsam drehte er sich auf den Rücken und rappelte sich ins Sitzen. »Pah.« Ihm war warm geworden unter seiner Jacke.

Aber er hatte es gepackt, er, der altmodische Laurentius

Meisinger. Motiviert und mit sich selbst zufrieden richtete er sich auf und klopfte sich die Hose ab. Weiter ging's, er war noch lange nicht fertig.

Er griff nach seinem Rucksack und ging den Steg herunter. Blieb stehen, horchte. Wie ruhig es war. Wie friedlich. Aber das täuschte gewaltig. Das hier war ein Tatort. Womöglich Kapitalverbrechen. Wieder schwang er die Beine über das Tor. Das ging ja schon ganz flott.

Der Schotter knirschte unter seinen Füßen, als er die wenigen Meter zum Tretbootsteg hinüberging. Auch dieser war leer, wie immer in dieser Jahreszeit. Im Sommer war hier die Hölle los, man musste früh da sein, um noch eins der bunten Boote zu ergattern. Besonders an einem Sonntag.

Heute war auch ein Sonntag. Und es war alles anders. Nicht nur war es neblig und kalt. Der Frieden auf dem See war dahin. Es lagen tote Söhne in gesunkenen Schiffen, ein Mensch war angeschossen worden, und vollkommen zugedröhnte, komatöse Jugendliche bevölkerten das Weilheimer Krankenhaus.

Alles ist anders, dachte er. Die Regeln hatten sich geändert. Genau. Das ist es. Auf dem See war nichts mehr, wie es war.

Der Steg war schmaler und viel niedriger als der Bootssteg nebenan. Wurscht, dachte er. Er wusste jetzt ja, wie es ging: Rucksack absetzen, Kamera rausholen, Kabelbinder einfädeln, einschalten, erst auf die Knie, dann auf den Bauch legen und ja nichts ins Wasser fallen lassen. Zügig befestigte er die Kamera knapp über der Wasseroberfläche, stemmte sich mit den Armen ab und hockte sich hin. Hoffentlich gab es demnächst kein Hochwasser. Er lächelte. Langsam machte ihm die Sache Spaß. Noch eine.

Wenn Mitzi Weiß sich und ihre Ex-Feindin Senta Engels zu den Guten zählte – wer waren denn ihrer Meinung nach die Bösen? Nicht, dass er den Weibern Heiligenscheine aufgesetzt hätte. Gab es jetzt das Böse hier am Ammersee? Er schüttelte den Kopf. So ein Schmarrn. Er sah sich um. Ein Baum. Er brauchte einen Baum. Vor dem Seerestaurant standen zwei schmale Exemplare im schütteren Rasen. Das könnte passen.

Was hatte diese unverschämte Person ihm vor den Latz geknallt? »Wie blöd seids ihr eigentlich? Ihr checkts ja gar nichts.« Pah! Von wegen blöd! Von wegen nichts checken! Er ließ seine Hand über die Ringe des Baumes gleiten. Einwandfrei, dachte er.

Aber, wenn er sich einmal nicht aufregte, sondern die Sache zu Ende dachte, war eigentlich nur ein Schluss zulässig. Er setzte den Rucksack ab. Es mussten neue Figuren auf dem Spielfeld sein. Die die alten Regeln einfach ignorierten. Alles durcheinanderbrachten. Die Ordnung störten, die sich die Damen Engels und Weiß über Jahre aufgebaut hatten. Professioneller Cannabisanbau und sein Vertrieb. Nach außen gut getarnt mit Fischrechten, Segelschulen und Tretbootverleih.

Aber noch gab es ja die Kriminalpolizei. Wir kriegen nicht nur die, die meinen, sie könnten unter dem Radar fliegen. Wir kommen auch denen auf die Spur, die glauben, sie wären schlauer als wir. Er befestigte die dritte Kamera am Baum und schaltete sie an. So. Jetzt hieß es warten. Aber das konnte er. Alte Polizeischule.

21

»Guten Morgen, Frau Witt.«

»Morgen.« Sie hielt ihren Hausausweis in die Höhe, sodass der Pförtner ihn sehen konnte. Sein freundliches Lächeln erwiderte sie nicht. Heute wollte er quatschen. Aber sie nicht.

»Danke Ihnen. Einen schönen Tag.« Die Eingangstür fuhr auf.

Sie nickte stumm und passierte ohne ein weiteres Wort. Morgen hätte sie vielleicht wieder die Kraft dafür. Die Energie, diesen wichtigen beruflichen Kontakt zu pflegen. Denn ohne das Wohlwollen der Pförtner des Deutschen Bundestages war man im Haus rettungslos verloren. Nicht zu vergessen der Mitarbeiter der Poststelle, der Saaldiener, überhaupt jedes Menschen, der das gut geölte Uhrwerk am Laufen hielt. Und das funktionierte nur auf Gegenseitigkeit. Geben und Nehmen. Bloß heute nicht. Morgen wieder. Bestimmt.

Es war Montag. Wieder in Berlin. Hinter ihr eine Nacht, in der sie eine vergessene Tasche gesucht hatte. Fassungslos gewesen war. Gehetzt. Und heute Morgen unausgeschlafen, müde, kaputt. Toll. Ganz toll. Exakt der Zustand, den sie an einem Montag einer Sitzungswoche brauchen konnte. Konnte sie das hier noch? Bundestag, Sitzungswoche, große Politik? Oder hatte sie das Maul zu weit aufgerissen, als sie, ohne eine Sekunde zu zögern, zugesagt hatte, Luise zu vertreten? Konnte sie? Wollte sie? Nach den vielen Jahren im Wahlkreis? Sie stieg die Stufen in den ersten Stock empor.

Träumte sie deshalb von Taschen, die sie dauernd vergaß? Weil ein Teil von ihr sich gegen das Berliner Politiktheater wehrte und wieder heim an den Ammersee wollte? Dorthin, wo weiß Gott nicht alles ideal war, sie aber Verbundenheit spürte, mit dem Land, den Menschen und sich selbst?

Sie verdrehte die Augen. Papperlapapp. Aufgeben gab's nicht. Was hatte ihr Vater immer zu ihr gesagt? »Kann-ich-nicht liegt auf dem Friedhof, und Will-ich-nicht liegt daneben.« Sie lächelte einem Kollegen zu, der ihr entgegenkam und sie kritisch beäugte. Genau. Sie reckte ihr Kinn. Jeden Tag Schlagsahne war auch nichts. Sie bog in den Gang zu ihrem Büro ab.

»Carola?«, rief Ayshe aus dem Nachbarbüro. »Da bist du ja. Hast du jetzt kurz Zeit für mich?«

Carola zuckte mit den Schultern. So, wie es ihr heute ging, war es eh schon wurscht. »Klar«, antwortete sie, trat ein und zog den Praktikantenstuhl heran.

»Du glaubst nicht, was ich gefunden hab.« Ayshe strahlte sie an.

»Ich bin gespannt.« Wie oft log der Mensch am Tag? Um Konflikten aus dem Weg zu gehen? Ein Gähnen kämpfte mit ihrem Unterkiefer.

»Ich hab letzte Woche noch weiter recherchiert. Irgendwie ging mir die Angelegenheit nicht aus dem Kopf. Als Erstes habe ich versucht herauszufinden, wer oder was Fresh Parliament eigentlich ist.« Ayshe lachte. »Was schaust du denn so? Hab ich was falsch gemacht?«

»Nein, nein, keineswegs.« Sie setzte sich aufrecht hin. Plötzlich war sie hellwach. Seit wann arbeitete eine Doktorandin in einem Abgeordnetenbüro investigativ? »Ich hab nur das Gefühl, dass mich gerade ein Ackergaul getreten hat. Da hätte ich auch selbst draufkommen können.«

»Weißt du, ich glaube, ich hab einfach ein bisschen mehr Distanz zu der ganzen Sache. Das macht es mir einfacher, ein paar grundsätzliche Fragen zu stellen.«

Bescheiden auch noch. Ich muss ja so was von Abbitte leisten, dachte Carola. »Find ich super. Auch, weil es ja überhaupt nicht deine Angelegenheit ist. Schieß los.« Sie beugte sich vor.

»Okay. Erst mal hab ich versucht herauszufinden, welche Rechtsform Fresh Parliament hat. Hört sich im ersten Moment unspannend an, gibt uns aber wichtige Hinweise. Kannst du mir folgen?«

»Klar«, beeilte sich Carola zu sagen. Hoffentlich wurde sie nicht rot. Wieso war *sie* nicht auf diese Idee gekommen?

»Also«, referierte Ayshe, »das ist ein Verein, ein gemeinnütziger zudem, mit Sitz hier in Berlin. Das Büro ist in der Rosenthaler Straße.«

»Warst du da?« Natürlich warst du da, dachte sie. Bist hingefahren und hast dir die Sache angeschaut. Hast etwas herausgefunden. Und ich dumme Nuss hab dich am Samstag abgewimmelt.

»Klar. Samstag in aller Frühe. Das sind drei Höfe hintereinander. Wurden direkt nach der Wende saniert und zu Büros umgebaut. Sehr schick, aber dezent. Wertig, würde ich sagen. Das Büro von Fresh Parliament ist nicht im Vorderhaus, aber im ersten Seitenhaus. Es gibt einen Briefkasten, ein Namensschild unter vielen und einen Klingelknopf. Hier, schau, ich hab das fotografiert.« Sie bewegte ihre Maus. Auf dem Bildschirm tauchten ein messingfarbenes Schild mit edlem Schriftzug samt Klingelknopf und ein Briefkastenschlitz gleichen Materials auf.

»Hast du jemanden gesehen?«, fragte Carola lahm.

Ayshe schüttelte den Kopf. »Nee. Find ich jetzt auch nicht ungewöhnlich, es war ja Wochenende.«

Richtig. Hat dich aber nicht davon abgehalten zu recherchieren, während ich an den Ammersee gejettet bin, dachte Carola. Mich mit meinen Privatproblemen und denen anderer Leute beschäftigt habe. Ausgesprochen professionell von mir. »Okay. Mach weiter.«

»Also. Wir halten einfach mal fest: Fresh Parliament gibt es nicht nur auf dem Papier, sondern auch in der Realität.«

Zumindest als Briefkastenfirma in einem Berliner Seitenhaus. »Du bist die geborene Investigativjournalistin, Ayshe.«

»Findest du? Ich geb zu, das hat voll Spaß gemacht. Total energetisierend.« Sie nickte Carola zu. »Ich hab noch mehr.« Auf ihrem Bildschirm erschien eine Liste. »Das hier sind die Mitglieder des Vereinsvorstands. Lauter honorige Leute.«

Carola las die Namen auf dem Bildschirm. »Honorig?

Findest du? Nichts für ungut, Ayshe, aber das sind nur die üblichen Verdächtigen, wenn es um Glitzer-Glamour-Celebrity-Charity in der Republik geht. Die da«, sie zeigte auf die Liste, »arbeiten niemals aktiv als Vereinsvorstände. Die sind maximal Aushängeschilder, wenn überhaupt. Von denen wird keiner in der Sache auch nur einen Finger krümmen. Beispielsweise am Telefon sitzen, um Leute davon zu überzeugen, wählen zu gehen. Am besten noch die Kandidatin von Fresh Parliament. Geschweige denn Straßenwahlkampf machen oder von Haustür zu Haustür gehen, um in unserem Betreuungswahlkreis um Zustimmung für Beatrice Muggenthaler zu werben.« Sie tippte sich an die Stirn. »Dass ich nicht lache!«

Ayshe lächelte maliziös. »Wie recht du hast, Carola. Genau das hab ich mir auch gedacht. Deshalb hab ich das auch überprüft. Also, Fresh Parliament steht bei diesen Celebrities auf deren Listen. Als ein Charity unter vielen. Ist also kohärent, aber auch nicht wirklich überzeugend.«

»Sehe ich auch so.« Carola sah Ayshe an. Da kam doch noch was.

»Als Vereinsziele hat Fresh Parliament sich ein Transparenzgebot gegeben. Sie wollen die Demokratie unterstützen und politische Talente fördern. Alles nicht verboten.«

»Stellt sich trotzdem die Frage, wer wirklich hinter Fresh Parliament steht.«

»Richtig.« Ayshe bewegte erneut die Maus. »Da meine erste Frage keine echte Antwort geliefert hat, bin ich das Problem von der anderen Seite angegangen.«

»Da bin ich gespannt.« Und das ist inzwischen nicht mal mehr gelogen, dachte Carola.

»Wie gut kennst du dich mit deutschem Vereinsrecht aus? Ich weiß nicht, ob dir das bewusst ist, aber die Krux ist, dass du als Vereinsvorstand eine ziemlich große Verantwortung übernimmst.«

Carola hob die Augenbrauen. »Was meinst du damit?«

Ayshe setzte sich auf. »Na, du haftest. Und zwar mit deinem

kompletten Vermögen. Ich kann mir wirklich nicht vorstellen, dass diese Schauspieler, die bei Fresh Parliament im Vorstand sind, Lust dazu haben, ihren Kopf und ihren Geldbeutel für den Laden hinzuhalten.« Sie tippte auf den Bildschirm. »Es gibt in Deutschland große Vereine mit Hunderttausenden von Mitgliedern.« Sie zählte an den Fingern auf. »Den ADAC, das Rote Kreuz, den Fußballbund. All diese Vereine gründen GmbHs, die rechtlich unter den Verein gehängt werden. Der eigentliche e. V. ist nur ein Aushängeschild. Dahinter stehen Gesellschaften, über die das Geschäft abgewickelt wird. Das ist ziemlich weit verbreitet und vollkommen legal.«

Carola hing an Ayshes Lippen. »Und wie ist das hier?«

»Genauso. Es gibt einen Fresh-Parliament-Verein und eine Fresh-Parliament-Verwaltungs-GmbH.« Ayshe drehte den Bildschirm so, dass Carola einen Blick darauf werfen konnte.

»Das ist ja irre. Und wer sind die Gesellschafter?«

»Es gibt nur einen Gesellschafter. Einen gewissen Loris Mati.«

»Sagt mir nichts.« Wie enttäuschend. Carola krauste die Stirn.

»Mir auch nicht. Es kommt aber besser.« Ayshe tippte.

»Du machst mich fertig.« Carola versuchte, den Eintrag zu lesen.

»Hier. Schau mal. Geschäftsführer der Fresh-Parliament-Verwaltungs-GmbH ist ein gewisser Philipp Krüger.«

Carola starrte Ayshe an. »*Who?* Philipp? Philipp Krüger? Aber der ist doch einer von uns. Der arbeitet im Büro Mortler.«

Ayshe hob die Schultern. »Kann schon sein. Aber irgendwie findet der noch die Zeit und die Muße, die Geschicke von Fresh Parliament zu lenken.«

Carola legte wieder ihren Finger an die Stirn. »Der? Nie im Leben. Das ist ein Strohmann. Eher ein Strohmännchen. Ganz sicher.« Sie überlegte kurz. Langsam bekam sie wieder gute Laune. »Mach weiter. Weißt du was über die Finanzierung?«

Ayshe lächelte. »Spannende Frage. Ich hab nach dem Geschäftsbericht gesucht, um Einblick in die Finanzen zu nehmen. Gibt es nicht.«

»Nein? Und wieso nicht?«

»Ich muss mich präziser ausdrücken. Es gibt bestimmt einen, aber die Fresh-Parliament-Verwaltungs-GmbH veröffentlicht den ihren nicht.«

»Warum nicht?«

Ayshe zuckte mit den Schultern. »Müssen sie nicht. Es besteht keine Veröffentlichungspflicht.«

»Okay. Und was denkst du?«

Ayshe warf ihr einen langen Blick zu. »Du willst wissen, was ich denke? Der Vereinsvorstand hat bloß Showfunktion. Und von der GmbH sind nur die Pflichtangaben online. Ein Geschäftsbericht ist nicht einsehbar. Der Gesellschafter ist irgendwer und der Geschäftsführer ein Strohmann. Ich denke, es gibt zwei Möglichkeiten: Entweder ist das nur Schmierentheater und es steckt null Substanz dahinter.«

Was schon der Hammer wäre, dachte Carola, bedenkt man, wie weit die Landesgruppe sich schon aus dem Fenster gehängt hat. »Oder?«

»Oder es ist da etwas richtig faul.« Ayshe kaute an ihrer Unterlippe. »Ich hoffe, du findest es jetzt nicht übergriffig, aber ich hab mal ein paar Anrufe gemacht.«

Carola lachte auf. »Wieso sollte ich das übergriffig finden?«

»Na, weil mich das ja nicht wirklich etwas angeht.« Sie strich sich eine Strähne hinter ihr Ohr. »Ich habe einen Studienfreund, der im Büro des Bundestagspräsidenten arbeitet.«

»Bundestagspräsident?« Sie dachte zwei Sekunden nach. »Sehr schlau, Frau Kollegin. So willst du mehr über die Finanzierung von Fresh Parliament herausfinden. Weil dem Bundestagspräsidenten Parteispenden gemeldet werden müssen. Ayshe, ich bin beeindruckt. Meinst du, einer von Fresh Parliament hat in Sachen Parteispenden Dreck am Stecken? Das wäre ja ein dickes Ding.«

Ayshe schob die Unterlippe vor. »Was heißt hier dickes Ding? Es ist die Frage, wie man grundsätzlich zu Parteispenden steht. In meinen Augen sind sie der Klassiker in Sachen Beeinflussung. Oder legitime Unterstützung. Das kann man sehen, wie man will. Für mich bewegen sich Parteispenden im Graubereich.« Sie winkte ab. »Aber noch kann ich nichts dazu sagen.«

Carola sah sie bewundernd an. »Du bist ja eine Detektivin! Wie lautet dein Fazit?«

»Tja. Wo Rauch ist, ist auch Feuer. Irgendetwas ist bei Fresh Parliament nicht okay. Erst dieser Celebrity-Vorstand. Dann ein dubioser Gesellschafter und ein noch fragwürdigerer Geschäftsführer. Da steckt bestimmt noch mehr dahinter. Aber was? Wie finden wir das raus? Ich bin jetzt mit meinem Latein am Ende.«

»Du, ich hab da eine Idee. Ich mach mal grad einen Anruf.« Carola zog ihr Telefon hervor und wischte darauf herum. »Beni, grüß dich, Caro. Ich fall gleich mal mit der Tür ins Haus. Neben mir sitzt Ayshe, eine Kollegin von mir. Ich hab den Lautsprecher an.« Sie sah auf. »Beni arbeitet als Kommissar bei der Polizei in Weilheim.«

»Caro, Ayshe, grüßt euch. Was verschafft mir die Ehre?«

Carola starrte die Auslegeware zu ihren Füßen an. »Beni, Lenz hat mir erzählt, dass bei euch eine Software zum Einsatz kommt, über die mein Chef entscheiden muss, Prevision.«

»Prevision? Ah, du meinst ZIELKOP.«

Carola nickte. »Ja, genau, so heißt die bei euch. Hast du schon Erfahrung damit gemacht?«

»Klar. Also ich finde ZIELKOP super. Jetzt bekommen wir endlich Überblick über das, was wir alles wissen, ohne dass wir aufwendig in unterschiedlichen Datenbanken recherchieren müssen. Spart Unmengen an Zeit und ist sehr effektiv. Und wenn ich ehrlich bin: Mir macht das echt Spaß.« Er lachte.

Carola lächelte. Das war Beni, wie er leibte und lebte. »Das ist gut zu hören, Beni. Du, ich frag mich, ob du mal nachschauen könntest, was ZIELKOP über Greg Shaw so alles weiß.« Hoffentlich fragt Beni jetzt nicht, warum mich das interessiert, dachte Carola.

»Wir reden von *dem* Greg Shaw?«

»Ja, dem Greg Shaw, der Chef von Mandis ist, die Prevision entwickelt haben.«

»Du meinst, ich soll eine Einrichtung der bayerischen Kriminalpolizei nutzen, um dir als Mitarbeiterin eines Bundestagsabgeordneten Informationen zu beschaffen?«

»Beni …«

»Passt schon. Ist ja auch in unserem Interesse, mehr über den CEO der Firma zu erfahren, deren Software wir nutzen. Ich schau mal.«

Tippgeräusche klangen aus dem Lautsprecher.

»So«, Benis Stimme erfüllte das Büro, »was willst du wissen?«

Carola beugte sich über ihr Telefon. »Kannst du sehen, an welchen Unternehmen Greg Shaw beteiligt ist?

»Klar«, antwortete Beni. »Er sitzt im Board von Boeing –«

»Ist ein Verein namens Fresh Parliament auch darunter?«, unterbrach ihn Carola. »Ich buchstabiere: f, r –«

»Danke, Caro, ich kann Englisch. Soweit ich sehen kann, nicht. Was noch?«

Ayshe sah sie enttäuscht an. Caro hob die Schultern. War es das schon gewesen? Ein Gedanke schoss ihr durch den Kopf. »Versuch mal rauszufinden, wer Mandis finanziert.«

»Okay.« Wieder klickerte es aus dem Lautsprecher. »Es gibt hier mehrere Rockwoods. In unterschiedlichen Funktionen. Und diverse Unternehmen. Das scheint eine ganze Dynastie zu sein.«

Rockwood? Sie kannte einen Ben Rockwood! War das eine Verbindung? Carola klebte an dem Telefon. »Was meinst du damit?«

»Es gibt einen James Rockwood, achtundfünfzig Jahre alt. Dem gehört eine Immobilienholding in der Schweiz, mit Sitz in Zürich. Rockwood ist einer der Investoren von Mandis.« Benis Stimme erstarb.

Wie spannend, dachte Carola. Wieso redete Beni nicht weiter? »Hast du noch mehr?«

»Ja, dieser James Rockwood ist zudem noch Geschäftsführer mehrerer Unternehmen. Ich sehe eine Werbeagentur, eine Druckerei und ein Medienhaus. Was auch immer das ist. Die machen anscheinend nichts anderes, als Wahlkämpfe von Abgeordneten europaweit zu unterstützen. Ziemlich groß angelegt. Hilft dir das?«

»Bestimmt.« Ich weiß noch nicht, wie, aber langsam wird ein Schuh draus, dachte Carola.

Ihre Kollegin beugte sich über den Schreibtisch. »Beni, hier ist Ayshe. Was sagt denn deine Software zu einem Loris Mati?«

»Mal schauen. Loris Mati, sagst du? Also, der Mann ist Schweizer.« Leises Klicken tönte aus dem Lautsprecher. »Ha! Hier steht es. Loris Mati ist Geschäftsführer der James-Rockwood-Immobilienholding. Woher wusstest du das?«

Ayshe strahlte. »Geraten. Passt aber ins Bild, Beni. Noch eine Bitte.«

»Immer.«

»Kannst du bestätigen, dass der Loris Mati, der Geschäftsführer bei James Rockwood in der Schweiz ist, derselbe ist, der Gesellschafter einer Fresh-Parliament-Verwaltungs-GmbH mit Sitz in Berlin ist?«

»Moment.«

Carola verdrehte die Augen. Das war ja nicht zum Aushalten!

Benis Stimme erklang aus dem Lautsprecher. »Geburtsdatum und Adresse stimmen überein. Müsste hinkommen.«

»Danke, Beni.« Ayshe reckte beide Daumen in die Höhe.

Carola beugte sich über ihr Telefon. »Sag mal, kennt die Software eigentlich auch einen Ben Rockwood?«

Erneut erklangen Tippgeräusche. »Ja, das ist der älteste Sohn von James Rockwood. Über den gibt es nicht so viel. Der ist nur ein Alumnus eines Schweizer Internats und … Moment! Hier steht, dass er persönlicher Assistent von Greg Shaw ist! Da hat der Papa dem Sohnemann einen Job verschafft. Wenn du mich fragst, ein bisschen *cheesy*, aber nicht illegal.«

Eigentlich nur fair. Wenn Philipp in dem Spiel profitierte, dann musste Ben auch etwas davon haben. Sollte so etwas jemals verboten werden, hätte ein Drittel des politischen Personals in Berlin keinen Job mehr. Vitamin B war noch immer die beste Qualifikation. »Sag mal, gibt es eine Verbindung zu einem Philipp Krüger?«, fragte Carola.

»Wie schreibt der sich?«

»Ein l, zwei p«, antwortete sie, »wohnhaft in Berlin, Geschäftsführer der Fresh-Parliament-Verwaltungs-GmbH.«

»Mal schauen, mal schauen. Hm, ja, da gibt es etwas. Die sind auf dasselbe Internat gegangen. Vor zehn Jahren waren die zusammen in einer Rudermannschaft. Hier ist ein hübsches Foto. Ich schick es dir auf dein Handy. Hilft dir das weiter?«

Carolas Telefon brummte. Sie wechselte die Ansicht. Philipp Krüger und Ben Rockwood, deutlich jünger und sehr fröhlich, lachten ihr entgegen. »Du machst dir kcinen Begriff.«

»Moment«, unterbrach sie Beni. »Da ist noch etwas. Vor fünf Jahren waren die beiden in einen Verkehrsunfall verwickelt.«

»Wer ist gefahren?«, fragte Carola hastig.

»Krüger.«

»Ist jemand zu Schaden gekommen?«

»Nein. Nur Blechschaden. Doch. Vielleicht.« Benis Stimme erstarb.

Was war denn jetzt los? Carola hob fragend die Arme. »Beni?«

»Sorry, Caro, das muss ich mir genauer anschauen. Irgendetwas ist da. Aber was, kann ich auf die Schnelle noch nicht sehen. Gib mir zwei Tage Zeit. Ich finde das raus.«

22

»Kommst du?« Franz stand auf.

»Gemach, gemach. Noch sind die nicht fertig mit ihren Anwälten.« Er strich sich seine Krawatte glatt. Wie lange hatte er das Ding nicht mehr getragen? Aber was tat man nicht alles, wenn man zu Gericht musste. Auch Franz hatte die ewigen Bikerboots und seine Jeans gegen einen konservativen Anzug eingetauscht. Und schaute wie immer um Welten besser aus als er.

Lenz sah durch den nüchternen Gerichtssaal nach vorn zur Richterbank. Vier Personen steckten dort die Köpfe zusammen. Gelächter und Geschnatter füllte den Raum. Wie lange sollte das noch so weitergehen? Senta Engels und Mitzi Weiß dankten nun schon seit zehn Minuten schulterklopfend ihren Anwälten. Lenz beäugte die beiden Frauen. Irgendjemand musste ihnen Kleidung gebracht haben. An diese Business-Hosenanzüge konnte er sich bei der Razzia beim besten Willen nicht erinnern. Er lächelte. Ein bisschen blass um die Nase sahen die beiden schon aus. Was drei Tage U-Haft so ausmachen konnten.

Da. Mitzi hatte ihn entdeckt und stieß Senta in die Rippen. Ihrem Gesichtsausdruck nach zu urteilen, hatte sie im Gefängnis nichts von ihrer Kratzbürstigkeit eingebüßt. Im Gegenteil.

»Ich beende das Theater jetzt mal.« Er ging die drei Schritte vor in Richtung Richterbank.

»Frau Weiß, Frau Engels, grüß Gott.«

»Servus. Was verschafft uns die Ehre?«, antwortete Mitzi säuerlich.

»Grüße Sie«, fiel Franz ihm ins Wort. »Nun, das konnten wir uns doch nicht entgehen lassen.«

»Und? Wir sind auf freiem Fuß. Dazu fällt Ihnen nichts mehr ein, gell?«

»Das ist deutlich übertrieben«, antwortete Lenz freundlich. »Der Haftbefehl wurde nicht aufgehoben, sondern nur gegen Auflagen außer Vollzug gesetzt. Und auch nur, weil Ihre Anwälte glaubhaft machen konnten, dass Ihre Segelschulen mehr sind als hübsche Fassaden und auf Ihren Anwesen sich nicht nur Growzelte, sondern auch Ihre festen Wohnsitze befinden. Ich persönlich finde die Kaution ja echt happig.«

»Mei. Hunderttausend Euro. Tut mir nicht weh. Senta auch nicht.« Mitzi Weiß fuhr sich durch die Haare.

»Wir ermitteln weiter.« Franz ließ sie nicht aus den Augen.

»Und um uns das zu sagen, sind Sie den ganzen weiten Weg vom Ammersee hierhergekommen?« Senta Engels griff nach ihrer Handtasche. »Das wär doch wirklich nicht nötig gewesen.«

»Sie müssen sich jeden Tag bei uns melden.«

Senta hob den Finger. »Gemeldet, Herr Kommissar.« Sie grinste ihm ins Gesicht. »Sind Sie jetzt zufrieden?«

Wie schade, dass Frechheit kein Straftatbestand ist, dachte Lenz. »Ehrlich gesagt erst, wenn Sie Ihrer gerechten Strafe zugeführt worden sind.«

Die beiden Frau sahen sich an und prusteten los.

»Was ist daran jetzt so komisch?« Lenz hörte selbst, wie pikiert er klang, und ärgerte sich darüber.

Mitzi Weiß wischte mit dem Handrücken unter ihren Augen entlang. »Na, weil ihr immer noch nichts schnallt.«

Bevor Lenz den Mund aufmachen konnte, fiel ihm Franz ins Wort. »Meine Damen, es macht doch keinen Sinn, dass wir uns hier streiten. Was halten Sie davon, wenn wir diesen einigermaßen ungastlichen Ort verlassen und wir Sie zum Essen ausführen? Nach drei Tagen mit JVA-Verpflegung wird Ihnen der Sinn vielleicht nach etwas anderem stehen.«

Mitzi Weiß sah ihn überrascht an. »Endlich mal ein intelligenter Vorschlag. Was meinst du, Senta?«

»Mei.« Sie schob die Unterlippe vor. »Kommt drauf an. In irgendeine drittklassige Kaschemme lass ich mich von denen nicht schleppen.«

Franz hatte sein schönstes Lächeln aufgesetzt. »Wer redet denn von Kaschemme? Wir bringen Sie dorthin, wo Sie wollen.«

»Wenn das so ist.« Mitzi strahlte. »Wir zeigen Ihnen den Weg.«

Wo wollten die Weiber bloß hin? Seit fünfzehn Minuten fuhren sie nun schon durch München. Lenz ärgerte sich, dass er sich so wenig auskannte in der Landeshauptstadt. Franz hatte die Adresse, die Mitzi ihm genannt hatte, einfach ins Navi eingegeben und war losgefahren. Schweigend. Auch die Frauen auf dem Rücksitz sagten kein Wort. Er spürte ihre Blicke im Genick. Ansonsten war kein Mucks zu hören. Gerade waren sie über die Luitpoldbrücke gefahren und umrundeten den Friedensengel. Bogenhausen. Sehr gediegen. Er verdrehte die Augen. Das konnte ja heiter werden.

»So, da wären wir.« Plötzlich fuhr Franz rechts ran. »Steigt ihr schon mal aus.« Er drehte sich zu den Frauen auf dem Rücksitz um. »Ich such nur noch schnell einen Parkplatz.«

Lenz sah durch die Windschutzscheibe. Hier? An dieser vierspurigen Straße? Was sollte hier denn bitte sein? Er stieg aus und sah sich um. Ein Lkw donnerte an ihm vorbei. Als er sich umdrehte, fiel ihm auf der gegenüberliegenden Straßenseite ein roter Schriftzug ins Auge. Oh mein Gott. Käfer. *Der* Münchner Nobelcaterer und Wiesenwirt. Wenn er sich nicht irrte, traf sich doch der halbe FC Bayern hier.

»Wollen Sie hier Wurzeln schlagen?« Senta funkelte ihn an. »Oder können wir jetzt gehen?«

»Nein, ja, selbstverständlich.« Er riss sich zusammen und trat an die Ampel. »Sind Sie öfter hier, Frau Engels?«

Die Ampel schaltete auf Grün. »Nur, wenn es etwas zu feiern gibt.«

Mit Erleichterung machte Lenz Franz vor dem Eingang aus. Allein brachten ihn da keine zehn Pferde rein.

»Bistro oder Restaurant, die Damen?«, fragte sein Kollege freundlich und hielt galant die Tür auf.

»Die Frage meinen Sie nicht ernst«, gab Mitzi zurück und

wandte sich Richtung Treppe. »Ah«, seufzte sie, als sie kurz darauf in einen Sessel sank. »Das fühlt sich doch deutlich angenehmer an als die harten Bänke im Gericht.«

»Wünschen Sie einen Aperitif?«, fragte der Kellner in Livree und hielt Lenz eine geöffnete Speisekarte vor die Nase.

»Gerne. Ich nehme ein Glas Champagner«, antwortete Senta Engels. »Du auch, Mitzi?«

Der Kellner nickte. »Für die Herren?«

Lenz hatte den Preis für den Champagner erspäht und hoffte, dass ihm niemand sein Erschrecken anmerkte. »Alkoholfreies Weißbier bitte.«

»Für mich auch«, sagte Franz. »So.« Er wandte sich den Frauen zu. »Sie hatten Ihren Spaß. Können wir jetzt bitte mal zur Sache kommen?«

»Moment«, strahlte Mitzi Weiß. »Mein Aperitif. So viel Zeit muss sein.«

Der Kellner stellte zwei Champagnerflöten ab und platzierte zwei Biergläser vor Franz und Lenz.

Mitzi griff nach ihrem Glas. »Auf dein Spezielles.« Sie ließ es an das ihrer Nachbarin klimpern. »Herr Ober? Bitte bringen Sie mir doch als ersten Gang die Variationen von der Gans, danach bitte den Heilbutt.«

Senta Engels reichte dem Kellner ihre Karte. »Dem schließe ich mich an.«

Lenz winkte ab. »Danke, wir bleiben nicht lang.« Er ließ seinen Blick zwischen den Frauen hin- und herwandern. »Übertreiben Sie es nicht.«

Senta Engels nahm einen Schluck aus ihrem Glas. »Übertreiben? Wir? Ihr seids mitten in der Nacht bei uns auf dem Hof gestanden, habt unsere Leute eingekastelt und uns gleich mit dazu. Wer übertreibt hier gerade?«

Franz stellte sein Bier beiseite. »Frau Engels, ist Ihnen eigentlich klar, wessen Sie beschuldigt werden? Sie haben bandenmäßig illegale Drogen angebaut, besessen und damit gehandelt. Unter zwei Jahren kommen Sie nicht davon. Ich tippe eher auf fünf.«

Senta Engels riss die Augen auf. »Ausgerechnet ihr wollt uns drohen? Ich fasse es nicht. Mein Stefan ist tot, und ihr tut nichts. Stattdessen droht ihr uns?« Sie schüttelte den Kopf.

Mitzi Weiß legte begütigend ihre Hand auf ihren Arm. »Was die Senta eigentlich sagen will: Wie blöd seids ihr eigentlich? Uns in den Knast stecken? Uns? Ihr kapiert wirklich gar nichts.«

Was hätte er darum gegeben, jetzt die Augen verdrehen zu dürfen. »Was verstehen wir Ihrer Meinung nach nicht, Frau Weiß?«, fragte Lenz betont ruhig.

Sie strich die blütenweiße Tischdecke vor sich glatt. »Wir beide machen den Job, damit ihn kein anderer macht.«

»Ja, klar. Sie tun ein gutes Werk.« Franz' Stimme troff vor Ironie. »Frau Weiß, wir haben illegale Substanzen im Wert von mehreren Millionen Euro bei Ihnen sichergestellt. Kommen Sie mir jetzt nicht mit irgendeinem Robin-Hood-Schmarrn. Das glaubt Ihnen kein Mensch.«

»Das bisserl Gras?«, gab Mitzi Weiß zurück. »Was meint ihr, was so eine Plantage kostet? Wir haben Ausgaben. Jede Menge! Wir müssen die Pflanzen bezahlen, Strom, Wasser, ganz zu schweigen vom Personal …«

»Mir kommen gleich die Tränen.« Franz trank einen Schluck Weißbier.

Mitzi hob ihr Glas. »Senta, ich sag's die ganze Zeit. Die Polizei hat echt keine Checkung.« Sie wandte sich zu Lenz. »Wir sind keine Drogenbaroninnen, die sich am Elend anderer bereichern. Das ist nicht der Ammersee-Clan. Wir sind ordentliche Landwirtinnen. Geschäftsfrauen. Und anständige noch dazu. Die Senta und ich, wir machen nur einen Bruchteil dessen, was wir eigentlich machen könnten.«

Landwirtinnen? Hatte die jetzt den Verstand verloren? »Das müssen Sie mir erklären.«

»Moment.« Zwei Kellner setzten synchron zwei Teller vor den beiden Frauen ab.

»Bringen Sie uns doch bitte noch mal Champagner«, flötete Mitzi Weiß.

Lenz betrachtete die Teller. Sah lecker aus. »Frau Weiß. Wir warten.«

Sie strahlte ihn an. »Darf ich wenigstens mal probieren?« Sie nahm eine Gabel. »Oh, Senta, das ist göttlich!« Sie fing Lenz' Blick auf. »Jaja, wo war ich? Also. Was wir machen, ist eine ganz spezielle Form der Landwirtschaft.«

»Sie erlauben, dass ich lache.« Franz stützte seinen Kopf in seine Hand. »Haha.«

Mitzi Weiß zog die Augenbrauen zusammen. »Und ich wiederhole mich. Sie haben keine Ahnung. Ich bin der Meinung, dass in wenigen Jahren Cannabis legalisiert werden wird. Das geht gar nicht anders. Dann sitzen wir auf der anderen Seite des Tisches.«

Lenz schlug mit der flachen Hand auf den Tisch. »Frau Weiß!«

Sie hob beschwichtigend die Hände. »Ja, schon gut. Was wir machen, ist sauber. Sogar bio. Wir bauen an, trocknen, portionieren und vertreiben alles selbst.«

»Ja und? Meinen Sie, das unterscheidet Sie von anderen? Wir reden immer noch von Drogen.« Franz hatte die Arme vor der Brust verschränkt.

»Wie gesagt, keine Ahnung. Wir strecken unsere Ware nicht mit chemischen Substanzen. Wir panschen nicht. Bei uns ist alles voll öko. Und auch noch vegan.«

»Vegan. Soso«, sagte Franz trocken. »Nicht gepanscht. Und das kommt vor?«

»Ja, klar«, antwortete Mitzi Weiß eifrig. »Hier in der Stadt allemal. Und stellt euch mal vor, die Kids geraten in die falschen Hände! Was da alles passieren könnte! Ihr müsst euch klarmachen: Rauchen tun die eh. Dann doch besser das Gras, das wir ihnen verkaufen. Mit uns kannst du eine gute Zeit haben, aber mit unserem Zeug kannst du dich nicht wegknallen. Da passen wir auf.«

Lenz dachte an die Burschen im Krankenhaus. »Okay. Und Ihre Haltung ist …«

»Unsere Haltung ist«, ging Senta Engels dazwischen, »dass

das, was wir machen, nicht legal ist. Noch. Und ich sage bewusst: noch nicht. Aber welche Droge legal und welche illegal ist, ist doch völlig willkürlich. Unser Zeug ist sicher. Und wir bringen niemanden um.«

Lenz überlegte. »Wie bringen Sie Ihre Ware eigentlich unter die Leute?«

»Über unsere Schülerkuriere«, antwortete Mitzi Weiß freundlich. Als sie Lenz' Blick auffing, zuckte sie mit den Schultern. »Ja, klar, wie denn sonst? Wir kennen die Kids seit Jahren. Und die kennen uns. Sie wissen, uns können sie vertrauen. Offiziell sind die Jungs bei uns am Hof als Aushilfen in der Landwirtschaft angestellt. Wir haben einen Hofladen mit regionalen Produkten. Die Feriengäste, die vorbeikommen, stehen auf so was. Über den Laden beschäftigen wir die Kids. Das Ganze ist rechtlich einwandfrei, mit Bundesknappschaft, Mindestlohn und allem Pipapo.«

»Wir sind begeistert.« Franz schüttelte den Kopf. »Ihnen ist schon klar, dass Sie Minderjährige zu Straftaten anstiften. Oder?«

»Die brauchten wir nicht anzustiften. Die haben schon gedealt, bevor sie zu uns gekommen sind.« Mitzi Weiß strahlte. »Wir haben sogar eine App entwickeln lassen, über die wir *safe* untereinander kommunizieren. Damit keiner der Jungs auf die dumme Idee kommt, im Darknet irgendeinen Scheiß zu kaufen. Kostet einmalig fünf Euro Gebühr.«

Lenz sah sie an. »Das ist nicht Ihr Ernst.«

Sie nickt. »Mein voller.« Sie hob ihr Glas. »Prost. *Legalize it.* So wie Alkohol.«

Lenz biss sich auf die Unterlippe. Am liebsten hätte er gesagt … Ja, was eigentlich? Über siebzigtausend Alkoholtote jährlich waren wahrlich kein Pappenstiel. Aber sein Job war nicht, Gutmensch zu sein, sondern für Recht und Ordnung zu sorgen. »Wenn alles so sicher ist, wie Sie sagen, und alle sich lieb haben, wer hat dann bitte Ihren Sohn auf dem Gewissen, Frau Engels? Und wer schießt nachts auf dem See umeinander?«

Senta Engels' Gesichtszüge erfroren. Langsam legte sie ihr Besteck auf die gestärkte Serviette. »Meine Herren, von meiner Seite war es das jetzt. Ich muss nicht mit Ihnen reden. Nein, lass, Mitzi«, wischte sie die Freundin beiseite, die dazwischengehen wollte. »Mitzi und ich haben sehr deutlich gesagt, dass ihr vollkommen auf dem Holzweg seid. Das muss reichen. Eure Arbeit machen wir wirklich nicht. Und meine Gefühle gegenüber meinem toten Sohn lass ich nicht für Ihre Zwecke instrumentalisieren. Danke für die Einladung.« Sie stand auf. »Mitzi, kommst du?«

Mitzi Weiß schob ihren Sessel zurück. »Schade um den Fisch. Aber ich muss Senta recht geben. Wir haben genug gesagt. Servus.«

»Ja, servus.« Lenz sah ihnen hinterher, wie sie hocherhobenen Hauptes zur Treppe gingen. Hatte er einen Fehler gemacht? Indem er sie hart angefasst hatte? Hätte sie eine Aussage gemacht, wenn er verbindlicher gewesen wäre? Vielleicht. Bestimmt. Wer wusste das schon? Aber die Cannabis-Folklore der beiden konnte er sich auch nicht länger anhören. Er atmete tief ein.

»Der Herr.« Er sah auf. Der Kellner stand neben ihm und legte eine Mappe neben sein Weißbierglas. »Ich nehme an, die Damen sind gegangen?«, fragte er.

Lenz nickte, öffnete die Mappe und betrachtete die Summe. Eine mittlere dreistellige Summe. Für einen Moment schloss er die Augen. Wie um alles in der Welt sollte er das jemals der Buchhaltung beibringen?

23

»Servus.« Johannes Ludwig wuchtete seine Aktentasche auf den Schreibtisch. »Schön, euch zu sehen.«

»Grüß dich, Johannes. Ayshe kennst du ja. Sie arbeitet nebenan, zusammen mit Matthias.«

Ludwig ließ sich in seinen Stuhl fallen und rieb sich über das Gesicht. »Ja klar, servus. Sorry, ich bin heute müde und k. o. Was habt ihr denn so Wichtiges, das nicht bis nach der Fraktion warten kann?« Er sah sie mit ausdruckslosen Augen an.

Deine Zukunft, dachte Carola. Und meine auch. Sie fuhr sich über die Stirn. Wieder eine gehetzte Nacht. Wieder eine Bahnhofshalle, eine vergessene Tasche und das miese Gefühl, versagt zu haben. Aber Beni hatte sie heute Morgen mit den Ergebnissen seiner Recherche versorgt. Gleich würde sie die Bombe platzen lassen. »Nun, Ayshe hat zu Fresh Parliament recherchiert.«

Ein Funken Leben kehrte in Ludwigs Augen zurück. Er setzte sich auf. »Das hast du getan? Sehr spannend. Und? Hast du etwas herausgefunden?«

Ayshe klappte ihr Notizbuch auf. »In der Tat. Um es abzukürzen: Fresh Parliament ist ein Verein.«

Carola sah Leere in den Blick ihres Chefs zurückkehren. »Tja, wie soll ich sagen, diese Erkenntnis ist jetzt nicht bewusstseinsverändernd.«

Ayshe nickte freundlich. »Meiner Meinung nach ist das nur eine hübsch gemachte Hülle, ein Aushängeschild, wenn du so willst. Dahinter steht eine Verwaltungs-GmbH.«

Ludwig sah auf die Uhr. »Das ist vielleicht nicht superelegant, Ayshe, aber vollkommen legal. Und ehrlich gesagt auch sinnvoll, denn das deutsche Vereinsrecht …

»… nimmt Vorstände in die persönliche Haftung. Das wissen wir«, unterbrach ihn Carola ungeduldig. Gib mal

Gas, Ayshe, dachte sie, sonst schmeißt er uns gleich raus.
»Sorry, Ayshe, mach weiter.«

Wenn Ayshe das Verhalten Ludwigs stresste, ließ sie es sich nicht anmerken. »Also, der Geschäftsführer der Fresh-Parliament-Verwaltungs-GmbH heißt Philipp Krüger.«

»Da klingelt was bei mir.« Ludwig legte seine Stirn in Falten.

Carola konnte nicht mehr an sich halten. »Den kennst du. Das ist der Mitarbeiter vom Mortler.«

»Richtig!« Ludwig sah sie irritiert an. »Aber wieso ist ein MdB-Mitarbeiter gleichzeitig Geschäftsführer in einem Verein? Und dann auch noch bei Fresh Parliament? Was soll das?«

Ayshe hob ihren Stift, als wollte sie sich melden. »Genau wissen wir das auch noch nicht. Wir vermuten aber, dass Philipp Krüger ein Strohmann ist.«

Ludwig starrte sie an. »Ein Strohmann? Wie kommt ihr dadrauf? Für was? Oder für wen?«

Ayshe rückte ihr Notizbuch zurecht. »Dazu muss ich etwas tiefer einsteigen. Du kannst dich doch noch an Greg Shaw erinnern?«

Ludwig nickte. »Selbstverständlich. Der CEO von Mandis. Hab erst lange mit ihm in Paris gesprochen. Moment! Willst du mir sagen, dass Shaw bei Fresh Parliament seine Finger drin hat? Das wäre ja der Hammer!«

Ayshe legte den Kopf schief. »Indirekt. Oder vielleicht doch direkt. Um die Frage zu beantworten, habe ich mich mit Mandis beschäftigt. Das Unternehmen Mandis ist ja letztlich auch nur eine Software-, fast hätte ich gesagt: -Bude, nein, ich will nicht ungerecht sein, eine Software-Schmiede. Die Entwicklung von Software verschlingt Unsummen. Und die Entwicklung von Prevision hat bestimmt ein Vermögen gekostet. Finanziert wurde das unter anderem von der Rockwood-Holding, deren CEO James Rockwood ist. Der wiederum mit Immobilien in der Schweiz steinreich geworden ist.«

»Schön. Was tut das hier zur Sache?«

»James Rockwood hat einen Sohn, Ben Rockwood. Und

der ist der persönliche Assistent von Greg Shaw, dem CEO von Mandis.«

Ludwig zuckte die Schultern. »Unappetitlich, aber nicht illegal.«

Ayshe nickte. »Richtig. Das Ganze wird erst interessant, wenn ich dir sage, dass Ben Rockwood, Sohn des Finanziers von Greg Shaw, mit Philipp Krüger, unserem Fresh-Parliament-Geschäftsführer, zusammen zur Schule gegangen ist.«

»Hm.« Ludwig rümpfte die Nase. »Du willst eine unangemessene Nähe von Mandis und Fresh Parliament konstruieren? Weil Philipp Krüger womöglich Greg Shaw über seinen Schulkameraden kennengelernt hat? Zu weit hergeholt. Das kannst du mir dann auch unterstellen. Ich kenn den Mann ja schließlich auch persönlich.«

Carolas Telefon brummte. Sie warf einen Blick auf das Display. Eine Nachricht von Philipp. Woher hatte der ihre Telefonnummer? »Mittwoch, 19:00, Borchardt. Mandis lädt ein. *Be my guest.*« Und ein Smiley. Sie hob die Augenbrauen.

»Ayshe und ich gehen sogar noch weiter. Wir sind der Meinung, dass James Rockwood senior und Greg Shaw Fresh Parliament steuern. Pass auf.« Carola wischte über ihren Laptop, stand auf und hielt ihn Ludwig unter die Nase. »Was würdest du dazu sagen, wenn der Geschäftsführer der Rockwood-Immobilienholding, Loris Mati, gleichzeitig Gesellschafter der Fresh-Parliament-Verwaltungs-GmbH ist?«

»Dann nehme ich alles zurück und behaupte das Gegenteil.« Ludwigs blaue Augen strahlten. »Verdammt gute Arbeit, ihr beiden.«

»Gell?« Sie nickte. »Ich hab noch mehr. Du erinnerst dich noch an Philipp Krüger und Ben Rockwood junior? Den MdB-Mitarbeiter, der gleichzeitig Geschäftsführer der Fresh-Parliament-Verwaltungs-GmbH ist, und den Sohn, der Assistent des Mannes wurde, in den der Vater sein Geld gesteckt hat?«

»Klar.« Ludwig klang ungeduldig. »Hast du ja eben gesagt. So kurz ist mein Gedächtnis auch nicht.«

»Vor zehn Jahren sind Philipp und Ben zusammen zur

Schule gegangen. Und zwar auf ein Internat in der Schweiz. Das Foto hier zeigt die beiden. Sie waren in der gleichen Rudermannschaft.«

Ludwig schüttelte müde den Kopf. »Das bringt doch nichts, Caro. Alles ein bisschen bäh, aber kein Verbrechen, meine Liebe.«

Carola zwinkerte ihm zu. »Wer redet von Verbrechen, mein lieber Johannes? Es war auch keins, als die beiden zusammen in einem Auto gesessen haben. Schau.« Sie wischte über den Bildschirm.

»Autsch«, sagte Johannes. »Das ist ja nur noch ein Haufen Schrott. Ist jemand zu Schaden gekommen?«

Carola setzte sich wieder. »Dazu komme ich gleich. Wer gefahren ist, lässt sich heute nicht rausfinden. Wie du siehst, waren Philipp und Ben in einen Unfall verwickelt. Dabei hat eine Person auf dem Rücksitz ein paar Kratzer abgekriegt. Schau mal, wer das war.« Ihr Bildschirm zeigte ein Foto, das Beni ihr gestern Abend gemailt hatte.

Ludwig sah sie an. »Nicht dein Ernst.«

Carola nickte. »Mein voller, Johannes. In den letzten fünf Jahren sind Greg Shaw und Ben Rockwood senior als Business Angel aufgetreten. Es sind Millionen geflossen.«

Ludwig legte den Kopf in den Nacken, lachte und lachte und hörte nicht mehr auf.

24

»Guten Morgen.« Beni, die Türklinke noch in der rechten Hand, hielt sich die Linke vor den Mund. »'tschuldigung«, sagte er und schlurfte Richtung Whiteboard.

Lenz nickte und schluckte das Gähnen, das seinen Hals hochkriechen wollte, herunter. Ein Kreuz mit dieser Empathie, dachte er. Immer muss ich mitgähnen, wenn ein anderer das tut. Aber will ich lieber Soziopath sein, um meine Reflexe unterdrücken zu können?

»Was hast denn?«, fragte Franz und ließ seinen Stuhl zurückwippen. »Heute Nacht zu lange gezockt?«

»Mei«, Beni warf ihm einen langen Blick über die Schulter zu und zog gleichzeitig die Kappe vom Stift, »was auch immer Menschen deiner Generation unter Zocken verstehen. Während du geschlafen hast, hab ich *real time* in New York gehandelt. Aktien gekauft und verkauft«, ergänzte er, als er Franz' Blick auffing. »War durchaus lukrativ.« Mit Blick auf Lenz' Gesichtsausdruck räusperte er sich. »Okay. Gibt es etwas Neues im Fall Engels?«

Franz verschränkte die Arme hinter seinem Kopf. »Falls es überhaupt ein Fall ist. So, wie ich das sehe, war der Haftprüfungstermin gestern ein Schlag ins Wasser. Oder, Lenz?«

»Ja.« Er dachte an die Rechnung, die in seiner Schreibtischschublade schmorte. Mit der er sich noch nicht in die Buchhaltung getraut hatte.

»Musst dir vorstellen«, schaltete Franz sich ein, »die Damen verstehen sich als Unternehmerinnen –«

»Landwirtinnen«, unterbrach ihn Lenz.

Franz zuckte die Schultern. »Meinetwegen. Dann als Landwirtinnen. Sie sind der Meinung, dass sie ein ordentliches Produkt herstellen und vertreiben. Und sie bestehen darauf, dass wir die Deppen sind.«

Den Eindruck hab ich von uns auch, dachte Lenz. Gerade

in letzter Zeit. Aber ich nutze mal die Gunst der Stunde und halte meine Klappe.

»Mei«, Beni drehte sich um, »alles eine Frage der Perspektive. Wenn Cannabis legali–«

»Jetzt fang du nicht auch noch damit an«, ging Franz ungeduldig dazwischen. »Fakt ist, dass sowohl die Engels als auch die Weiß offensichtlich über einen längeren Zeitraum Drogen angebaut und verkauft haben. Die Fischerei, die Segelschulen und der Tretbootverleih dienten ausschließlich der Verschleierung dieser Aktivitäten. Ich vermute zudem, dass sie mit ihren Unternehmen Geld gewaschen haben.«

»Das ist doch schon mal was«, sagte Beni gutmütig. »Also, wenn du mich fragst, kommt da ordentlich was zusammen. Locker fünf bis zehn Jahre, je nachdem, wie der Richter drauf ist.«

»Schon.« Franz hatte wieder die Hände hinter seinem Kopf verschränkt. »Aber trotzdem passt das alles nicht zusammen.«

»Was meinst du?«

»Na ja«, antwortete Franz, »wenn man die ganze Cannabis-Folklore weglässt, waren die beiden doch einfach nur gut im Geschäft. Und …« Franz verstummte.

»Und was?« Lenz sah ihn an.

Franz schüttelte den Kopf. »Seids mir nicht bös, die beiden Weiber sind doch nicht auf der Brennsuppen dahergeschwommen. Die hatten keine Sorgen und keinen Ärger, aber was noch wichtiger ist, die hatten keine Not. Im Gegenteil! Die hatten ihre Läden im Griff. Und sie haben es nicht übertrieben. Aus meiner Sicht passt das.«

Beni ließ die Kappe auf den Stift schnappen. »Wie? Passt? Wie meinst du jetzt das?«

Franz stand auf und ging zum Whiteboard. »Es ist doch so. Die haben zwar ordentlich Geld verdient …«

Beni nickte. »Das will ich meinen.«

Franz deutete auf das Whiteboard. »Ja, aber nichts deutet darauf hin, dass die darauf aus waren, sich übermäßig zu bereichern.«

Beni sah ihn ungläubig an. »Glaubst du denen jetzt ihre Gutmenscherei und ihr soziales Geschwurbel?«

Franz hob die Schultern. »Mei, wie du bereits sagtest – alles eine Frage der Perspektive. Die Weiß und die Engels haben sich tatsächlich als Unternehmerinnen verstanden. Die haben ein Grundprodukt hergestellt und veredelt, also im eigentlichen Sinne Wertschöpfung betrieben. Das Produkt haben sie anschließend über ihr eigenes Vertriebsnetz verkauft. Dabei haben sie darauf geachtet, dass ihnen die Kosten nicht davonlaufen.«

Beni lachte auf. »Du meinst, die haben die Photovoltaikanlagen nicht nur auf ihre Dächer geschraubt, um ihre mit Sicherheit hohen Stromkosten zu verschleiern, sondern weil sie ihre Kosten senken wollten?«

Franz malte mit einem Stift ein Ausrufezeichen. »Exakt. Zudem waren die in meinen Augen ordentliche Arbeitgeberinnen. Die haben alle ihre Mitarbeiter angestellt und versichert. Wie sich das gehört.«

Beni hob die Schultern. »Ja, klar, verstanden. Und was passt jetzt nicht mehr?«

»Bis vor ein paar Wochen war alles in Ordnung. Ich sage bewusst: in Ordnung. Es *war* nicht nur in Ordnung, es *herrschte* Ordnung. Und zwar über einen relativ langen Zeitraum. Und plötzlich, aus irgendeinem Grund, gerät diese Ordnung aus den Fugen.«

»Interessanter Gedanke. Den hatte ich auch schon«, sagte Lenz. »Mach weiter.«

Franz warf ihm einen Blick zu, als ob er sich erst davon überzeugen musste, dass er anwesend war. »Erstes für uns erkennbares Zeichen, dass etwas nicht in Ordnung ist: Stefan Engels stirbt. Wir wissen bis heute nicht, ob es sich um die Verkettung unglücklicher Umstände oder Fahrlässigkeit mit Todesfolge handelt.«

»Oder Mord.«

»Oder Mord, Lenz. Da hast du recht. Auch das können wir nicht ausschließen. Obwohl, es fehlt ein Motiv, ein potenzieller Täter und eine Gelegenheit.« Franz nickte ihm zu. »Nächstes Anzeichen: Die beiden Frauen, die sich ehedem maximal geduldet haben, hocken sich auf einmal gegenseitig auf dem Schoß. Zwischen die passt aktuell kein Blatt. Die verpfeifen sich noch nicht mal. Und das will echt was heißen.«

Beni schaute versonnen. »Nach dem, was ihr über euren Münchner Ausflug erzählt habt, wirkt das auf mich, als ob die unter einer Decke stecken.«

»Richtig.« Franz fuhr sich durch die Haare. »Nur haben die bis vor Kurzem vollkommen unabhängig voneinander agiert. Wenn die sich jetzt zusammentun, stellt sich die Frage: gegen was oder gegen wen?«

»Vielleicht müssen wir deine Frage anders stellen«, schaltete Lenz sich ein.

»Wie denn?«, fragte Beni und zückte seinen Stift.

»Wenn die alte Ordnung nicht mehr besteht, wie ist die neue aufgebaut?«

Beni schrieb. »Anders formuliert: Was hat sich verändert?«

»Ehedem hatten unsere Drogisten keine Vergiftungserscheinungen«, sagte Lenz.

Beni sah nicht auf. »Du meinst die Kids im Krankenhaus?«

Lenz nickte. »Ja, die auch. Ich meine aber in erster Linie Stefan Engels.«

Beni malte Wolken und Pfeile. »Da hast du recht.«

»Wir hatten auch keine Schießereien auf dem See. Zumindest, seitdem ich da bin.« Franz ging zurück an seinen Platz.

Beni nickte. »Nee. Das nun wirklich nicht.«

»Nach was sieht das eurer Meinung nach aus?«, fragte Franz.

Lenz stand auf, ging zum Whiteboard und griff nach einem Stift. »Ich denke, dass es eine neue Figur auf dem Spielfeld gibt.« Er malte ein rotes X auf die Tafel.

»Mister X?«, lachte Franz. »Willst du uns veräppeln?«

Lenz räusperte sich. »Keineswegs. Ich kann etwas dazu beitragen.« Er zog eine Schublade auf. »Ich hab da diese …«

»Wildtierkameras!« Beni griff nach dem Gerät und öffnete die Abdeckung. »Wo hast du die her?«

»Aus der Asservatenkammer. Und dann vom See. Da hatte ich sie die letzten Tage laufen. Kannst du damit etwas anfangen, Beni?«

»Klar.« Beni zog die Speicherkarte aus dem Gerät. »Und was ist da drauf?«

»Das weiß ich nicht.« Lenz hoffte, dass er nicht rot werden würde.

»Okay.« Mit zwei Handgriffen hatte Beni die Karte in einem Stick platziert und diesen in seinen Rechner gesteckt. »Dann schauen wir mal.« Er bewegte die Maus. »Ich geb das gleich mal auf den Bildschirm. So. Ah, das sind ziemlich viele Bilder. Hast viel wabernde Nebel fotografiert, gell? Die Qualität ist trotzdem richtig gut.« Er zeigte auf ein Bild. »Da ist jemand. Kennen wir den?«

Franz stand auf. »Bernhuber kann es nicht sein. Der liegt immer noch im Krankenhaus.«

»Vielleicht ist das einer der Engels'schen Angestellten. Was macht der bloß?« Lenz legte den Kopf schief.

»Offensichtlich darauf warten, dass sich der Nebel verzieht. Um dann nachts auf den See rauszufahren.« Beni ließ die Bilder durchlaufen.

»Kannst du die Kennung von dem Boot ausmachen?«, fragte Franz und stand auf.

Beni zog einen Ausschnitt größer. »LL-678. Das Boot haben wir bei dem Einsatz neulich doch sichergestellt. Inzwischen wurde es der Engels zurückgegeben.«

»Hm«, machte Lenz enttäuscht, »also nichts Neues.«

»Wenn man mal von der Uhrzeit absieht.« Franz zeigte auf die Statuszeile. »Das war gestern um zwei Uhr in der Früh.«

»Mei«, sagte Beni, »es muss auch Nachteulen geben. Ich mach mal weiter.«

Lenz betrachtete die durchlaufenden Fotos. »Da, schaut, da kommt er wieder. Hat der was dabei?«

»Ja.« Beni vergrößerte den Ausschnitt. »Pakete. Große Pakete.«

»Was da wohl drin ist?«

»Na, was wohl?« Franz ging wieder an seinen Platz. »Ich tippe mal auf Drogen. Offensichtlich haben die ein paar Pakete draußen im See geparkt. Leute, das bringt doch nichts. Wir wissen doch schon, dass die mit Drogen handeln.«

»Da ist aber noch jemand«, ließ Beni sich vernehmen.

Franz war wieder auf den Beinen. »Wo?«

»Na da.« Beni zog das Bild auf. »Da, man sieht es kaum.«

Franz schlug ihm auf die Schulter. »Du hast recht! Da ist noch jemand auf dem See.«

»Mister X!«

»Schmarrn.« Beni kicherte. »Sei mir nicht bös, aber das ist so was von achtziger Jahre, Lenz.« Er tippte auf seiner Tastatur. »Bös verpixelt ist es auch noch. Aber ich kann das optimieren.«

»Gib dir keine Mühe. Das sieht ein Blinder mit dem Krückstock, dass das Gesicht zu dunkel ist, als dass man etwas erkennen könnte.« Franz klang enttäuscht.

»Aber das Boot ist gut zu sehen. Was meint ihr, ist das eine Kennung?«, fragte Lenz.

»Nicht wirklich«, antwortete Beni. »Zahlen oder Buchstaben sind das nicht. Eher ein Symbol. Findet ihr nicht, das sieht aus wie ein Dreizack?«

»Da siehst du einen Dreizack? Ernsthaft?« Franz tippte sich an die Stirn.

»Was soll das sonst sein?«, verteidigte sich Beni.

»Schon gut«, sprang Lenz ihm zur Seite, »was wissen wir über einen Dreizack am Ammersee, Beni?«

»Moment«, antwortete sein junger Kollege, »ich starte eben mal ZIELKOP.«

»Boah«, machte Franz, »ich sag dir, ich muss mich so was von zurückhalten. Ich meckere nur nicht, weil Lenz sonst wieder sauer wird.«

Beni sah von seiner Tastatur auf. »Denk ich mir. Nur, was fällt dir zu den Stichworten ›Dreizack‹ und ›Ammersee‹ ein, Kollege?«

Franz sah ihn an und schwieg.

»Hab ich mir gedacht. Wollen wir Ergebnisse, oder wollen wir keine?«

Lenz hob beschwichtigend die Hand. »Lass gut sein, Beni. Wir haben es verstanden. Mach weiter.«

»Okay.« Beni tippte. »So, was haben wir? Hier, eine Meldung aus der Gastronomie.«

»Gastronomie?« Franz' Stimme troff vor Hohn. »Willst du mich auf den Arm nehmen?«

»Was hältst du davon, erst mal jedem Hinweis nachzugehen?«, pampte Beni zurück. »Also. Vor zwei Monaten wurden der Minigolfplatz und die Segelschule zwischen Utting und Riederau neu verpachtet.«

»Kenn ich«, sagte Lenz. »Da ist auch ein Kiosk mit dabei. Die machen super Fischsemmeln. Aber wieso Dreizack?«

»Der Kiosk heißt seit Neuestem Tridente. Italienisch für Dreizack.«

»Toll«, bemerkte Franz. »Ermitteln wir demnächst, wenn eine neue Pizzeria aufmacht?«

Lenz hob die Hände. »Leute, das bringt uns alles nicht weiter. Ich hab nachgedacht. Der See ist der Schlüssel. Da hat alles angefangen. Wir haben den Geschädigten im See gefunden, der Schusswechsel fand dort statt, und unsere beiden Damen betreiben ihre Unternehmen dort. Zudem gibt es nächtliche Aktivitäten von Drogenkurieren. Vielleicht auch noch von anderen Personen. Dreizack und Kiosk sind neue Hinweise in der Sache.«

»Kommt jetzt das, was ich denke?« Franz schaute verdrießlich.

»Ja. Da muss etwas sein, was wir bisher übersehen haben. Deshalb observieren wir heute Nacht den Park und den Dampfersteg in Utting. Besorgt euch Kameras und zieht euch warm an. Da weht nachts ein kalter Wind.«

25

»Warst du schon mal hier? Schick siehst du übrigens aus.«
Johannes Ludwig drückte die abgegriffene messingfarbene
Klinke herunter.

»Nein. Nicht mein Style. Und danke schön, du auch«, antwortete Carola und schob sich nach ihm durch die Tür. Sie
hatte sich für sportliche Eleganz entschieden: ein Etuikleid,
von dem sie wusste, dass sie darin eine gute Figur machte, und
Pumps. Ihr Chef hingegen war modisch mal wieder *state of the
art* und machte seinem Ruf als einem der am besten gekleideten
Mitglieder des Hohen Hauses alle Ehre. Seine hohe, auch in
dieser Jahreszeit braun gebrannte Halbglatze glänzte wie frisch
poliert, der Kranz aus kinnlangen eisgrauen Locken wippte
frisch geföhnt bei jeder Bewegung, der Schnurrbart war akkurat
gestutzt. Zu einem nachtblauen, aus edlem italienischen Tuch
gefertigten schmalen Einreiher trug er ein strahlend weißes
Button-down-Hemd und eine fliederfarbene Krawatte. Der
Farbwahl nach zu urteilen, hatte er glänzende Laune.

Er zwinkerte ihr zu. »Meiner auch nicht. Für meinen Geschmack sind hier ganz eindeutig viel zu viele sich wichtig
findende Menschen. Grüß Gott«, begrüßte er die Kellnerin in
Livree. »Carola Witt und Johannes Ludwig. Wir kommen auf
Einladung von Herrn Shaw.«

»Herzlich willkommen im Borchardt. Darf ich Ihnen die
Mäntel abnehmen? Herrn Shaw finden Sie dort hinten.« Sie
deutete in Richtung der rückwärtigen Wand.

Carola schulterte ihre Tasche, in der sich ihr Tablet befand.
Sie waren ja nicht aus Spaß hier. Während sie auf ihre Garde-
robenmarke wartete, sah sie sich um. Ein schöner Raum, ohne
Zweifel. Er sah so aus wie auf den Bildern, die die Gazetten
druckten, wenn sie von Empfängen in Berlin berichteten. Vier
grau glänzende Marmorsäulen mit korinthischen Kapitellen
teilten den Saal in ein Raster. Dazwischen waren blütenweiß

gedeckte Tische vor langen Reihen weinroter Sofas platziert. Jeder Stuhl war besetzt. In den Gängen standen elegant gekleidete Menschen und unterhielten sich. Es war hell, voll und laut.

»Und?«, fragte Ludwig. »Ist sie schon da?«

Carola scannte die Menge. »*Yep.*«

Der Pulk aus Menschen vor ihnen geriet in Bewegung. Jemand drängte sich mit Nachdruck durch die Feiernden, direkt auf sie zu.

»Kennst du den etwa?« Ludwig sah sie fragend an.

»Du doch auch. Das ist Philipp Krüger«, zischelte Carola.

»Ah! *Der* Philipp Krüger?«

»Exakt.«

Ludwig klopfte ihr auf die Schulter. »Caro, du machst das schon. Ich schau mich mal um.« Er nickte ihr zu und verschwand zwischen den Gästen.

Sie verdrehte die Augen. Ihr blieben drei Sekunden, den Kopf zu senken und beschäftigt zu tun. Vielleicht hatte der Herrgott ja ein Einsehen mit ihr und verschonte sie.

»Hey! Schön, dich zu sehen.«

Ich bin einfach uncool, dachte sie. Wieso werde ich jetzt rot? Warum kann ich nicht einfach eine lässige Socke sein? »Hallo«, antwortete sie lahm.

Ihr Kollege grinste, nahm sie am Arm und zog sie Richtung Bar. »Was schaust denn so? Komm, ich besorg dir was zu trinken.« Er strahlte. »Dein Chef hat ja eben recht ernst ausgesehen. Ist was passiert?«

»Ach«, antwortete sie, »er hat in den letzten Tagen einige Informationen bekommen, die ihn sehr beschäftigen. Danke.« Sie nahm eine Champagnerflöte aus seiner Hand. Wenn ich ihm schon nicht entkommen kann, kann ich ihm ja ein bisschen auf die Zehen steigen. Sie knipste ein Lächeln an und beugte sich vor.

Als hätte sie auf einen Schalter gedrückt, ging in Philipps Gesicht die Sonne auf, und er rückte seinerseits ein Stückchen näher.

»Du …«

»Ja, meine Liebe, was kann ich für dich tun?«

Das war es jetzt mit meiner Komfortzone, dachte sie. Bevor sie den Mund öffnen konnte, legte er ihr seine Hand auf den Arm. »Sag mal, sollen wir mal übers Wochenende zusammen wegfahren? Nur wir zwei? Ich hab Bekannte in der Schweiz. Da können wir wohnen. Ist wunderschön da.«

Schon wieder dieses Blut, das nicht tat, was es sollte. »Danke. Ich überleg es mir.«

»Aber nicht zu lange, die Flüge sind immer ruck, zuck ausgebucht. Ich stell mir das sehr schön vor, du und ich …«

»Philipp«, fiel Carola ihm ins Wort, »ich wollte dich eigentlich fragen, wie du es schaffst, Vollzeit für den Mortler zu arbeiten und gleichzeitig Geschäftsführer bei dieser GmbH zu sein. Wie hieß die noch gleich?« Was für ein Genuss. Nicht nur ich habe keine Kontrolle über meine Körpersäfte. Sie sah dabei zu, wie sich die Wangen ihres Gegenübers rosa färbten. »Fresh Parliament? Irgendwas mit Verwaltungs-GmbH oder so ähnlich? Kann das sein? Wie bist du denn dazu gekommen?«

»Wie kommst du da drauf?«, wich er ihrer Frage aus.

Gotcha, dachte Carola. »Ach, weißt du, eine Kollegin ist durch Zufall darüber gestolpert. Aber jetzt mal im Ernst. Wie machst du das? Ich hab mit meinem Chef alle Hände voll zu tun. Den ganzen Tag ist Remmidemmi, ob er nun in Berlin oder im Wahlkreis ist. Vollkommen wurscht. Wie schneidest du dir denn auch noch für einen anderen Job die Zeit aus den Rippen?« Sie beugte sich zu ihm hinüber. »Verrat mir dein Geheimnis.«

Die Wangen ihres Gegenübers entfärbten sich bei jedem ihrer Worte ein bisschen mehr. Er schenkte ihr einen kühlen Blick. »Sag mal, Caro, bist du so naiv? Oder tust du nur so? Wir leben in einer der größten Volkswirtschaften aller Zeiten. In einer globalisierten Welt. Du und ich arbeiten im Zentrum der Macht, in dem alle Fäden zusammenlaufen. Meinst du ernsthaft, es ist mein Job, den Assi für den Mortler zu geben? Das glaubst du doch selbst nicht. Hier geht es um etwas Großes, meine Liebe, etwas ganz Großes. Und was dich betrifft: Ich hab dir von dem Job der Kommunikationschefin erzählt. Das ist übrigens ein offizielles Angebot, soll ich dir ausrichten. Du hast in meinen Augen die Möglichkeit aufzuwachen, dein Glück zu erkennen und zuzugreifen. Oder eben nicht. Aber überlege es dir nicht mehr allzu lange.« Er reckte den Hals und wandte sich zum Gehen. »Und entscheide dich richtig. Du könntest ansonsten sehr wichtige Leute verstimmen. Wir sehen uns.«

Mein Glück? Hast du eine Ahnung, was mich wirklich glücklich macht. Lenz' dunkelbraune Hundeaugen blitzten vor ihr auf. Schnell schob sie den Anblick beiseite. Heute Abend war keine Zeit für Sentimentalitäten.

Diese kleine miese Ratte, dachte sie. Meinte der im Ernst, dass sie beide in derselben Liga spielten? Dass er ihr drohen konnte? Sie nippte an ihrem Glas. »Ah, Johannes«, begrüßte sie ihren Chef, der auf sie zukam, »amüsierst du dich gut?«

»Na ja, geht so. Ein Bier bitte«, bestellte er beim Barkeeper. »Das war Philipp Krüger? Der ist dir ja ganz schön auf die Pelle gerückt.« Er grinste.

»Du hast ihn schon einmal kurz in Paris gesehen. Hält sich für einen krassen Checker, ist aber nur eine Marionette. Eine unwichtige noch dazu. Wollen wir?« Sie tippte auf ihre Tasche.

»Was du so für Verehrer hast. Aber du hast recht. Wenden wir uns den Spielführern zu. Zumindest denen, die sich dafür halten.« Seine stahlblauen Augen blitzten. »Attacke.« Er nahm sein Bier und schob sich zwischen den Menschen hindurch.

Auf der Sofareihe ganz am Ende des Saales saß entspannt zurückgelehnt Greg Shaw im grauen Anzug, den unvermeidlichen Schal um den Hals. Neben ihm, ganz vorn auf der Kante, hockte der Abgeordnete Mortler und redete gestikulierend auf ihn ein. Shaw nickte ab und zu, schenkte Mortler aber keinen Blick. Seine eisgrauen Husky-Augen wanderten unablässig durch den Saal. Mit gefalteten Händen stand der stiernackige Security-Mann neben dem Sofa und sah stur gerade aus.

»Hast du den Sicherheitsschrank gesehen? Das ist der aus Paris. Der ist anscheinend immer an Shaws Seite. Und siehst du den Mortler?«, fragte Carola. »Wie er auf den Shaw ein-redet? Findest du es nicht auch ein bisschen schleimig, wie er sich an ihn ranwanzt?«

»Wer weiß, was für ihn dabei rausspringt? Wes Brot ich ess, des Lied ich sing?« Ludwig trat an den Tisch und deutete eine Verbeugung an. »*Good evening, Mr. Shaw. Thank you for the invitation. My name is Johannes Ludwig, this is Miss Witt. We already met in Paris.*«

Mit unbewegter Miene musterte Shaw erst Ludwig, dann Carola. »*Miss Witt, Mr. Ludwig, it's my pleasure. Please have a seat.* Was kann ich für Sie tun?«

Ludwig setzte sich ihm lächelnd gegenüber. »Ich will Ihre Zeit nicht unnötig in Anspruch nehmen. Kommen wir gleich zum Punkt. Zunächst wollte ich Ihnen berichten, dass bei den Ermittlungsbehörden meines heimischen Wahlkreises in den vergangenen Tagen Prevision ausgerollt wurde.«

Eine Spur Langeweile trat in Shaws Blick. »Das ist mir bekannt.«

Ludwigs Lächeln war gleichbleibend freundlich. »Auf-grund eines begründeten Anfangsverdachts haben diese Er-mittler sich mit der Finanzierung von Mandis beschäftigt …«

Mortler fixierte ihn über den Tisch hinweg. »Sie haben was?« Er lachte auf. »Sie zweckentfremden Ressourcen, die Ihnen vom Bund zur Verfügung gestellt wurden, für Ihre kleinlichen parteipolitischen Interessen? Das wird ein Nach-spiel haben, Herr Kollege, das versichere ich Ihnen.«

Ludwig lehnte sich zurück. »Nun, geschätzter Herr Kol-lege Mortler, ich glaube, da irren Sie sich. Carola?«

Sie zog sich einen Stuhl heran, setzte sich und holte ihr Tablet aus der Tasche.

»Danke, Caro.« Ludwig zwinkerte ihr zu. »Meine Kollegin hat sich die Mühe gemacht, eine Grafik zu erstellen. Ich möchte mit Ihnen in diesem schönen Rahmen besprechen, wie wir mit diesen Informationen umgehen. Ob wir sie zum Beispiel den Ausschussmitgliedern zur Kenntnis geben werden, bevor sie nächste Woche eine Entscheidung treffen, ob und welches System beschafft wird.« Er hob die Hand, um Mortlers Gegenrede abzuwehren. »Aber jetzt lassen Sie uns erst einmal gemeinsam einen Blick auf die Unterlagen werfen.« Er startete das Tablet. »Wie Sie der grafischen Übersicht entnehmen können, ist einer der Finanziers von Mandis Rockwood Industries.«

Mortler lehnte sich zurück und grinste abschätzig. »Danke, Herr Kollege, dass Sie uns Bekanntes noch einmal präsentieren. Im Übrigen: Was spielt das hier für eine Rolle?«

Ludwig nickte. »Oberflächlich betrachtet würde ich sagen: gar keine. Aber da ich mich noch nie mit einem bloßen Anschein zufriedengegeben habe, würde ich gerne fortfahren.«

»*Get to the point*«, sagte Shaw kühl.

»Sicher. James Rockwood, der Gründer von Rockwood Industries, hat sein Geld mit Immobilien gemacht und dieses wiederum in unterschiedliche Unternehmen gesteckt. Mandis ist eines der größeren Engagements. Um nicht zu sagen eines der konkretesten. Denn James Rockwood vertritt seine Interessen auch indirekt. Er spendet. Über seine Niederlassung in Berlin hat die Partei, der ein hier anwesender Kollege angehört, viermal zehntausend Euro erhalten. Wie Sie wissen, besteht Veröffentlichungspflicht erst ab fünfzigtausend Euro. Möchte sich vielleicht jemand am Tisch dazu äußern?« Er sah Mortler ins Gesicht.

Ayshe, dachte Carola, du bist einfach die Beste. Ohne dich und deine Kontakte ins Büro des Bundestagspräsidenten hätten wir nie herausgefunden, dass Rockwood Industries Mortlers Partei eine ordentliche Stange Geld gespendet hat, gesplittet in vier Tranchen.

»Was wollen Sie damit andeuten, Kollege Ludwig?« Auf Mortlers Stirn standen kleine Schweißperlen.

»Ich will damit gar nichts andeuten, Kollege Mortler«, betonte Ludwig die Anrede, »weil Sie und ich wissen, dass diese Spenden legal sind. Ich habe nicht vor, mich lächerlich zu machen, indem ich über etwas lamentiere, das sehr viele in unseren Kreisen als Petitessen empfinden. In meinen Augen ist es Ihre Aufgabe, darüber nachzudenken, was davon zu halten ist, wenn eine Partei eine Spende in substanzieller Höhe bekommen hat und demnächst einer ihrer Mandatsträger über eine Beschaffung im siebenstelligen Bereich entscheidet. Ob der Ausschuss wohl auch zu dem Schluss kommen wird, dass Rockwood Industries ihre Spende einfach als eine sehr kluge Investition betrachten könnte? Was meinen Sie, Kollege Mortler?«

Der Abgeordnete starrte ihn mit zusammengepressten Lippen an.

»*Anything else?*« Shaws Augen waren Eisberge.

»Ja, gewiss, Herr Shaw. Carola?«

Sie nickte ihrem Chef zu. »Wie Sie der Grafik entnehmen können, spendet Ihr Finanzier James Rockwood nicht nur. Er engagiert sich auch direkt in der deutschen Politik. Hier im Raum befindet sich der Geschäftsführer der Fresh-Parliament-Verwaltungs-GmbH. Fresh Parliament selbst ist ein Verein, ein gemeinnütziger noch dazu. Dieser Verein hat es sich zur Aufgabe gemacht, junge hoffnungsvolle Menschen in die deutschen Parlamente zu bringen. Auch in den Deutschen Bundestag.«

»Junge Frau«, unterbrach sie Mortler, der schon wieder Oberwasser hatte, »Sie wissen, ich hege Sympathien für Ihren Chef und seine Anliegen. Aber ich frage noch einmal: Was hat das mit uns zu tun?«

Ludwig hob begütigend die Hand. »Warten Sie es ab, Kollege Mortler.«

Carola schenkte ihm ihr schönstes Lächeln. »Ich komme zum Punkt. Fresh Parliament hat sich zum Ziel gesetzt, politischen Newcomern den Weg in die Parlamente zu ebnen. Ich halte es für eine relevante Information, dass der Geschäftsführer dieser Verwaltungs-GmbH Ihr Mitarbeiter ist, Herr Mortler«, sie hob den Finger, »unterbrechen Sie mich nicht. Ich bin noch nicht fertig. Der Übersicht können Sie ebenfalls entnehmen, dass der Gesellschafter der Verwaltungs-GmbH gleichzeitig Geschäftsführer der James-Rockwood-Immobilienholding ist.«

Mortler warf mit einer theatralischen Geste die Hände in die

Luft. »Ja und, Kollege Ludwig! Das ist doch für unsere Arbeit vollkommen ohne Belang.« Er sah Shaw kopfschüttelnd an.

»Richtig«, antwortete Ludwig fröhlich.

Shaw ließ ihn nicht aus den Augen. »*What do you want?*«

»Ich? Ich will nichts. Zumindest nicht von Ihnen.« Ludwig stand auf, sah sich um und winkte jemandem zu.

»Ah, hier steckst du, Johannes.« Beatrice Muggenthaler trat an den Tisch. »Habt ihr noch Platz für mich?«

Mortler wuchtete sich in die Höhe. »Ich wollte eh grad gehen. Servus, habe die Ehre.«

»Bleiben Sie doch. Ich verspreche Ihnen, es bleibt interessant. Um nicht zu sagen unterhaltsam.« Ludwig rutschte zur Seite. »Beatrice, setz dich zu uns.«

Beatrice Muggenthaler fuhr mit der Hand durch ihre roten Locken. »Bei was störe ich?«

»Du störst überhaupt nicht. Ganz im Gegenteil. Vielleicht magst du mal erzählen, was dich als erfolgreiche Unternehmerin dazu treibt, in die Politik zu gehen? Ich höre, bei Femmevestor steht demnächst ein Börsengang ins Haus?«

»Woher hast du das denn?« Sie sah Ludwig kritisch an. »Ich kann dir versichern, das ist noch sehr weit weg. Aber um deine Frage zu beantworten: Ich halte es einfach für wichtig, auch einmal etwas zurückzugeben. Weißt du, ich hatte ein paarmal im Leben richtig Glück, hab zur rechten Zeit die richtigen Leute getroffen und mich klug entschieden. Da wollte ich etwas von meinem Glück mit anderen teilen.«

»Dein Glück mit anderen teilen. Soso.« Ludwig grinste. »Wie löblich. Und dann gleich in den Bundestag.« Er tippte auf das Tablet. »Aber mit dem Glück hast du recht gehabt.« Er hielt ihr das Gerät unter die Nase.

Muggenthaler zuckte zurück, als ob sie sich verbrannt hätte. »Woher hast du dieses Foto?«

»Ich sag mal so: gefunden.« Ludwig zwinkerte Carola zu. »Das Interessante ist ja auch nicht das Foto, sondern die Geschichte dahinter. Willst du sie uns erzählen?«

Sie schoss einen Blick in seine Richtung ab und schwieg.

»Also, ich finde die Geschichte spannend. Wie du dereinst in der Schweiz mit Philipp Krüger und Ben Rockwood in einem Auto gesessen bist. Du kanntest die beiden noch von der Schule. Wolltet ihr einen Ausflug machen? Weißt du das nicht mehr? Ist auch egal. Denn daraus ist ja nichts geworden, weil ihr dann leider diesen Unfall hattet, bei dem du …«

»Hör auf, es reicht.«

»Ich bin noch nicht fertig. Waren deine beiden Begleiter betrunken? Wie auch immer, ich finde es wirklich interessant, dass nach diesem Unfall, bei dem du ein paar Kratzer abgekriegt hast, urplötzlich das Geld sprudelte. Und wie du dann innerhalb kürzester Zeit deine Firma aufbauen –«

»Ich sagte, hör auf.«

Ludwig reichte Carola das Tablet und stand auf. »Gute Idee. Ich überlasse dich deinen Gesprächspartnern. Denn dafür sind diese Abende ja da, nicht wahr? Damit man sich mit seinen alten und neuen Partnern über seine Perspektiven austauscht. Zum Beispiel, wie es möglich ist, dass du erst mit ungewöhnlich großer Hilfe aus dem Nichts ein sehr erfolgreiches Finanzberatungsunternehmen aufbauen konntest. Und wie es dir dann gelingen konnte, über einen bis vor Kurzem vollkommen unbekannten Verein ein Bundestagsmandat anzustreben.« Er sah Carola an. »Komm, wir gehen.«

»Mr. Ludwig?« Shaws Stimme klirrte vor Kälte.

»Ja, Mr. Shaw?«

»Haben Sie eine Vorstellung davon, was die Folgen Ihres Auftritts sein könnten?«

Ludwig lachte. »Nein. Und es ist mir auch egal. Carola? Komm. Ich brauche frische Luft.« Er wandte sich zum Gehen.

Sie schob sich neben ihrem Chef durch die Menge. »Meinst du, es hat funktioniert?« Sie drehte sich um. Der Security-Mann beugte sich zu Shaw herunter, nickte und richtete sich wieder auf. Sie straffte ihre Schultern.

Ludwig drängte sich durch die Gäste. »Schauen wir mal. Wir haben die Deckel unserer Raketensilos geöffnet und sie einen Blick auf unsere Munition werfen lassen. Jetzt müssen sie überlegen, ob wir bluffen oder ob wir bereit sind, auf den roten Knopf zu drücken. Morgen um die gleiche Zeit wissen wir mehr.«

»Pokerst du etwa?« Carola drehte sich um. Vom Muskelmann war nichts mehr zu sehen.

»Keineswegs, meine Liebe.« Er nahm ihre Garderobe entgegen und hielt ihr die Tür auf. Eine Windböe erfasste sie und ließ ihre Mäntel flattern. »Ich nenne es Politik. Komm, ich bring dich noch zur U-Bahn.«

Das Licht der Straßenlaternen spiegelte sich in den Pfützen. Scheinwerfer der vorbeifahrenden Autos wurden in riesigen Glasfassaden reflektiert. Der Gehweg war schnurgerade und menschenleer.

Sie senkte den Kopf und stemmte sich gegen den Wind. »Und was ist, wenn die eine ihrer Drohungen wahr machen?«

»Caro, du Hasenfuß, was soll schon …«

Am äußersten Rand ihres Sehfeldes nahm sie eine Bewegung wahr. Sie fuhr herum. Etwas – klein, schwarz und blitzschnell – durchschnitt die Spiegelfläche der Häuserfront. Sie riss ihren Chef am Arm. »Johannes!«

Ein Knall, scharf, kurz, laut, raste als Echo die Französische Straße entlang. Bruchstücke eines Dachziegels spritzten in alle Richtungen, schossen dicht an ihr vorbei und verteilten sich hundertfach über Bürgersteig und Asphalt.

»Bist du okay, Carola?« Ludwig sah sie mit schreckgeweiteten Augen an.

»Ja.« Sie wusste, wie klein ihre Stimme klang. Da hatte nicht viel gefehlt. Sie sah nach oben, hinauf in den Berliner Himmel. Regentropfen fielen ihr ins Gesicht. Das Licht der großen Stadt färbte den Himmel gelb. So ganz anders als das tiefe Schwarz der Herbstnächte über dem Ammersee. Tief in ihrem Inneren hörte sie, wie ein Faden riss. Sie schloss die Augen, atmete aus und setzte die Aktentasche, die sie schon so lange mit sich herumtrug, vor sich auf das Trottoir. Dann wandte sie sich um. »Johannes, ich muss dir etwas sagen.«

26

Ein Uhr siebenunddreißig.

Lenz ließ vorsichtig seine Hand sinken. Vor etwas mehr als zwei Stunden hatte er seine Position hinter einem Baum am Rande des Summerparks in Utting bezogen. Franz stand auf der gegenüberliegenden Seite der weiten Rasenfläche, während Beni sich in Ufernähe in ein Büschel Schilf gedrückt hatte.

Er horchte. Nichts. Es war still. Sehr still. So still, dass er sich nicht zu rühren wagte. Die letzten Geräusche, die es ihm erlaubt hatten, in seinen Taschen zu kramen, einen alten Bonbon zu suchen und zu finden, auszupacken und sich in den Mund zu schieben, waren Stunden her. Gegen dreiundzwanzig Uhr hatte das Restaurant geschlossen. Gäste, lachend, plaudernd, waren vorbeigeschlendert. Niemand hatte ihn bemerkt.

Eine der nach Hause gehenden Frauen erinnerte ihn an seine Mutter. Ging sie mit ihrem Augenarzt auch so Arm in Arm aus einem Restaurant? Plötzlich ermattet lehnte er sich an den Baum.

Heute Morgen hatten sie gestritten. Beim Frühstück. Den Blick seiner Mutter über den großen Eichentisch hinweg hatte er geradezu körperlich spüren können. »Ist was?«

»Was bist denn schon wieder so grantig?«, hatte sie spitz gefragt. »Kannst es einfach nicht vertragen, wenn dir jemand die Wahrheit sagt. So wie ich. Schau zu, dass du sie heimbringst.«

»Mutter, misch dich nicht ein.«

»Du meinst so, wie du dich nicht in mein Leben einmischst?«

»Das ist etwas anderes. Du bist meine Mutter.«

»Lenz, wenn's nicht so traurig wäre, würde ich jetzt lachen.« Sie war aufgestanden und hatte nach ihrer Tasse gegriffen. »Reza kommt am Sonntag zum Mittagessen. Es würde uns freuen, wenn Caro und du auch da wäret.«

Er drückte sich an den Baum. Was sollte das heißen? Es würde *uns* freuen? *Uns?* Meinte sie damit ihren Augenarzt? Seit wann gab es im Leben seiner Mutter ein Uns, das nicht aus ihm, seinem Bruder oder Caro bestand? Er schloss die Augen, öffnete sie wieder und schüttelte sich.

Dass so wenig los war, damit hatte er nicht gerechnet. Er hatte auf ein wenig Abwechslung gehofft, Spaziergänger, Gassigeher, Schlafwandler, irgendwen, der die Eintönigkeit des Wartens unterbrach. Niemand tat ihm den Gefallen.

Vor ihm breitete sich die Wiese des Summerparks aus, dazwischen ein paar Bäume, Beete und Wege. Und auf dieser Wiese war nichts als Gras, Gras und noch mehr Gras. Noch nicht mal ein vergessenes Spielzeug von einem nachmittäglichen Ausflug lag herum. Oder ein Schuh. Oder eine Kappe, egal, irgendetwas, das jemand hatte liegen lassen und ihm nun Anlass gewesen wäre, darüber nachzudenken, um sich die Zeit zu vertreiben. Aber noch nicht einmal das. Es war November, da hockten die Uttinger nicht am See. Stattdessen lagen sie alle in ihren warmen Betten, die in ihren trockenen Häusern standen, und schliefen.

Das könnte er jetzt auch tun, wenn er nicht darauf beharrt hätte, dass sie heute Nacht den Summerpark und den Dampfersteg observieren sollten. Beni und Franz hatten schweigend genickt, als er die Anordnung gegeben hatte, und ihre Ausrüstung zusammengesucht. Und jetzt standen sie da und warteten.

Auf was oder wen? Er wusste es nicht. Alles, was er wusste, war, dass sie auf der Stelle traten. Weil sie die Zusammenhänge nicht erkannten. Wie sie funktionierte, die neue Ordnung am Ammersee. Wegen der ein junger Mann gestorben war und dessen Mutter ihn auslachte, wenn er sie ins Gefängnis brachte.

Was hatte Mitzi Weiß gerufen? Wir sind die Guten! Er presste die Lippen aufeinander. Was sollte das heißen, die

Guten? Dann musste es ja auch mindestens einen Schlechten geben. Aber wen? Mister X? Er stöhnte leise. Wie hatte er nur so blöd sein können, seiner These diesen bescheuerten Namen zu geben? Aber es musste jemanden geben, der gegen die Regeln verstieß. Weshalb nichts mehr so war wie früher. Die Regeln, die besagten, dass man sein Gras entweder bei Senta Engels oder bei Mitzi Weiß kaufte. Die darauf Wert legten, dass sie einwandfreie Bioqualität über Kuriere verkauften, die bei der Berufsgenossenschaft versichert waren.

Er grinste. Bei aller Illegalität, die beiden Frauen hatten einen Punkt. Und privat gönnte er sich auch die Meinung, dass Cannabiskonsum für den Eigenverbrauch straffrei sein sollte. Aber das hängte er nicht an die große Glocke. Gras, Gras, überall Gras. Vor ihm, hinter ihm und dann auch noch bei seiner Arbeit. Sein Seufzen ging in ein Gähnen über.

Ein Uhr dreiundvierzig.

Wie lange sollten sie hier noch ihre Nerven, ihre Zeit und haufenweise Steuergelder verplempern? Das letzte Mal hatten seine Wildtierkameras gegen zwei Uhr in der Früh ausgelöst. Die kurze Zeit vor der Wolfsstunde, in der alle schliefen und niemand unterwegs war. Diese Zeit der tiefen Ruhe, die bald zu Ende ging, wenn die Menschen, geplagt von Sorgen, Nöten und ihrer vollen Blase, die Augen aufschlugen. Zur Toilette gingen, ihr Handy checkten, aus dem Fenster sahen. Die Stunden, in denen diejenigen unterwegs waren, die etwas zu verbergen hatten.

Okay, noch eine halbe Stunde. Wenn sich bis dahin nichts tat, blies er die Sache ab. Er schob die Unterlippe vor. Dreißig Minuten? Das war auszuhalten. Auch für ihn.

Langsam wechselte er das Standbein. Er hatte seine dicken Wanderschuhe und eine lange Unterhose angezogen. Trotzdem war ihm kalt. Und feucht war es auch. Krabbelte da etwas seinen Unterschenkel hoch? Lenz, jetzt werd nicht hysterisch, da kann nichts krabbeln, schließlich ist bald Weihnachten, da hat es sich ausgekrabbelt!

Noch fünfundzwanzig Minuten. Was, wenn in dieser Zeit

nichts geschah? Wenn er sich geirrt hatte und er seine Kollegen vollkommen umsonst hierherbeordert hatte? Was, wenn die ganze Aktion ein einziger Schlag ins Wasser war? Sein Herz schlug ihm bis zum Hals. Er schloss die Augen und schüttelte den Kopf.

Ein Knackgeräusch in seinem Ohrstöpsel schreckte ihn auf. »Hier tut sich was.«

Das musste Beni sein! Am liebsten wäre er losgerannt, runter zum See.

»Franz, bitte bestätigen.«

»Negativ.«

Herrgott, Franz sah nichts! Sollte er sein Versteck verlassen?

»Beni, bitte bestätigen.«

In seinem Kopfhörer kratzte es. Kroch Beni etwa durch das Schilf?

»... von Süden ein Ruderboot ...«

»Beni, hock dich hin«, flüsterte Lenz in sein Mikro. »Ich versteh dich nicht.« Er sah sich um. Die Wiese war menschenleer. Er haderte kurz mit sich. »Beni, ich komm zu dir.«

Lenz trat hinter seinem Baum hervor und tappte im Schutz der Bäume am Rand der Wiese Richtung See. Hoffentlich räumten die Uttinger auch brav ihre Hundehaufen weg, dachte er. Am Ende der Bepflanzung blieb er stehen. Der große verdorrte Büschel da vorn im Kies, das musste Benis Versteck sein. Er starrte angestrengt auf den See. Nichts.

»Beni, bitte kommen. Wo siehst du das Ruderboot?«

»Im Moment sehe ich es nicht. Eben war es auf vierzehn Uhr.«

Herr Jesus im Himmel, phantasierte sein junger Kollege etwa? Verwechselte er einen von den Sommertouristen fett gefütterten Schwan mit einem Boot? Oder musste er ihn zum Amtsarzt schicken?

»Da! Auf fünfzehn Uhr! Er fährt wieder weg.«

Lenz starrte. Auf den See hinaus. In Richtung Süden. Fünfzehn Uhr, was sollte der Schmarrn? Da! Da war etwas. Aber was? Bildete er sich das ein, oder nahm er tatsächlich eine Bewegung wahr? Weil er etwas sehen wollte? Was es auch war, es war zu weit draußen. Oder es war zu dunkel. Und müde war er auch.

Er sah auf die Uhr. Zwei Uhr vierzehn.

»Franz? Beni? Wir brechen ab.«

Hinter den Bäumen linker Hand sah er Franz auf die Wiese treten und Richtung Unterführung gehen. Er blickte sich nicht einmal mehr um.

Lenz blies die Backen auf. Die Aktion hatte nicht viel gebracht. Aber so viel Geringschätzung musste auch nicht sein. Benis Gestalt tauchte hinter der Ufermauer auf.

»Lenz, da war etwas! Ich bin mir hundertprozentig sicher.«

»Ich glaub's dir ja. Die Frage ist nur, was?«

»Na, ein Boot. Entweder ein Ruderboot oder eins mit einem ganz leisen Motor. Aber es war zu weit weg, ich konnte es nicht erkennen.«

»Kann schon sein. Aber das muss ja nichts heißen.«

»Wieso?«

»Denk doch mal nach. Ein Boot auf dem See muss mit unserem Fall nicht zwingend etwas zu tun haben. Davon gibt es nämlich viele am See.«

»Da hast du recht.«

Trotz der Dunkelheit konnte er Benis Enttäuschung sehen. »Mach dir keine Gedanken. Morgen wissen wir mehr.«

Das war glatt gelogen. Das wusste er. Denn aktuell wussten sie rein gar nichts.

27

»Servus. Bei was störe ich dich?«

Carola zog die Decke noch ein bisschen höher. Es gab Tage, da half nur noch ein Bett. Auch wenn ihres in Berlin unter dem Dach stand, in einem winzigen, kalten Zimmer ohne Heizung. Aber immerhin ein Bett.

Ihr Entschluss stand fest. Es reichte. Sie würde Berlin verlassen. Wieder an den Ammersee gehen. Vergessen war der Dachziegel. Eine euphorische Welle hatte sie hinunter in die U-Bahn getragen, durch menschenleere Gänge, in leere Waggons. Grinsend hatte sie ihr Spiegelbild im Wagenfenster betrachtet. Da machte es nichts, dass auch in Kreuzberg der Regen aus einem bleiernen Himmel auf die große Stadt fiel.

In dem Moment, als sie die verkratzte Haustür aufschloss, flog sie ein Gedanke an. Was, wenn Lenz gar nicht mehr wollte, dass sie käme? Wenn sie zu lange gezögert, ihn zu oft abgewiesen, sie ihn vergrault hätte? Wie ein Blitzschlag fuhr ihr der Schreck in die Knochen, ihre Zähne klapperten, und sie fror wie noch nie in ihrem Leben.

Erschöpft hatte sie die Tür zu ihrer kleinen Bude hinter sich zugezogen, hatte sich mühsam ihr Kleid vom Körper geschält und war ins Bett gekrochen. Warm und weich schmiegte sich ihr neuer Flanellschlafanzug an ihre Haut. Im Hintergrund summte der Heißluftofen. Sie hatte die Klappe aufgemacht. Ein bisschen schämte sie sich dafür. Und nickte ein. Jetzt war es gleich halb fünf.

»Willst du das wirklich wissen?«

»Klaro. Deshalb ruf ich dich ja an, Lenz.« Es war so schön, seine Stimme zu hören.

»Also, erst mal ist es früh am Morgen. Fast noch Nacht. Und wenn du es genau wissen willst: Ich liege in deiner Wohnung auf deinem Sofa und bilde mir ein, dass du gleich zur Tür reinkommst.«

»Das ist sehr süß von dir.« Sie schluckte einen Kloß in ihrem Hals herunter. Vielleicht bildete sie sich das alles ja auch nur ein. »Wie war dein Tag?«

»Interessiert dich das?

»Natürlich. Wieso fragst du?«

»Weil du mich dann vielleicht für einen Jammerlappen hältst.«

»Quatsch.« Sie setzte sich auf. »Was ist passiert?«

»Ach, Caro. Es ist alles eine einzige Katastrophe. Wir treten auf der Stelle. So schaut's aus. Wir wissen«, er stockte, »nein, das ist falsch, wenn ich sage, dass wir etwas wissen. Wir haben Hinweise. Anhaltspunkte. Zum Teil haben wir auch schon Indizien für Straftaten. Und einige wenige Beweise.«

»Ist das nicht immer so?« Sie schlang die Bettdecke um ihre Füße.

»Nein, keineswegs. Wenn wir nicht genügend Beweise haben, sondern nur Anhaltspunkte, reicht das nicht.«

»Was könnt ihr denn beweisen?«

»Dass es hier, wie soll ich sie nennen, zwei Clan-Chefinnen am Ammersee gibt oder gegeben hat, die sehr professionell Cannabis angebaut haben.«

Carola hob die rechte Augenbraue. »Hör ich da Respekt aus deiner Stimme?«

»Bin ich so einfach zu durchschauen?« Lenz lachte leise. »Meinetwegen, wenn du so willst. Die beiden verstehen sich einerseits als Unternehmerinnen, als Landwirtinnen, die ein gutes Produkt zu vernünftigen Preisen anbieten. Das mit dem Clan lehnen sie übrigens ab.« Lenz unterbrach sich erneut.

Sie betrachtete ihre Bettdecke. Kam da noch etwas? »Ja?«

»Das Thema legale und illegale Drogen ist echt anstrengend. Ich hab mir inzwischen von mehreren Seiten Vorträge darüber anhören dürfen.«

»Das kann ich mir denken. Es ist ja auch vollkommen unverständlich, dass Alkohol legal, um nicht zu sagen gesellschaftlich akzeptiert ist, Cannabis aber nicht.« Carola dachte an den mageren Ticker im Görlitzer Park. Der konnte auch ein Lied davon singen.

»Privat gebe ich dir recht. Aber ich bin Polizist. Ich vertrete das Gesetz. Und das sagt, dass der Anbau und der Verkauf von Cannabis eine Straftat ist.«

Alkohol nicht. Carola schüttelte den Kopf. »Scheinheiliger geht's wirklich nicht mehr. Aber das ist es doch nicht, was dich so belastet, oder?« Wie gern wäre sie jetzt bei ihm gewesen und hätte seine Hand gehalten.

»Nein. Wir haben einen toten Jungen.«

»Oh. War es …«

»Mord? Exakt das ist die Frage.«

»Dir fehlen die Beweise.«

»Ja. Aber ich kann mir nicht helfen, ich glaube einfach nicht, dass eine Verkettung von sehr fatalen Umständen zu seinem Tod geführt hat. Mein Bauch sagt mir, dass da mehr ist.« Wieder wurde es still in der Leitung.

»Es ist noch mehr vorgefallen, oder?«

»Wie du das nur wieder erraten hast. Es gab eine Schießerei auf dem See. Wir haben dabei ausgesehen wie die Idioten. Eine Person ist angeschossen worden.«

»Und du denkst, da gibt es einen Zusammenhang zu dem toten Jungen und den Grasbäuerinnen …«

»Aber ich kann es nicht beweisen.«

»Ich verstehe.« Sie drückte das Telefon ans Ohr. »Das tut mir sehr leid für dich.«

»Und mir tut es sehr gut, mit dir darüber zu sprechen.«

»Wenn es dich beruhigt, bei mir läuft es auch nicht so doll.«

»Was ist denn los?«

»Ich hab dir doch erzählt, dass Johannes neuerdings eine sehr starke Konkurrentin hat, die ihm das Leben schwer macht.«

»Ja. Und was ist mit der?«

Sollte sie ihm gestehen, dass Beni ihr geholfen hatte? »Wir haben Hinweise gefunden, dass sie eine Marionette ist. Gezielt aufgebaut und platziert, um einem Unternehmen zukünftig Vorteile zu verschaffen.«

»Das ist ja unglaublich. Und jetzt? Könnt ihr das zur Anzeige bringen?«

Polizist durch und durch. »Was, frage ich dich? Im Grunde genommen ist nichts passiert. Die Marionette wurde nämlich gerade erst an ihren Fäden auf die Bühne herabgelassen. Sie hat noch gar nicht richtig mitspielen dürfen.«

»Aber ihr haltet sie trotzdem für gefährlich.«

»Sie gar nicht so sehr. Aber den, der an den Fäden zieht. Der ist sogar sehr gefährlich.«

»Und was habt ihr dagegen gemacht?«

»Der Strippenzieher hat gemeint, dass Johannes und ich dumme Bauern sind, die er auf seinem Spielbrett herumschieben kann, wie es ihm gefällt. Das haben wir heute Abend geändert.«

»Und wie habt ihr das gemacht?«

»Wir haben uns in Schale geworfen und sind auf eine Festivität gegangen. Wir haben uns breitbeinig vor ihn hingestellt, ihm unsere Waffen gezeigt und klargemacht, dass wir sie benutzen werden, wenn er uns dazu zwingt.«

»Meinst du, das funktioniert?«

Sie konnte die Skepsis in seiner Stimme hören. »Wir können nur drohen. Wenn wir ehrlich sind, bluffen wir. Es ist ein riskantes Spiel. Jetzt müssen wir abwarten. Das zerrt ganz schön an den Nerven.«

»Kann ich mir lebhaft vorstellen.«

»Du machst dir keinen Begriff. Wir könnten natürlich auch den Gang durch die Institutionen antreten. Die zwielichtigen Geschäfte öffentlich machen. Aber das ist auch riskant. Es wäre nicht das erste Mal, dass starke Hinweise auf Unregelmäßigkeiten von den Behörden einfach ignoriert werden. Ich sag nur Wirecard. Über Jahre war offensichtlich, dass da etwas faul war. Aber …«

»Es wollte niemand hören. Was nicht sein sollte, das war auch nicht.«

»Richtig.«

»Spatzerl, das hört sich sehr bedrohlich an.«

Sie zog die Decke höher. »Weißt du, was so irre ist? Ich hab geglaubt, ich kenne mich aus in Berlin. Verstehe das Spiel. Kenne die Regeln. Aber das ist nicht der Fall. Es ist alles anders. Ich kapiere gar nichts mehr. Das ist das eigentlich Beängstigende.«

Lenz' warme Stimme klang aus dem Hörer. »Das ist sehr interessant, was du da sagst. Hier ist es genauso. Das, was einmal galt am Ammersee, gilt nicht mehr. Es sind neue Figuren auf dem Brett, die sich einen Dreck um Ordnung und Regeln scheren und alles durcheinanderbringen.« Er verstummte.

Sie presste das Telefon ans Ohr. »Lenz? Bist du noch da?«

»Ja, bin ich. Ich denke nach …. Du, Caro, wenn wir so darüber sprechen, dann hat alles damit angefangen, dass in Utting am Dampfersteg eine Razzia stattgefunden hat. Das ist jetzt zehn Tage her. Du hast Seppi doch in dieser Nacht in Dießen von der Wache abgeholt. Hat er dir damals etwas erzählt? Ist ihm etwas aufgefallen? War irgendetwas anders als sonst am See?«

Sie starrte die Bettdecke an. »Seppi hat sich ja nur da unten rumgedrückt, weil er hinter dem Mädel, der Sophie Weiß, her war.« Sie kratzte sich an der Nase. »Er hat nur gemeint, dass es ein Scheißabend gewesen ist.«

»Wieso?«

»Weil Typen da gewesen sind, die die chillige Stimmung kaputt gemacht haben. Er kannte sie nicht. Mit, ich zitiere Seppi, dicken goldenen Autos. Die müssen sehr aggressiv gewesen sein. Wollten unbedingt ihren Stoff verkaufen.«

Ein goldfarbenes Auto. Davon hatte auch der junge Mann im Krankenhaus berichtet. »Sonst noch was?«

»Nein. Das war's. Du, Lenz?«

»Ja, Spatzerl?«

»Es war vorhin wirklich bedrohlich. Und jetzt bin ich vollkommen am Ende.« Eine Träne rollte aus ihrem Augenwinkel herab.

»Aber warum denn?«

»Weil dieser Abend wahnsinnig aufregend war. Der Umgang hier in Berlin ist so viel härter als im Wahlkreis. Und ein bisserl Angst hatte ich auch.«

»Caro, Liebste, was kann ich tun?«

»Mir einen Platz auf dem Sofa frei halten. Ich hab Johannes heute gesagt, dass ich zurück an den Ammersee will.«

28

»Wer will was sagen?«

»Du. Hast ja schon angefangen.«

Das war von Franz gekommen. Lenz musterte seine beiden Kollegen. Beni hatte Position neben dem Whiteboard bezogen, wich seinem Blick aus und spielte mit der Kappe eines Markers. Von dem war nicht viel zu erwarten. Verständlich, war er auch der Jüngste und der Unerfahrenste in der Runde. Franz hatte sich hinter Schreibtisch und Computer verschanzt. Nur eine Tolle seines sorgfältig gegelten Haares lugte über den Bildschirmrand. Lenz betrachtete seine rahmengenähten Schuhe. Kurz hatte er heute Morgen darüber nachgedacht, ob er Kuchen mitbringen sollte. Als Trostpflaster für die gestrige Nacht. Und sich dagegen entschieden. Es wäre ihm wie eine Kapitulation vorgekommen. Und weswegen sollte er klein beigeben? Sein Bauch sagte ihm, dass er recht hatte. »Okay, dann befassen wir uns noch mal mit dem Stand der Ermittlungen.«

Franz zog geräuschvoll Luft durch die Nase ein. »Und was bezweckst du damit?«

»Fällt dir was Besseres ein?«

Keine Antwort. Lenz schob die Unterlippe vor. So viel dazu. Er lächelte Beni an. »Magst du uns bitte die Ergebnisse vortragen?«

Sein junger Kollege strahlte. »Gerne!« Er tippte auf das Whiteboard und zauberte eine Übersicht hervor. »Wir wissen Stand heute, dass Stefan Engels, neunzehn, am frühen Morgen des achtundzwanzigsten Oktobers im Zusammenhang mit dem Konsum illegaler Substanzen auf dem Segelschulschiff Amazone ertrunken ist. Bisher konnten wir nicht ermitteln, ob das geöffnete Seeventil, das zum Sinken des Schiffs und damit zum Ertrinken Stefan Engels geführt hat, fahrlässig oder vorsätzlich geöffnet wurde. Stefan Engels hatte eine hohe Menge synthetischer Cannabinoide im Blut. Zum Zeitpunkt des Sinkens war er mit hoher Wahrscheinlichkeit bewusstlos. An der Leiche konnten keine verwertbaren Spuren festgestellt werden.«

Lenz nickte. »Weiter.«

»Wir wissen zudem, dass Stefan Engels' Mutter Crescentia Engels und ihre Kollegin Maria Weiß, die sich das Ammer-see-Westufer quasi untereinander aufgeteilt haben, nicht nur die Fischrechte, sondern auch Segelschulen und Tretboot-verleihe besitzen. Sämtliche Unternehmen dienen dazu, ihre eigentlichen Aktivitäten zu verschleiern. Nämlich den ille-galen Anbau und den Vertrieb von Cannabis im großen Stil. Beide Frauen wurden bereits dem Haftrichter vorgeführt und sind bis zum Beginn ihrer Prozesse gegen Kaution auf freiem Fuß.« Beni warf Lenz einen Blick zu. »Bis zu diesem Punkt könnte ich den Stand der Ermittlungen so zusammenfassen: Stefan Engels ist unter unglücklichen Umständen unter Ein-fluss von illegalen Substanzen gestorben. Seine Mutter und deren, wenn man so will, Konkurrentin haben wir überführt, Cannabis herzustellen und zu verkaufen. Dafür werden sie zur Verantwortung gezogen. Damit könnten wir eigentlich den Fall zu den Akten legen.«

»Aber?« Lenz nickte ihm zu.

»Wir haben Anhaltspunkte, dass sich der Sachverhalt ganz anders darstellen könnte.«

Aus dem wird noch was, dachte Lenz. »Nämlich?«

»Mehrere Notfälle im Klinikum. Sechs Jugendliche sind letztes Wochenende bewusstlos in die Notaufnahme gebracht worden. Die Blutuntersuchungen haben ergeben, dass auch sie synthetische Cannabinoide konsumiert hatten. Das gab es vorher nicht, und das verändert die Lage für uns am Ammer-see vollkommen. Darauf müssen wir reagieren.«

»Sehr gut.«

»Dann die Schießerei auf dem See mit einem der Engels'-schen Angestellten. Bis heute wissen wir nur, dass geschossen wurde, aber nicht, von wem und warum.«

»Okay.«

»Und die Fotos von deinen Wildtierkameras. Da ist zum einen das Boot drauf, das wir bereits von der Schießerei kennen.«

»LL-678.«

»Genau. Das Fischerboot aus verstärktem GFK mit dem Hochleistungsmotor für zwanzigtausend Euro.« Beni strahlte. Lenz schüttelte sich. Wie man nur so viel Geld ausgeben konnte. Für einen Bootsmotor. »Und zum anderen?«

»Das Boot mit dem Dreizack.«

»Vom Minigolfplatz«, sagte Franz trocken.

»Vielleicht. Das wissen wir ja nicht«, antwortete Beni.

»Wie finden wir das raus?«, fragte Lenz.

»Warum willst du das wissen? Seit wann interessiert uns dieses Boot?« Franz stand auf und setzte sich auf die Ecke seines Schreibtisches.

Beni saß bereits hinter seinem Rechner. »Weil wir festgestellt haben, dass sich etwas auf dem See verändert hat. Deshalb müssen wir jedem noch so kleinen Hinweis nachgehen. Das Boot, das Lenz' Wildtierkameras fotografiert haben, trägt einen Dreizack. Italienisch Tridente. Die einzige Verbindung, die wir haben, ist der Minigolfplatz nördlich von Utting. Der nach einem Pächterwechsel seit Neuestem so heißt.«

Der mit dem Kiosk und den guten Fischsemmeln, dachte Lenz, aber das sagte er nicht. »Wer ist der neue Pächter?«

»Ein gewisser Zacharias Dragic. Wohnhaft in München.« Beni tippte. »Ui, schaut mal. Wir kennen den Herren. Ich gebe das auf den Bildschirm.«

»Sauber.« Lenz musterte die Liste. »Das nenn ich mal einschlägig vorbestraft. Unerlaubter Waffenbesitz, Körperverletzung, Diebstahl.«

»Hmm«, brummte Franz. »Aber schaut mal auf die letzte Verurteilung. Das ist fünf Jahre her. Meiner Meinung nach muss das nichts heißen. Vielleicht ist er aufs Land gezogen, um zur Ruhe zu kommen. Jeder kann sich ändern.«

»Da muss ich Franz ausnahmsweise mal zustimmen. Halbseidene Typen gibt es nun wirklich genug am Ammersee. Da ist Dragic keine Ausnahme. Solange der Herr sich bei uns nichts zuschulden kommen lässt, betreibt er einen Minigolfplatz und wird von uns in Ruhe gelassen. Punkt.« Lenz stand auf. »Leute, das führt uns nicht weiter.«

Beni beachtete ihn nicht. »*Tridente, tridente.* Da fällt mir etwas ein. Moment. Hier.« Er tippte. Auf dem Bildschirm erschien das Foto eines ausgebrannten Wagens. Beni sah sich triumphierend um. »Herr Dragic besitzt einen Maserati. Oder vielmehr besaß er einen. Das Markenzeichen von Maserati ist ein Dreizack. Und dieser Maserati ist vor neun Tagen abgebrannt.«

»Was wissen wir darüber?« Ein Schauer rieselte über Lenz' Rücken. Hatte das irgendeine Bedeutung? Oder war das wieder nur eine Sackgasse?

»Wenig. Es gab keine Hinweise auf Fremdverschulden. Die Vermutung war Kabelbrand. Dragic wollte selber zahlen.« Beni machte ein enttäuschtes Gesicht.

»Jetzt gib mal nicht so schnell auf«, schaltete Franz sich ein. »Sag mal, wann genau hat das Auto gebrannt?«

Beni starrte auf den Bildschirm. »Am Dienstag, dem achtundzwanzigsten Oktober, am späten Nachmittag.«

»Also unmittelbar, nachdem Goferl ums Leben gekommen ist«, sagte Lenz langsam.

»Und kurz nachdem wir das erste Mal bei der Engels auf dem Hof gewesen sind und ihr von dem synthetischen Cannabinoid erzählt haben«, ergänzte Franz.

»Am Tag vor der Schießerei auf dem See.« Beni strahlte. »Könnte das etwas sein?«

Lenz sah auf die Uhr. »Vielleicht. Oder auch nicht.«

»Leute, das müsst ihr euch geben.« Beni kicherte. »Das hier ist das Facebook-Profil von Dragic. Wisst ihr, wie er sich nennt?« Er zeigte auf den Bildschirm.

Unter dem blauen Konzernlogo entfaltete sich als Hintergrundbild der Ammersee samt Kloster Andechs. Als Profilbild diente ein Dreizack, aufgenommen am Kühlergrill eines Maserati. Lenz überflog die Einträge. »Offensichtlich hat er sich schon einen neuen gekauft.« Ein bulliger Mann mit Tätowierungen auf den muskulösen Oberarmen lehnte an einem dunklen Exemplar der Edelmarke. »Da steht ›Zach‹. Ja und?«

»Weißt du, wie man das ausspricht? ›Sssääck‹. Also ich finde das lustig.« Beni sah sich um. »Ihr nicht?«

»Ja, sehr lustig. Sag mir lieber, was deine tolle Zecken-Software sonst noch über diesen ›Sssääck‹ so weiß.«

Beni senkte den Kopf und tippte. »Hier. Die Kollegen in Miesbach und in Starnberg haben schon mal gegen ihn ermittelt.«

»Miesbach? Da kenn ich jemanden. War mal mit mir auf Seminar. Ist ewig her. Mal schauen, ob es den noch gibt.« Lenz griff zum Telefon. »Grüß Gott, Meisinger, Kripo Weilheim. Ist der Kollege Bertele zu sprechen? Ja? Ich warte.« Er legte die flache Hand auf das Telefon. »Wir haben Glück. Sepp? Grüß dich, der Lenz aus Weilheim. Ja, der Meisinger Lenz. Ja, es ist eine Ewigkeit her. Du, es ist dienstlich. Ich sitze hier mit zwei meiner Kollegen. Der Lautsprecher ist auf laut.« Er drückte auf einen Knopf.

Eine sonore Stimme füllte den Raum. »Servus. Habe die Ehre.«

»Servus.«

Lenz beugte sich über den Lautsprecher. »Sepp, ich komme gleich mal zur Sache. Bei uns hier am Ammersee ermitteln wir in einem Todesfall. Womöglich Tötungsdelikt. Bei den Ermittlungen sind wir auf zwei professionelle Cannabisplantagen gestoßen. In diesem Zusammenhang haben wir zehn Personen wegen des Verdachts von Anbau und Handel mit Betäubungsmitteln festgenommen.«

»Sauber.«

»Ja, aber deswegen ruf ich dich nicht an. Wir sind auf den Namen Zacharias Dragic gestoßen. Der ist ja bei euch kein Unbekannter. Oder irren wir uns?«

Bertele lachte auf. »Ja, der ›Sssääck‹. Gibt's den noch? Ist er jetzt bei euch am Ammersee?«

Lenz, Franz und Beni sahen sich an. »Was meinst du damit?«

»Dafür muss ich ein bisserl ausholen. Zacharias Dragic oder Zach, wie er sich nennen lässt, ist eigentlich ein Münchner Kleinkrimineller. Der hat in der Schillerstraße hinter dem Hauptbahnhof so ziemlich jeden Job gemacht, Hauptsache, er wurde dafür bezahlt. Die Kollegen in München haben ihn wegen verschiedener Delikte belangt. Für ein paar ist er auch verurteilt worden.«

»Wir haben seine Akte gesehen.«

»Dann habt ihr ja auch gesehen, dass seit fünf Jahren Ruhe ist.«

Die Kommissare sahen sich an. Die Ironie war angekommen.

»Ja, haben wir.«

»Nun, wir gehen davon aus, dass Zach München verlassen hat, um sein Glück an einem der oberbayerischen Seen zu suchen. Was genau er so toll an den Seen findet, wissen wir nicht. Aber, dass er letztes Jahr am Starnberger See und davor bei uns war. Dieses Jahr hat es ihn offensichtlich an den Ammersee gezogen.«

»Er hat hier einen Minigolfplatz samt Kiosk gepachtet. Der heißt jetzt Tridente«, rief Beni.

Ein tiefes Lachen kam aus dem Lautsprecher. »Tridente? Das ist gut. Richtig gut. Zach liebt seinen Maserati.«

Lenz beugte sich vor. »Und was, meinst du, will er bei uns auf dem Land?«

»Tja, wenn wir das so genau wüssten. Wir vermuten, dass er versucht, den ländlichen Drogenhandel unter seine Kontrolle zu bringen.«

Franz stand auf. »Was bringt euch zu dieser Annahme?«

»Dragic war in München keine große Nummer. Hat sich eher so durchgeschlagen. Wir vermuten, dass er sich mit den Kartellen, die in der Stadt den Drogenhandel kontrollieren, nicht anlegen wollte. Und sehr wahrscheinlich auch nicht konnte.«

»Der Mafia. Und den Vietnamesen.«

»Genau.«

Franz krauste die Stirn. »Und deswegen ist er aufs Land?«

»Wir meinen, schon. Dumm ist er ja nicht, der Zach. Er hat erkannt, dass es für ihn in München nichts zu holen gibt. Und nach einem Geschäft gesucht, das so groß ist, dass er gut davon leben kann, und so klein, dass es die Mafiabosse nicht interessiert.«

»Und du meinst, das trifft auf die Situation bei uns auf dem Land zu?«

»Am Tegernsee auf jeden Fall. Klar, wir haben auch den einen oder anderen Kokser, aber das ist eher Münchner Schickeria, die am Wochenende rauskommt. Die bringen ihr Zeug aus der Stadt mit. Ecstasy gibt es auch ein bisserl. Aber die Mehrheit raucht Cannabis. Das wird daheim beim Opa im Gewächshaus angebaut. Der die Pflanzen dann auch regelmäßig gießt.« Er lachte.

»Und das bisserl ist für Dragic interessant?« Franz hob fragend die Arme.

»Unterschätze das nicht. Kleinvieh macht auch Mist. Und zwar gewaltigen. Wir kalkulieren den Umsatz, der jährlich am Tegernsee mit Cannabis gemacht wird, auf zwei Millionen Euro. Das hört sich im ersten Moment nach einem gewaltigen Haufen Geld an. Aber hier am Tegernsee ist es nicht einer, der daran verdient. Sondern sehr, sehr viele kleine, wie soll ich sagen, Produzenten, die ein bisschen Gras anbauen und nebenher im Freundeskreis verkaufen. Und das Geschäft wollte Dragic unter seine Kontrolle bringen.«

»Und wie?«

»Die üblichen Methoden. Wir vermuten, dass er den Markt mit seiner Ware geflutet hat. Mieses Zeug, künstlich gestreckt. Und dann natürlich Preisdumping. Der hat einfach die lokalen Kleindealer unterboten.«

»Hat er es geschafft?«

»Anscheinend nicht. Denn nach zwei Jahren war er weg und tauchte am Starnberger See wieder auf.«

»Gleiches Vorgehen?«

»Scheint so gewesen zu sein. Aber weder die Kollegen in

Starnberg noch wir konnten ihm je etwas nachweisen. Wir hatten nur in der Zeit, in der er bei uns am Tegernsee zu Gast war, ein paar Vorfälle, die wir sonst nicht haben.«

»Zum Beispiel?«

»Bei Kontrollen am Wochenende auffällig viel Drogenbesitz. Bewusstlose Jugendliche in der Notaufnahme. Und gleich richtig viele. Bei einem Stadelfest mussten wir in umliegende Krankenhäuser ausweichen. Bei uns war alles voll.«

»Lass mich raten. Synthetische Cannabinoide.«

»Richtig. In der Stadt ist das keine Seltenheit. Aber bei uns am Land? So was hat es noch nie gegeben. Und dann gleich diese Häufung.«

»Was noch?«

»Prügeleien in unseren Clubs. So sind wir auch auf ihn aufmerksam geworden. Er ist mit zwei, drei seiner Leute vorgefahren und hat als Gast die Disco betreten. Seine Leute haben dann wohl versucht zu dealen. Das ist der Security aufgefallen. Die hat die Gruppe vor die Tür setzen wollen. Und es kam, wie es kommen musste, die Sache eskalierte kurzzeitig. Bis wir da waren, war er schon weg. Der Clubbesitzer wollte kein Aufsehen und hat von einer Anzeige abgesehen. Aber Zeugen haben seinen Maserati fotografiert. Seitdem wissen wir, wer er ist.«

»Habt ihr ihn observiert?«

»Schon. Aber ohne Ergebnis. Und für eine längerfristige, systematische Überwachung fehlt uns hier das Personal. Hilft euch das?«

»Ja, sehr. Danke, Sepp.«

»Keine Ursache. Und, Lenz?«

»Ja, Sepp?«

»Aus unserer Sicht kann ich nur sagen: Der ist gut weiter.« Er lachte. »Habe die Ehre.«

Lenz sah seine Kollegen an. »Wer will was sagen?«

Beni hob die Hand. »Ich stelle die These auf, dass die Vorfälle der letzten Wochen damit zusammenhängen, dass Dragic die Engels und die Weiß vom Markt drängen wollte.«

»Da geh ich mit dir mit. Traust du ihm auch einen Mord zu?«

»An Stefan Engels? Fraglich. Aber mit Sicherheit stammt der Stoff, den der Goferl zu sich genommen hat, von Dragic. Das wäre dann Körperverletzung mit Todesfolge, vielleicht auch fahrlässige Tötung.«

»Können wir das beweisen?«

»Wir nicht. Wenn, die Otto. Aber die bestimmt.«

»Ob das die Weiber gewusst haben?«

»Genauso fraglich. Aber sie haben bestimmt eins und eins zusammengezählt. Moment!« Beni schlug sich an die Stirn. »Wenn diese Annahme stimmt, ist der Maserati am Tag nach Stefan Engels' Tod nicht einfach so abgebrannt. Senta Engels und Mitzi Weiß könnten einen Anschlag verübt haben. Oder haben einen verüben lassen.«

»Als Zeichen, dass sie sich zur Wehr setzen.«

»Genau!« Beni strahlte.

Franz nickte. »Was einigermaßen cool wäre. Dann könnte Dragic die Schießerei auf dem See vom Zaun gebrochen haben, um Revanche zu üben. Und um den Damen zu zeigen, wer der neue Herr auf dem See ist. Er hat uns damit Bernhuber zum Fraß vorgeworfen und so einen Verdacht auf die Engels und die Weiß gelenkt.«

»Kluger Schachzug. Und wir sind so nett gewesen und haben ihm seine Konkurrenz aus dem Weg geräumt.« Er dachte an das Gespräch mit Carola. »Beni. Frag mal deinen neuen Lieblingskollegen, ob noch mehr Fahrzeuge auf Dragic zugelassen sind.

»Moment.« Beni tippte. »Ja, sind es. Ich geb das auf den Bildschirm.«

»Zwei 3er BMW«, sagte Franz.

»Welche Farbe?«

»Gold.« Franz krauste die Oberlippe. »Wie geschmacklos.« Lenz rieb sich die Hände. »Den holen wir uns.«

29

»Heute mal nicht Parlamentarische Gesellschaft?« Carola zog die Bürotür zu und steckte den Schlüssel ins Schloss.

»Hast du was?«

Sie spürte den Blick ihres Chefs in ihrem Rücken. »Nein. Was meinst du?«

»Spuck's aus, Caro. Was hast du?«

Sie drehte sich um. Ihr Chef lehnte an der Wand gegenüber, ganz Gentleman, in einem dunkelgrauen Wollanzug und lässigem Rolli. Sie fühlte sich seltsam underdressed in ihrem Hosenanzug. »Bist du dir sicher, dass die Muggenthalerin klein beigibt?«

Ludwig lachte auf. »Sicher bin ich mir nicht. Hast du etwas von ihr gehört?«

»Nein. Ich hab aber auch nicht nach ihr gesucht.«

»Siehst du.« Ludwig stieß sich von der Wand ab. »Komm, wir gehen.«

»Wenn du meinst.« Sie fiel neben ihrem Chef in einen Gleichschritt. »Gibt es irgendwelche Informationen zu dieser Sondersitzung?«

Ludwig hob nachlässig die Hand. »Nein. Ich weiß so viel wie du. Sondersitzung der Landesgruppe. Hat es noch nie gegeben an einem Donnerstagabend. Also muss etwas passiert sein, weshalb die Niedereggerin uns sehen will. Es kann durchaus sein, dass Beatrice Muggenthaler beziehungsweise ihre einflussreichen Freunde sich bei unserer Landesgruppenchefin über uns beschwert haben. Vielleicht werde ich gleich coram publico einen Kopf kürzer gemacht. Was schaust denn wie ein verängstigtes Rehlein?«

Carola versuchte, ihre Mimik in den Griff zu kriegen. »Wir haben schon verdammt hoch gepokert.«

»Klar. Was denn sonst? Freundlich fragen, ob sie und Greg Shaw es sich anders überlegen wollen? Wie lange machst du diesen Job jetzt schon? Du müsstest doch langsam wissen, dass nett sein in Berlin eine Charakterschwäche ist.«

Wie wahr, dachte Carola. Ich bin eindeutig zu lange im Wahlkreis gewesen. »Und was ist, wenn wir übers Ziel hinausgeschossen sind?«

»Hast du Angst um deinen Job? Du hast recht, die Aktion im Borchardt kann mich mein Mandat und dich deinen Arbeitsplatz kosten.« Er klopfte ihr auf die Schulter. »Jetzt schau doch nicht so, Caro. Uns bleibt immer noch ein knappes Dreivierteljahr, um uns wieder lieb Kind zu machen. Bis dahin ist viel Wasser die Isar beziehungsweise die Spree hinuntergelaufen.«

»Wenn du meinst.«

»Ja, meine ich. Und um deine Eingangsfrage nach der Parlamentarischen Gesellschaft zu beantworten: Ich gehe davon aus, dass unserer Landesgruppenchefin der Sinn für Glamour vergangen ist.« Gemeinsam gingen sie einen Gang herunter.

»Aber gleich ein Sitzungssaal. Das ist schon ein bisschen schmal für die Landesgruppe. Auch bei einer Sondersitzung. Und du weißt wirklich nichts?«

»Weißt du, ich glaube, sie will so wenig Aufmerksamkeit wie möglich erzeugen. Und da ist das hier gerade recht.« Ludwig drückte auf eine Klinke und trat ein.

Carola scannte mit schnellem Blick den Raum. Rechteckig. Neonlicht. Zwei Reihen Stühle. Dazwischen ein langer Tisch, zumindest Holz. Aber keine weißen Tischdecken. Auch keine Brotzeit. Stattdessen banale Konferenzgetränke in Grüppchen. Und trockene Kekse.

Ein gutes Dutzend Personen saß schweigend am Tisch. Die meisten waren mit ihren Telefonen beschäftigt. Barbara Niederegger, diesmal burschikos in Pulli und Jeans, hatte am Kopfende Platz genommen. Die Hände hatte sie vor sich auf dem Tisch gefaltet. Sie sah blass aus.

»Grüß Gott. Herzlichen Dank, dass ihr meiner Einladung zu unserer außerplanmäßigen Sitzung der Landesgruppe gefolgt seid. Unser einziger Tagesordnungspunkt heute ist …«

»Schadensbegrenzung«, ließ sich der Abgeordnete aus Regensburg vernehmen.

»Danke, Gerhard, so hätte ich es zwar nicht formuliert. Aber ich sehe, dass die Buschtrommeln wieder einmal funktioniert haben. Gibt es, bevor ich einen Bericht zu Fresh Parliament abgebe, Fragen von eurer Seite?«

»Bisher hören wir nur Gerüchte. Oder besser formuliert: beredte Stille. Wo sind denn deine fünf Schutzbefohlenen? Ich vermisse sie in unserer Runde.« Ludwig grinste.

Niederegger ließ kurz ihren Kopf sinken. »Ich kann die Ursache deines Spotts nachvollziehen, Johannes. Gleichwohl meine ich, dass wir uns hier nicht mit Häme überziehen sollten.« Sie sah ihm fest in die Augen.

»Alles gut, Barbara«, gab Ludwig in moderatem Ton zurück. »Ich spotte nicht. Mich interessiert das wirklich. Weißt du etwas über ihren Verbleib?«

Die Landesgruppenvorsitzende betrachtete ihre Hände. »Wenn du mich so fragst, nein.« Sie wandte sich der gesamten Gruppe zu. »Bevor wir uns hier in Einzelfragen verlieren, möchte ich meinen Bericht abgeben.« Sie zog ein Blatt Papier hervor. »Ich habe heute Mittag diese E-Mail bekommen, die ich euch gerne vorlesen möchte.« Sie räusperte sich. »Sehr geehrte Frau Abgeordnete Niederegger, hiermit möchte ich Ihnen mitteilen, dass der Verein Fresh Parliament mit sofortiger Wirkung seine Arbeit einstellt. Ebenso beenden alle fünf von uns unterstützten Personen ihre Arbeit für den Verein. Ihre Bewerbungen, für den nächsten Deutschen Bundestag zu kandidieren, ziehen sie zurück. Herzlichen Dank für Ihre Unterstützung. Mit freundlichen Grüßen.« Sie sah auf.

»Unterschrieben von wem?«, fragte Ludwig.

»Warum willst du das wissen?« Niederegger krauste die Stirn, aber warf einen Blick auf die Mail. »Krüger. Nach Diktat verreist.« Sie ließ das Stück Papier sinken.

»Hast du versucht, jemanden von denen zu erreichen?«, fragte Gabriele Huber aus Nürnberg.

»Ja, habe ich. Beim Verein selbst, der sitzt in der Rosenthaler Straße hier in Berlin, geht niemand ans Telefon. Ich habe es heute Nachmittag wiederholt probiert. Meine Mails blieben unbeantwortet.«

Ja! Carola kniff sich in den Handrücken. Es hatte funktioniert. Sie schloss die Augen.

Barbara Niederegger sah in die Runde. »Darüber hinaus hat mich ein Hinweis aus dem Bundespräsidialamt erreicht.«

»Hinweis? Wie sollen wir das verstehen? Als einen Anruf, eine Mail, ein Dossier in der Post?« Ludwig beugte sich vor.

»Als das, wie ich es nannte. Einen Hinweis. Im Bundespräsidialamt wird geprüft, inwieweit Spenden, die ein Mitglied der Regierungspartei erhalten hat, aufgrund ihrer Struktur der Veröffentlichungspflicht unterliegen. Es ist mehrfach gespendet worden, ohne dass die Summe die Grenze von fünfzigtausend Euro überschritten hat.«

»Das muss uns interessieren, weil …«, hakte Ludwig nach.

»Es der gleiche Spender ist, der den Verein Fresh Parliament finanziert hat. Der zudem der Hauptgeldgeber einer Firma ist, deren Produkte vom Innenministerium angeschafft werden sollen.« Sie unterbrach sich. »Und jenes Mitglied der Regierungspartei sitzt im Innenausschuss und entscheidet über die Vergabe.«

Schweigen senkte sich herab. Jetzt könnte die berühmte Stecknadel fallen, dachte Carola, und jeder würde sie hören. Ihr Chef betrachtete die Tischplatte. Was er wohl dachte?

»Also, ich fass das mal zusammen«, brach Gabriele Huber die Stille. »Uns wurden hier fünf Flöhe in den Pelz gesetzt, und zwar von zahlungskräftigen Menschen, die bereits ein Mitglied des Deutschen Bundestages auf ihrer Payroll hatten. Damit, falls der eine gekaufte Abgeordnete einmal versagt, man zukünftig noch ein Ass im Ärmel hat. So als Rückversicherung. Zumindest langfristig. Verstehe ich das richtig?«

Barbara Niederegger hob die Schultern. »Was soll ich dazu sagen? Außer dass du wahrscheinlich recht hast?«

»Und unsere Bundestagsaspirantinnen?«, fragte Ludwig.

»Ich hätte fast gesagt: nach Diktat verreist.« Der Landesgruppenchefin hing der Versuch eines Lächelns schief im Gesicht. »Dein Schützling, Johannes, Beatrice Muggenthaler, ist zu einer Investorenkonferenz nach Schanghai unterwegs. Sagt zumindest ihr Büro in München.«

»Wow. Schanghai. Ich bin beeindruckt.« Der Abgeordnete aus Regensburg warf einen Blick in die Runde. »Offensichtlich sind wir hier in Berlin dann doch nicht gut genug für Frau Muggenthaler. Oder wie muss ich diese ganze Affäre verstehen?«

»›Affäre‹ würde ich das jetzt nicht nennen, Gerhard, ich …«

»Wie denn sonst, Barbara? Es ist ja schön, wenn du uns bittest, nicht schadenfroh zu sein, aber ein paar Rückfragen müssen dann doch noch erlaubt sein.«

Sie erwiderte seinen Blick. »Dann frag.«

»Okay. Ich würde gerne wissen, welcher Teufel dich geritten hat, dass du, vorbei an allen geübten politischen Prozessen und Strukturen, aus dem Nichts heraus fünf Kandidatinnen aus dem Hut zauberst?«

»Das kann ich erklären. Ich …«

»Moment, Barbara, ich bin noch nicht fertig.« Er funkelte sie an. »Um es vorwegzuschicken: Ich halte dich für integer. Das ist etwas, was ich nicht über allzu viele Mitglieder des Hohen Hauses sagen kann.«

»Danke, Gerhard.«

»Aber hast du dir schon mal überlegt, was du für ein Signal in die Jugendorganisation sendest? Was für ein Signal du überhaupt in die Partei sendest? Dass es wurscht ist, ob du dich über Jahr und Tag für eine Idee engagierst, Hauptsache, du hast einen *fancy* Job? Und wenn du dann noch ein hippes Mandat willst, dann gehst du halt einfach zu einem schicken Verein, und der macht das dann klar für dich?«

»Bist du fertig?«

»Nein. Noch nicht. Hast du dir klargemacht, wie wahnsinnig frustrierend es für uns ist, die wir seit der Sintflut Parteiarbeit machen? Also, ich weiß nicht, wie es euch geht, aber ich kam mir, sorry, echt verarscht vor. So, das war's.«

Barbara Niederegger sah ihn schweigend an, nickte und blickte in die Runde. »Hat noch jemand was zu sagen?«

Gabriele Huber reckte den Finger. »Und ich würde gerne wissen, wie es sein kann, dass ein Verein, der Menschen in den Deutschen Bundestag bringen will – immerhin die oberste deutsche Legislative –, nicht überprüft wird?«

Niederegger senkte den Kopf. »Gerhard, Gabriele: *Mea culpa. Mea maxima culpa.* Ihr habt recht. So einfach ist das.« Sie holte Luft. »Ich hab mich von einer Idee hinreißen lassen. Die ich im Übrigen immer noch nicht schlecht finde. Nämlich, dass es auch talentierten Außenseitern gelingen kann, Mandate in der Politik zu erobern. Um eben auch einen anderen Blick als den durch die Parteibrille auf die Geschicke der Republik zu ermöglichen.« Sie hob abwehrend die Hände. »Lasst mich ausreden. Ich finde nämlich schon, dass wir in unseren Parteigremien uns öfter mal im Kreis drehen. Um nicht zu sagen, dass Menschen, die keine Lust haben, die Parteihackordnung zu durchlaufen, von uns nicht gesehen werden. Und das finde ich schade. Aber …«

»Was aber?« Ludwig sah sie freundlich an.

»Ich habe seit gestern gelernt, dass Überprüfung guttut. Dass ebendiese Parteiprozesse auch eine Kontrolle sind, Johannes. Auch wenn ich sie persönlich manchmal sehr ermüdend finde. Und das erfüllt mich mit einer gewissen Demut.«

Ludwig nickte. »Liebe Barbara, auch auf die Gefahr, mich zu wiederholen, es gibt für niemanden hier in dieser Runde einen Anlass zur Schadenfreude.« Er beugte sich vor. »Aber jetzt mal Butter bei die Fische. War's das jetzt? Oder gibt es ein Nachspiel?«

Sie sah ihn fest an. »Wovon denn?« Sie zuckte mit den Schultern. »Ich muss an meiner Urteilsfähigkeit zweifeln.« Mit einer müden Geste wischte sie sich über ihre Stirn. »Aber ansonsten? Außer dass ich mich vor euch allen bis auf die Knochen blamiert habe, ist doch nichts passiert.«

30

Wie ruhig es war. Er lauschte angestrengt. Nichts. Nur unendliche Stille. Irgendwie melancholisch.

Lenz kniff die Augen zusammen, um seinem Sehnerv wenigstens ein bisschen Arbeit zu verschaffen. Der Kiesweg zwischen See und Campingplatz, spärlich beleuchtet von einer einzelnen Laterne, war leer. Das Freizeitgelände in Utting war um diese Jahreszeit endgültig verwaist. Auf der Wiese zwischen See und Kiosk stand ein Boot neben dem anderen, alle auf Trailern, verschnürt und verpackt, darauf wartend, im nächsten Frühjahr wieder zu Wasser gelassen zu werden. Abgeräumt wie ein Esstisch nach einer großen Party, erstreckte sich der leere Campingplatz hinter ihm. Sämtliche Zelte und Wohnwagen waren mit ihren Besitzern wieder nach Hause gefahren. Nur eine Reihe Wohnfässer, vom Platzbetreiber in der ersten Linie am Zaun aufgestellt, war vom Sommer zurückgeblieben.

Im dritten von rechts saß Lenz vor dem kleinen Sprossenfenster und starrte auf den Kiesweg zwischen Kiosk und See, neben ihm sein Fernglas. Er rutschte auf der schmalen Bank herum. Wer hier übernachten sollte, ja seinen Urlaub verbringen wollte, durfte keine Platzangst haben. Auf wenigen Quadratmetern drängten sich Tisch, Bett und Kombüse, eingerollt in eine Tonne aus Holz. Jeder, wie er mag, dachte er. Für ihn wäre das nichts.

Er sah auf die Uhr. Gleich halb sieben. Seit Stunden bot sich ihm das gleiche Bild. Wenn ihm der Sinn danach gestanden wäre, hätte er in den Genuss der Schönheit eines herbstlichen Morgengrauens am See kommen können. Wie die Farben zart zwischen dem silbrigen See und dem Schilf changierten, schon braun werdend durch die ersten Nachtfröste. Wie die Silhouetten der Bäume am Ufer, die ihr Laub schon fast verloren hatten, sich schwarzgrau vom See abhoben. Wie helle

Nebelschleier draußen auf dem Wasser den Eindruck erzeugten, als schwebte das Ostufer auf einem Wattekissen. Aber er wollte nicht. Er kämpfte. Mit sich, seiner Müdigkeit und nagenden Zweifeln.

Was wäre, wenn er sich wieder geirrt hätte? Wenn Dragic kein Drogenhändler, sondern ein harmloser Kioskbetreiber wäre? Wenn Beni vollkommen umsonst seit Stunden unter der Persenning eines der Boote am Ufer und Franz im leeren Pavillon hockte? Wenn er das SEK umsonst alarmiert hätte? Wenn das alles nur seine Phantastereien wären, belastbar wie der Nebel, der über den See zog?

Was hatte er schon? Einen Toten, einen angebrannten Maserati und mehrere bekiffte Jugendliche. Ein paar unscharfe Fotos von Booten mit Dreizack-Emblemen. Mehr nicht. Aber das sichere Gefühl im Bauchraum, dass Dragic der Drahtzieher war. Nur das. Selbst Benis Recherche in den Weiten des Internets hatte nichts ergeben. Weder Dragic noch seine Handlanger hatten irgendwelche digitale Spuren hinterlassen. Aber er wusste, dass es Dragic war. Der Goferl auf dem Gewissen hatte. Ob mit oder ohne Vorsatz, wegen ihm und seiner Gier lebte Stefan Engels nicht mehr. Und er würde ihn überführen. Magensäure kroch in seiner Speiseröhre nach oben.

Moment. Er setzte sich auf. War das nur ein Geräusch? Ein Fuchs, der um die Tonnen scharrte? Oder tat sich etwas? Sein Funkgerät knackte.

»Lenz, bitte kommen.«

»Lenz hier.«

»Ein Auto ist vorgefahren. Zwei Personen.«

»Verstanden.«

Ein Auto. Zwei Personen. Das konnte alles heißen. Oder eben nichts. Ein Kiosk musste für den Winter vorbereitet, Vorräte verstaut, Wasserleitungen geleert werden. Bestimmt war die Bude nicht frostsicher. Vielleicht war Dragic auch ein Frühaufsteher?

Wieder dieses Geräusch. Knirschend. Andauernd. Reifen auf Kies.

»Lenz, bitte kommen.«

»Beni, Lenz hier.«

»Zwei Männer transportieren zwei Motorboote auf Trailern Richtung See.«

Lenz reckte seinen Hals, um auf den Weg zwischen Campingplatz und Bootslager sehen zu können. Richtig, da waren sie. Schoben routiniert die Trailer ins Wasser, zogen sie unter den Booten hervor, gaben ihnen einen Tritt Richtung Ufer und gingen an Bord. Er griff nach seinem Fernglas.

»Verstanden. Ich sehe sie.«

»Was machen wir?«

»Nichts. Wir warten ab.«

»Verstanden.«

Ruhig, ganz ruhig. Nerven behalten. Obwohl Adrenalin durch jede Kapillare seines Körpers jagte. Noch gab es nichts, was einen Einsatz rechtfertigte. Vielleicht wollten sie eine vergessene Boje einholen, ohne dabei gesehen zu werden? Schließlich galt seit Anfang November die Winterruhe auf dem See. Zigtausende Zugvögel machten auf ihrer Reise Rast am Ammersee. Schon ein einzelner Ruderer konnte sie aufschrecken und vertreiben. Er knibbelte an der Haut seines rechten Daumennagels. Gleich sieben Uhr.

»Lenz, Dragic kommt. Ich sehe den Maserati.«

»Verstanden.«

Es hatte wenig Sinn, Beni darauf hinzuweisen, dass es nicht zwingend Dragic sein musste. Jemand anderes konnte auch das Auto fahren. Sein Handy brummte. Beni hatte ihm ein Foto geschickt. Ein bulliger Mann, vor der Tür des Kioskes stehend. Lenz griff zum Funkgerät.

»Beni, bitte kommen.«

»Beni hier.«

»Positiv. Es ist Dragic.«

»Verstanden.«

»Wir warten ab. Lenz Ende.«

Gedanken schossen durch seinen Schädel. Was sollte er tun? Das SEK war auf Stand-by. Zehn Mann im Verwaltungsgebäude des Campingplatzes. Zugriff? Noch hatte er zu wenig in der Hand. Er biss sich auf die Unterlippe.

»Lenz, die beiden Männer mit den Booten kommen zurück.«

Er nahm sein Fernglas und starrte angestrengt durch das Sprossenfenster. Aus dem Grau des Nebels schälten sich die Umrisse zweier Boote, die sich zügig dem Ufer näherten. »Ich sehe sie. Lenz Ende.«

In Ufernähe reduzierten die Männer die Geschwindigkeit. Langsam glitten die Rümpfe auf den Kies und stoppten. Mit sicheren Bewegungen stiegen die beiden aus, brachten die Trailer in Position und zogen die Boote hinauf. Mit zwei, drei Schritten hatten sie die Gespanne ans Ufer gezogen. Lenz lauschte angestrengt. Außer einem leisen Knirschen war es ruhig. Die Männer sprachen kein Wort. Was hatten sie um diese Uhrzeit auf dem See gewollt?

Bedächtig zogen sie die Trailer über den Kiesweg zurück auf die Wiese, schoben sie zwischen die anderen Boote, hoben zwei Pakete aus dem Bootsinneren, schulterten sie und gingen Richtung Kiosk. Es wurde langsam hell.

»Lenz, die haben Pakete aus dem See geholt.«

»Ich hab es gesehen. Vermutlich Drogen, die unsere beiden Damen da draußen deponiert hatten.«

»Greifen wir zu?«

»Noch nicht.«

Lenz bearbeitete wieder seinen Daumennagel. Benis Frage war mit Händen zu greifen. Worauf wartete er noch? Dragic war da, seine Handlanger auch. Sie hatten sich mit hoher Wahrscheinlichkeit aus den Depots bedient, die Senta Engels und Mitzi Weiß im See angelegt hatten. Unter der nicht von der Hand zu weisenden Annahme, dass ihnen die beiden nicht mehr in die Quere kommen würden. Diese Drogenpakete befanden sich jetzt bei Dragic im Kiosk. Worauf wartete er?

Er sah Dragic vor sich sitzen. Hörte ihn sagen, wie bedauerlich es sei, dass seine Leute nichts von der Winterruhe gewusst hätten. Dass sie erst vor Kurzem aus der Stadt an den Ammersee gezogen seien. Und deshalb mit den Gepflogenheiten noch nicht so vertraut seien. Ihm, Dragic, tue das alles ausgesprochen leid. Naturschutz sei ihm persönlich ja sehr wichtig. Als gewissenhafter Arbeitgeber sorge er dafür, dass es nicht noch einmal vorkomme. Und wenn er Dragic danach fragte, was seine Leute da draußen gewollt hätten, sah er ihn mit den Achseln zucken. Eine mögliche Antwort: fischen vor der Arbeit. Wenn er nachhakte, was sie da an Land gebracht hätten, spielte Dragic wieder den Ahnungslosen. Er konnte ihn geradezu hören, wie er sagte: Cannabis, Herr Kommissar, du meine Güte, wie kann das nur sein? Und dass die Herren Kommissare schon nachsichtig sein müssten, er, Dragic, habe die Pakete selbst gerade erst entdeckt und habe eben die Polizei benachrichtigen wollen. Und dann würde er fragen, ob sie vielleicht einen Kaffee wollten.

Gleich halb acht.

»Lenz, bitte kommen.«

»Franz? Lenz hier.«

»Fünf Jugendliche auf Fahrrädern nähern sich.«

Lenz sah nach rechts zum Fenster hinaus. »Verstanden. Ich sehe sie.«

Junge Kerle mit BMX-Rädern, Kappen und Rucksäcken radelten langsam den Kiesweg entlang. Sie lachten, redeten und tobten durcheinander. Warum nahmen sie nicht die Bahn? Fuhren sie weiter Richtung Schondorf zur Schule? Um acht begann der Unterricht.

Lenz runzelte die Stirn. Diese Kids hatten anscheinend alle Zeit der Welt. Sie sahen nichts, sie hörten nichts, das Einzige, was sie taten, war, sich gegenseitig zu piesacken. Lautstark. Vollkommen unbeeindruckt von der Welt. Von ihrer Schönheit. Von ihrer Grausamkeit und Härte.

Das Funkgerät knackte.

»Lenz? Sie biegen ab. Zum Kiosk.«

»Dann sind das die Schülerkuriere.« Er stand auf, nahm sein Fernglas und trat aus seiner Behausung. »Franz?«

»Franz hier.«

»Moment noch.«

Lenz sah mit seinem Fernglas zwischen den Wohnfässern hindurch. Die BMX-Räder lagen auf dem Kiesweg. Ein Teenager hatte einem anderen die Kappe vom Kopf gestoßen. Der wehrte sich lautstark. Was hatte der denn für ein T-Shirt an? Lenz runzelte die Stirn. Richtig, das war doch eine Schafkopfkarte. Gras-Ass. Fand er wohl cool.

Die Tür zum Kiosk wurde aufgerissen. Dragics bulliger Körper füllte den Türrahmen. Was er sagte, war nicht zu verstehen. Aber es zeigte Wirkung. Die Jungs zogen den Kopf ein und drängten sich an ihm vorbei ins Innere.

»Dragic übergibt seinen Kurieren die Ware. Wir haben ihn. Zugriff.«

»Meine Damen und Herren, ich begrüße Sie im ICE der Deutschen Bahn auf unserer Fahrt von Berlin nach München. Unser nächster Halt ist Berlin Südkreuz. Die Wagen der ersten Klasse befinden sich im Zugteil ...«

Carola reckte sich etwas, um über das Ansagengesäusel hinweg das Gespräch am Vierertisch schräg gegenüber besser verstehen zu können. »Wie lang warts ihr zusammen?«, hatte ein Mittvierziger, ein Empfindsamkeit signalisierendes lindgrünes T-Shirt tragend, sein Gegenüber im Karohemd gefragt. Die Antwort, zu Carolas ehrlichem Bedauern im Getümmel nicht zu hören, schien ihn zu erstaunen. »Na!«, rief er durch den Großraumwagen. »So lang? Das ist brutal. Und was hat sie jetzt vor?«

Carola konnte sehen, wie um sie herum Köpfe sich neigten und die Ohren der Mitreisenden zur Wagendecke wuchsen. Davon unbeeindruckt stand zwei Plätze weiter ein Mann mitten im Gang, wandte ihr den Rücken zu und wuchtete mit beiden Händen einen Koffer über seinen Kopf. Einen sehr großen Koffer. Er drückte und ächzte, doch das Monstrum ließ sich nicht in die Ablage pressen. Hinter ihm stauten sich die Reisenden. Einige schauten ihm zu, wartend, dass er die Kontrolle verlieren und der Koloss zu Boden stürzen würde, andere betrachteten ihre Telefone, alle noch in einem Zustand der höflichen Zurückhaltung verharrend.

Carola begutachtete die kleine Schlange. Auch die beiden Mittelalten hatten ihre Diskussion unterbrochen und starrten gebannt auf den schnaufenden Mann. Es war doch immer wieder unterhaltsam, das Reisen in vollen Zügen. Man konnte ungeniert anderen Leuten dabei zuhören und zusehen, wie sie die kleinen und großen Krisen des Lebens bewältigten. Die da, die Kleine auf Position zwei, die wird ihm gleich sagen, dass er mit dem Schmarrn aufhören soll, dachte sie.

Auf dem Bahnsteig wimmelte es von Menschen. Der Pfiff des Schaffners gellte durch die Halle. Gleich würde er kommen, der Moment, den sie in den letzten Wochen wieder und wieder durchgemacht hatte. Der Zug vibrierte, die Türen schlossen sich in ihrer gleichförmigen unerbittlichen Präzision. Der Zug fuhr an, wie an einer Schnur gezogen, der Bahnsteig entschwand in die Gegenrichtung, erst langsam, dann immer schneller. Wie sie das alles kannte. Unwillkürlich glitt ihr Blick zu ihren Füßen.

Die Tasche.

Da stand sie. Schwarz, unscheinbar, ein bisschen zerschrammt. Am Griff war das Leder ganz schön grau geworden. Und das Schloss sah abgegriffen aus. Sieht mitgenommen aus, dachte sie. So, wie ich mich fühle nach den letzten Wochen.

Sie sah aus dem Fenster. Die Stadt flog an ihr vorbei, das Regierungsviertel, Bahnhof Zoo, der Savignyplatz. Bye-bye, Berlin. So schnell würde sie nicht mehr wiederkommen.

Was hatte Matthias zum Abschied gesagt? »Mensch! Caro! Erst machst du mir den Mund wässerig, dass du zurückkommst in die Hauptstadt, und dann machste einfach wieder rüber. Treulose Tomate, du!«

Seiner festen, schier nicht enden wollenden Umarmung entnahm sie, dass er ihr nicht böse war. Und dass er wusste, dass für sie das Kapitel Berlin erst einmal abgeschlossen war. Ayshe hatte zum Abschied nur lässig gewinkt und sich wieder ihrem Bildschirm zugewandt.

Sie gab der Tasche einen Tritt. Was hatte das Trumm sie verfolgt. Oder eher umgekehrt. Nächtelang war sie ihr hinterhergelaufen, hatte unter Aufbietung aller Kräfte ihre Füße über den Bahnsteig gezerrt, nur um jemanden zu finden, der ihr bei der Suche half. War müde gewesen, entmutigt, verzweifelt. Und hatte sich als Versagerin gefühlt. So viele Nächte lang.

»Super Job, Caro«, hatte ihr Chef zum Abschied trompetet, »wir sehen uns im Wahlkreisbüro.« Beim letzten Satz hatte er sich schon wieder abgewandt, das Telefon am Ohr, und war davongehetzt.

Er war also der Meinung, es wäre alles in Butter. War es ja auch. Zumindest aus seiner Perspektive. Mit Ayshe hatte er eine kompetente, kluge und engagierte Mitarbeiterin im Berliner Büro. Und sie würde wieder das Ruder im Wahlkreis übernehmen. Mehr war ihm nicht wichtig.

Aber ihr? Was bedeutete das alles für sie? Sie betrachtete ihr Spiegelbild im ICE-Fenster. Blass sah sie aus, abgearbeitet, mit schwarzen Ringen unter den Augen.

Wie ihre Tasche. Das blöde Ding, es verfolgte sie geradezu. Sie schob die Unterlippe vor und schloss die Augen.

Als ob sie etwas dafürkönnte. Sie, nur sie allein war das Problem. Problem, Problem, was soll das denn jetzt schon wieder heißen? Na ja, du dumme Nuss, schalt sie sich selbst, du bist einfach nicht ehrlich zu dir selbst.

Sie öffnete die Augen, nur um sie an die Decke zu schlagen. Jesus, Maria und Josef, warum musste ausgerechnet sie jetzt ehrlich sein? Bekam sie keine Auszeit? Wieso durfte sie sich nicht auch mal in die Tasche lügen? So wie alle anderen auch? Tasche, Tasche, plärrte es in ihr zurück, da hast du es doch. Das Ding kommt immer wieder, wie ein blöder Bumerang.

Sie sah auf die Uhr. Ein paar Stunden hatte sie noch, bis sie wieder am Ammersee war. Ein paar Stunden, in denen sie in Ruhe nachdenken konnte. Nachdenken musste. Denn endlos konnte sie so nicht mehr weitermachen.

Dass sie nach Berlin gegangen war, konnte sie sich und anderen gerade noch als Anforderung ihres Jobs verkaufen. Aber sie musste sich eingestehen, dass diese Hals-über-Kopf-Aktion eine Flucht gewesen war, vor sich selbst, vor Lenz und vor der Entscheidung, wie es weitergehen sollte.

Aber stimmte das überhaupt? Kratzte sie damit nicht nur an der Oberfläche? Ging es gar nicht um Lenz, sondern um das, was er wollte? Das Sesshaftwerden, das Zur-Ruhe-Kommen, dieses Nestbauen?

Sie schüttelte sich. Ein Nest! Wie sie die Vorstellung hasste. Diese schmucken Häuser mit ihren Blumenbeeten und den Kränzen an der Tür. Hinter denen im besten Fall der Streit, im schlechtesten das Schweigen wohnte. Aber keine Liebe.

Als Kind hatte sie es schon gespürt, wenn sie nach der Schule zu ihren Freundinnen ging, als Teenagerin jahrelang beobachtet. Welche Verachtung die Frauen in den hübschen Häusern in ihren Augen hatten, wenn sie ihren Männern am Abendbrottisch die Butter reichten. Die im Laufe der Jahre immer häufiger beim Essen fehlten. Eines Tages überhaupt nicht mehr nach Hause kamen. Aber als Geister weiter durch die gepflegten Reihenhaushälften spukten. In denen die Frauen trotzdem blieben. Manchmal auch nicht. Oder sich allein vor dem Fernseher betranken. Es war ihr auch egal, denn das, was in den schönen Häusern stattfand, empfand sie als abgrundtief hässlich.

War es also nur eins dieser Kindheitstraumata, das sie zurückschrecken ließ? Wie ein dunkler Keller, vor dem sie sich fürchtete, seitdem eine Kindergärtnerin sie dort eingesperrt hatte? Was trug sie mit sich rum, das sie nächtelang Taschen durch Bahnhöfe schleppen ließ, nur um sie sofort wieder stehen zu lassen? Wonach suchte sie wirklich?

Auf gar keinen Fall wollte sie eine Rolle in diesem abgeschmackten Spiel, das sich Vorortidylle nannte. Alles Lug und Trug, erfunden von Fertighausbauern, Rasenmäherherstellern und Landlebenmagazinen. Inzwischen zigtausendfach gepostet auf Instagram. In seiner penetranten Wiederholung als platte Lüge zu erkennen. Aber was wollte sie dann? Anders gefragt: Hatte sie eigentlich schon etwas gefunden?

Ja. Den Ammersee. Diesen Fleck Erde, der sie, die unentwegt zwischen den Städten hin- und hergependelt war, mit seinen Sonnenaufgängen, den Mondnächten und dem weiten Blick über glitzerndes Wasser hinweg in die Berge ganz beiläufig umgarnt, bezirzt und eingefangen hatte. Nur um sie sacht an seinem Ufer wieder abzusetzen. Damit sie dort zur Ruhe käme. Als ob sie ihr Kopfkissen auf die Kiesel legen und einschlafen könnte, warm und behütet, tief verbunden mit sich und diesem Ort.

Also Ammersee. So viel stand schon mal fest. Das kannte sie nicht. Das war vollkommen neu für sie. Aus Schleswig-Holstein war sie grußlos gegangen, und in Berlin spielte so etwas keine Rolle. Aber in den letzten Wochen hatte es ein Loch in ihrem Leben gegeben. Sie war sich vorgekommen … ja, wie eigentlich? Wie ein Vogel, der aus dem Nest gefallen war.

Mit einem Ruck setzte sie sich auf. So, Caro, jetzt reicht es aber mit deinen rührseligen Metaphern, jetzt komm mal zum Punkt. Also, Berlin ist nix mehr, so viel ist schon mal klar. Dafür dann also Bayern. Also alles roger?

Sie blies die Backen auf, suchte und fand den Verschluss ihrer Tasche, fingerte in ihrem Inneren herum, zog eine dünne Mappe hervor und legte sie in ihren Schoß. Sie wusste ja, was drin war.

»Caro«, hatte Lenz gestern in sein Telefon gerufen, »du rätst nie, wo ich gerade bin.«

»Dann sag es mir doch am besten gleich«, hatte sie geantwortet und Ayshe mit erhobenen Fingern angedeutet, dass sie fünf Minuten für das Telefonat brauchen würde.

»Auf dem Bankerl mit dem Krönchen!«

Die kantige Silhouette der Zugspitze war vor ihrem inneren Auge aufgestiegen. Vor einem knallblauen Himmel, von dem die Sonne gleißte. »Kannst du mir sagen, warum wir damals aufgestanden und nicht einfach dageblieben sind?«

»Nicht wir sind aufgestanden. Du bist aufgesprungen. Und davongerannt.«

»Stimmt. Wir hatten uns gestritten.«

»Hmmm.«

»Was hast du zu mir gesagt? Ich soll mich dreinschicken.«

»Ach, Caro.«

»Du wolltest nicht, dass ich nach Berlin ging. Ich sollte hierbleiben, mit dir in ein Haus im Grünen ziehen und mich«, sie hatte gelacht, »dreinschicken.« Sie hatte den Hörer an ihr

Ohr gedrückt. »Ich weiß bis heute nicht, was das ist. Drein-schicken.«

»Caro, ich hab nachgedacht. Wenn du unbedingt da«, er hatte sich geräuspert, »du weißt schon, leben willst, dann ist das kein Problem für mich. Ich hab mich erkundigt. Es gibt einen Zug, der fährt in vier Stunden nach Berlin. Ich kann dich jederzeit besuchen kommen.«

Sie hatte aufgeschaut. »Im Ernst? Das würdest du tun? Nach Berlin kommen?«

»Na ja. Ich mach das ja nicht wegen der Stadt. Sondern wegen dir. Obwohl es mich schon ein wenig gruselt. Ich find ja München schon nicht zum Aushalten. Aber um dich zu sehen? Und ja, das würde ich tun. Du bist ja die letzten Wochen auch gependelt.«

»Weißt du, Lenz, ich glaub nicht, dass das die Lösung ist.«

»Nein?«

»Du, lass uns darüber sprechen, wenn ich wieder da bin.«

Sie hatte seine Enttäuschung, die mit Händen zu greifen war, und Ayshes langen Blick ignoriert, das Gespräch beendet und sich wieder in die Jobübergabe gestürzt. Was hätte sie ihm auch sagen sollen? Dass es um etwas ganz anderes ging? Nämlich darum, was er für eine Vorstellung von ihr und einem gemeinsamen Leben hatte? Dass sie ein freiheitsliebender Mensch war? Der spontan nach einer Chance greifen wollte? So, wie die Möglichkeit, in Berlin zu arbeiten?

War das alles? Komm, Caro, sei ehrlich. Gib zu, dass es nicht nur um die Vorstellung geht, in ein gesichtsloses Neubaugebiet zu ziehen und das Gefühl zu haben, die Wände kommen auf dich zu. Sondern darum, dass es dabei nicht um dich geht. Darum, wie du leben willst. Nicht nur als Staffage. Dass du einfach nur am Ammersee sein möchtest. Ohne alles andere. Das ja noch kommen kann. Oder auch nicht.

Gut. So weit klar. Aber was sollte sie jetzt machen? Dich nicht länger anstellen wie eine Zicke am Strick. Sie klappte die Mappe auf.

»Mietvertrag«, stand da. Drei Zimmer, Küche, Bad, Balkon.

Ein alter Hof. Renoviert. Ein bisserl Holzbalken, Parkett und auch noch bezahlbar. Mitten in Riederau. Drei Minuten zum See. Der Vermieter hatte bereits unterschrieben. Sie klappte die Mappe wieder zu.

Also. Alles, was sie wusste, war, dass sie rausgewachsen war aus Berlin. Und eine zarte oberbayerische Wurzel geschlagen hatte. Die sie hegen und pflegen wollte. Sie wollte Lenz nicht verlieren. Resi auch nicht.

Aber sie wollte kein Nest. Und schon gar kein Haus im Grünen. Und dreinschicken wollte sie sich schon dreimal nicht. Um dieses Stück ihrer Seele, das nach der Sonne strebte, musste sie sich kümmern. Damit sie nicht mehr nach Taschen suchen musste. Auch wenn es bedeutete, den Secklerhof zu verlassen.

Sie zog ihr Telefon aus der Jacke, suchte und fand die vorbereitete Nachricht. »Ich bringe Ihnen morgen den unterschriebenen Vertrag«, stand da. Sie nickte sich im Fenster zu und drückte auf Senden.

Mein Dank gilt:

– meinen Lesern und meinen Gästen, die mir seit Jahren die Treue halten,
– Sylvia Wörner (Dießen), die meine Romanprojekte nicht nur von Anfang an freundschaftlich-kritisch begleitet, sondern als Moderatorin unseren Lesungen erst Leben einhaucht (sylviawoerner.de),
– Dr. Simon Egbert, Universität Bielefeld, für die Möglichkeit, Predictive Policing auch einmal aus ganz anderer Perspektive zu diskutieren,
– Jens Hildebrand (München) für ein kenntnisreiches Lektorat,
– Anja Kamradt (Berlin) für schonungslose Kritik und uneingeschränkte Gastfreundschaft (gezeiten.blog),
– Marc Schlüpmann und Hannes Sander dafür, mir auch während des Lockdowns einen Schreibtisch im Denkerhaus zu geben (ammersee-denkerhaus.de),
– dem Team des Emons Verlags, insbesondere Lektorin Christiane Geldmacher, für die herzliche und unterstützende Zusammenarbeit in herausfordernden Zeiten.

Inga Persson
TOD AM AMMERSEE
Broschur, 288 Seiten
ISBN 978-3-7408-0300-1

Eigentlich ist Nordlicht Carola Witt, Büroleiterin des Bundestagsabgeordneten Ludwig, an den Ammersee gereist, um ihrem
Chef den oberbayerischen Wahlkreis zu sichern. Bevor sie aber
überhaupt beim ersten Pressetermin erscheinen kann, stolpert
sie über die Leiche eines Provinzpromis – und damit geradewegs
ins Visier des Mörders. Doch zum Glück ist der ewig grantelnde,
aber sehr fesche Kommissar Meisinger dem Täter schon auf
den Fersen ...

www.emons-verlag.de

Inga Persson
RACHE AM AMMERSEE
Broschur, 256 Seiten
ISBN 978-3-7408-0539-5

Carola Witt hat ein neues Herzensprojekt: In einer Volksbefra-
gung sollen die Bürger ihrer Ammersee-Gemeinde über den
Neubau einer Großgastronomie abstimmen. Doch dem Projekt
droht das Aus, bevor es überhaupt gestartet ist: Ruprecht Prestel,
Gemeinderat und Mentor der Initiative, stürzt beim Gleitschirm-
fliegen ab. Nur ein Unfall oder doch ein Mord? Carola will es
herausfinden, kommt dabei aber Kommissar Lenz Meisinger
immer wieder in die Quere. Und womöglich auch dem Mörder …

www.emons-verlag.de

Inga Persson
NACHT ÜBER DEM AMMERSEE
Broschur, 256 Seiten
ISBN 978-3-7408-0805-1

Am Ammersee scheint die Welt noch in Ordnung: Kommissar
Lenz Meisinger und Carola Witt, die das Büro eines Bundestagsabgeordneten leitet, sind endlich ein Herz und eine Seele – meistens jedenfalls. Dann aber wird ein abgetrennter Fuß in einem
Teich gefunden, und plötzlich überschlagen sich die Ereignisse
in der oberbayerischen Provinz. Als auf ihren Chef geschossen
wird, nimmt Carola die Sache selbst in die Hand, nicht ahnend,
dass sie damit einen fatalen Fehler begeht ...

www.emons-verlag.de

Inga Persson
HUNDLING
Broschur, 240 Seiten
ISBN 978-3-7408-1139-6

Die heile Welt am Ammersee gerät aus den Fugen: Eine Mü-
ckenplage spaltet die Menschen vor Ort. Umweltschützer und
Politiker, die sich für den Einsatz von Pestiziden aussprechen,
stehen sich unversöhnlich gegenüber. Dann wird die Presse-
sprecherin des Landrats tot aufgefunden. Ein Zufall? Mitnichten,
glaubt Kommissar Lenz Meisinger und ist sich dabei ausnahmsweise einig mit seiner Freundin Carola Witt. Als es eine weitere
Tote gibt, beginnt für die beiden ein Wettlauf mit der Zeit.

www.emons-verlag.de